MIRA®

Der Preis dieses Bandes versteht sich einschließlich der gesetzlichen Mehrwertsteuer.

Umwelthinweis:
Dieses Buch wurde auf chlor- und säurefreiem Papier gedruckt.

New York Times und USA Today Bestseller-Autorin **Gena Showalter** gilt als neuer Shooting Star am romantischen Bücherhimmel des Übersinnlichen. Ihre Romane erobern nach Erscheinen die Herzen von Kritikern und Lesern gleichermaßen im Sturm. Die „Die Herren der Unterwelt"-Reihe gilt als ihre bislang stärkste Serie.

Gena Showalter

Royal House of Shadows: Der Vampirprinz

Roman

Aus dem Amerikanischen von
Justine Kapeller

MIRA®

MIRA® TASCHENBUCH
Band 65064
1. Auflage: Oktober 2012

MIRA® TASCHENBÜCHER
erscheinen in der Harlequin Enterprises GmbH,
Valentinskamp 24, 20354 Hamburg
Geschäftsführer: Thomas Beckmann

Konzeption/Reihengestaltung: fredebold&partner gmbh, Köln
Umschlaggestaltung: pecher und soiron, Köln
Redaktion: Daniela Peter
Titelabbildung: Harlequin Enterprises S.A., Schweiz
Autorenfoto: © by Harlequin Enterprises S.A., Schweiz
Satz: GGP Media GmbH, Pößneck
Druck und Bindearbeiten: CPI – Ebner & Spiegel, Ulm
Printed in Germany
Dieses Buch wurde auf FSC®-zertifiziertem Papier gedruckt.
ISBN 978-3-86278-467-7

www.mira-taschenbuch.de

Werden Sie Fan von MIRA Taschenbuch auf Facebook!

PROLOG

Es war einmal, in einem Land der Vampire, Formwandler und Hexen, ein Blutmagier, den verlangte es nach der einzigen Macht, die ihm verwehrt war: der Macht zu regieren. Er und seine Armee der Monster griffen den Königspalast an, schlachteten das beliebte Königspaar von Elden ab und wollten mit Nicolai, dem Kronprinzen, und seinen drei Geschwistern Breena, Dayn und Micah das Gleiche tun.

Nur gelang es dem Magier nicht, sein grausames Werk zu vollenden. Er hatte nicht damit gerechnet, wie stark der Durst eines Königs nach Rache sein konnte und wie stark die Liebe einer Mutter zu ihren Kindern.

Ehe er seinen letzten Atem aushauchte, benutzte der König seine Magie, um seine Nachkommen mit einem unstillbaren Verlangen nach Rache zu füllen. So stellte er sicher, dass sie bis in alle Ewigkeit kämpfen würden, um zu bekommen, was ihnen zustand. Zur gleichen Zeit benutzte die Königin ihre Magie, um ihre Kinder fortzuschicken und sie zu retten. Jedenfalls für den Augenblick.

Doch der König und die Königin waren geschwächt, ihre Gedanken vor Schmerzen verwirrt, und ihre Zauber widersprachen einander.

Und so geschah es, dass es den Königskindern auferlegt war, den Mann zu zerstören, der ihre Eltern umgebracht hatte. Doch sie waren auch des Palastes verwiesen, jedes in ein anderes Königreich ihrer Welt geschleudert. Die einzige Verbindung zum königlichen Haus Elden, die ihnen noch blieb, war ein Zeitmesser, den ihre Eltern ihnen geschenkt hatten.

Nicolai, den die Leute auch den dunklen Verführer nannten, war im Bett gewesen, aber nicht allein. Er war nie allein. Er war ein Mann, der ebenso für seine Launen bekannt war wie für seine köstlichen Berührungen. Und nach der Geburtstagsfeier für seinen jüngsten Bruder hatte er sich in seine privaten Gemächer zurückgezogen und sich an seiner neuesten Eroberung gelabt.

Dort hatte ihn die zwiespältige Kraft der Zauber getroffen.

Als er seine Augen das nächste Mal geöffnet hatte, war er in einem *anderen* Bett gewesen ... jedoch nicht mit der Partnerin, die er gewählt hatte. Er war immer noch nackt, aber jetzt lag er in Ketten. Er war Sklave eben jener Leidenschaften, die er in seiner Geliebten geweckt hatte. Leidenschaften, die sich mit der Magie verwoben und ihn direkt auf den Sexmarkt gesandt hatten, wo er schnell an eine Prinzessin von Delfina verkauft worden war. Sein Wille war gebrochen, die Begierden waren ihm genommen, sein Zeitmesser gestohlen und seine Erinnerungen gelöscht.

Nur zwei Dinge konnte man ihm nicht nehmen, egal wie sehr die Prinzessin es versuchte: die kalte Wut in seiner Brust und das brennende Verlangen nach Rache in seinen Adern.

Ersteres würde er entfesseln. Das Zweite genießen. Die Prinzessin wollte er sich zuerst vornehmen und dann den Magier, an den er sich kaum erinnern konnte, den er aber dennoch verachtete.

Bald.

Er musste nur entkommen ...

1. KAPITEL

Ich brauche Dich, Jane.

Mit einem Stirnrunzeln legte Jane Parker die Nachricht auf die Küchenanrichte. Sie betrachtete das abgegriffene ledergebundene Buch, das in einer schmucklosen Schachtel auf einem Meer aus schwarzem Samt lag. Vor einigen Minuten war sie von ihrem Fünf-Meilen-Lauf zurückgekehrt. Das Paket hatte sie danach auf der Veranda gefunden.

Es stand kein Absender darauf. Keine Erklärung, warum das Ding für sie hinterlassen worden war, und kein Hinweis darauf, wer „Ich" sein sollte. Oder warum Jane gebraucht wurde. Warum sollte irgendjemand ausgerechnet sie brauchen? Sie war siebenundzwanzig Jahre alt und hatte gerade erst wieder gelernt, ihre Beine zu benutzen. Sie hatte keine Familie, keine Freunde, keinen Job. Nicht mehr. Ihre kleine Hütte in Kleinste Stadt Aller Zeiten, Oklahoma, lag abgeschieden, eine winzige Erhebung in der umliegenden Weite aus grünen Bäumen und endlos blauem Himmel.

Sie sollte das Ding einfach wegwerfen. Aber natürlich war ihre Neugierde wieder einmal größer als ihre Vorsicht. Wie immer.

Vorsichtig nahm sie das Buch hoch. Doch sobald sie es berührte, sah sie ihre Hände in Blut getaucht. Sie keuchte erschrocken auf und ließ das schwere Buch auf die Anrichte fallen. Aber als sie dann ihre Hände ins Licht hielt, waren sie sauber, die Fingernägel ordentlich geschnitten und in einem hübschen Rosa lackiert.

Deine Fantasie geht mit dir durch, und in deinem Blut ist vom Laufen noch zu viel Sauerstoff. Das ist alles.

Kalte, harte Logik – ihr bester und einziger Freund.

Der Einband des Buches knarrte, als sie es in der Mitte aufschlug, wo ein zerfetztes rosa Band lag. Der Duft von Staub und Moschus drang zu ihr hinauf und dazwischen noch etwas anderes. Etwas … das ihr das Wasser im Mund zusammenlaufen ließ und das ihr vertraut war. Sie legte die Stirn in noch tiefere Falten.

Jane rutschte auf ihrem Stuhl hin und her, als ein scharfer Schmerz durch ihre Beine fuhr, und atmete tief ein. Oh ja. Ihr lief wirklich das Wasser im Mund zusammen, als sie einen Hauch von Sandelholz wahrnahm. Sie bekam eine Gänsehaut, verspürte ein angenehmes Prickeln, ihr Blut erhitzte sich. Wie peinlich. Und, okay, auch interessant. Seit dem Autounfall, der ihr Leben vor elf Monaten zerstört hatte, kannte sie Erregung nur noch in der Nacht, in ihren Träumen. Am helllichten Tag so zu reagieren, und das nur wegen eines Buches, war … merkwürdig.

Sie gestattete es sich nicht, darüber nachzudenken. Sie würde ohnehin keine zufriedenstellende Antwort darauf finden. Stattdessen konzentrierte Jane sich auf die Seiten, die vor ihr lagen. Sie waren vergilbt und empfindlich, brüchig. Und mit Blut besprenkelt? Kleine scharlachrote Tropfen befleckten die Ränder.

Mit den Fingerspitzen fuhr sie behutsam über den handgeschriebenen Text, und ihr Blick blieb dabei an einzelnen Worten hängen. *Ketten. Vampir. Gehören. Seele.* Mehr Gänsehaut, mehr Kribbeln.

Sie errötete ein wenig.

Jane kniff die Augen zusammen. Wenigstens ergab der Duft nach Sandelholz jetzt einen Sinn. In den letzten Monaten hatte sie immer wieder von einem Vampir geträumt, der in Ketten lag, und beim Aufwachen hatte sein Duft noch an ihrer Haut geklebt. Und ja, er hatte sie erregt. Davon erzählt hatte sie niemandem. Wer hätte ihr also dieses … Tagebuch schicken sollen?

Sie hatte jahrelang nicht nur in der Quantenphysik gearbeitet, sondern auch im Bereich der Grenzwissenschaften. Manchmal hatte sie Kreaturen erforscht, die aus „Mythen“ und „Legenden“ stammten. Sie hatte kontrollierte Befragungen mit tatsächlichen Bluttrinkern durchgeführt und sogar deren Leichen seziert, wenn man sie ihr ins Labor gebracht hatte.

Sie wusste also, dass es Vampire, Formwandler und andere Kreaturen der Nacht wirklich gab, auch wenn sie ihre Mitarbeiter aus der Quantenphysik nicht in diese Wahrheit eingeweiht hatte. Vielleicht hatte es jemand herausgefunden und ihr einfach einen Streich gespielt. Vielleicht gab es keine Verbindung zu ihren Träumen. Allerdings schien bereits eine Ewigkeit vergangen zu sein, seit sie mit diesen Mitarbeitern zuletzt Kontakt gehabt hatte. Und außerdem, wer würde so etwas tun? Keiner von ihnen hatte sich genug für sie interessiert, um *irgendetwas* zu tun.

Lass die Sache ruhen, Parker. Ehe es zu spät ist.

Dieser Befehl ihres Selbsterhaltungstriebs ergab keinerlei Sinn. *Zu spät wofür?*

Ihre Instinkte antworteten nicht. Na gut, die Wissenschaftlerin in ihr *musste* jedenfalls wissen, was vor sich ging.

Jane räusperte sich. „Ich lese ein paar Absätze, mehr nicht“, sagte sie laut. Sie war allein, seit man sie vor einigen Monaten aus dem Krankenhaus entlassen hatte, und manchmal war der Klang ihrer Stimme besser als die Stille. „Ketten lagen um den Hals des Vampirs, um seine Handgelenke und seine Fußknöchel. Man hatte ihm das Hemd und die Hosen genommen, ein Lendenschurz war seine einzige Kleidung, und nichts schützte seine bereits misshandelte Haut. Die Glieder der Ketten schnitten ihm bis auf die Knochen, ehe er heilte – und sie ihn wieder schnitten. Es war ihm gleich. Was war Schmerz, wenn der freie Wille, wenn die eigene Seele einem nicht mehr gehörte?“

Eine Welle des Schwindels brach über sie herein, und sie presste die Lippen zusammen. Ein Augenblick verging, dann ein weiterer, ihr Herz schlug schneller und hämmerte wild gegen ihre Rippen.

Brutale Bilder tauchten vor ihr auf. Dieser Mann – dieser Vampir – gefesselt, hilflos. Hungrig. Seine sinnlichen Lippen waren straff gespannt über scharfen weißen Zähnen. Er war überraschend gebräunt und verlockend muskulös, mit dunklem unordentlichem Haar und einem Gesicht, das sie mit seiner überirdischen Schönheit noch jahrelang in ihren nächtlichen Fantasien heimsuchen würde.

Was sie gerade gelesen hatte, hatte sie schon gesehen. Viele Male. Aber wie? Das wusste sie nicht. Sie wusste nur, dass sie in ihren Träumen Mitleid für diesen Mann empfunden hatte, sogar wütend gewesen war. Und gleichzeitig war da immer eine Andeutung von Erregung im Spiel gewesen. Jetzt ergriff diese Erregung Besitz von ihr.

Je mehr sie atmete, desto mehr hing der Duft nach Sandelholz an ihr und desto mehr veränderte sich ihre Wirklichkeit, als wäre ihr Zuhause nicht mehr als ein Trugbild. Als wäre der Käfig des Vampirs echt. Als bräuchte sie nur aufzustehen und loszugehen – nein, zu rennen –, um bei ihm zu sein, jetzt und auf ewig.

Okay. Genug davon. Sie klappte das Buch zu, auch wenn noch viele Fragen offengeblieben waren, und ging mit eiligen Schritten davon.

Eine so starke Reaktion sprach, besonders vor dem Hintergrund ihrer Träume, gegen einen Streich. Nicht dass sie daran je wirklich geglaubt hätte. Doch alle anderen Möglichkeiten bereiteten ihr so viele Sorgen, dass sie sich weigerte, sie auch nur in Betracht zu ziehen.

Jane duschte, zog sich Jeans und T-Shirt an und aß ein nahrhaftes Frühstück. Gegen ihren Willen wanderte ihr Blick immer wieder zu dem Ledereinband. Sie fragte sich, ob es den versklavten Vampir wirklich gab und, zugegeben, auch, ob sie ihm helfen konnte. Ein paarmal hatte sie das Buch schon aufgeschlagen, ehe ihr überhaupt bewusst wurde, was sie tat. Und jedes Mal war sie davongeeilt, ehe sie in den Bann der Geschichte geraten konnte.

Vielleicht hatte man ihr das dumme Ding genau deswegen gegeben. Um sie zu ködern, damit sie sich wieder an die Arbeit machte. Sie musste aber nicht arbeiten. Geld war für sie kein Problem. Darüber hinaus liebte sie die Wissenschaft einfach nicht mehr. Warum sollte sie? Es gab nie eine Antwort, nur immer noch mehr Fragen.

Wenn ein Puzzleteil an seinen Platz geglitten war, brauchte man zwanzig weitere. Und am Ende konnte nichts, was man tat, nichts, was man gelöst oder entwirrt hatte, die Menschen retten, die man liebte. Es gab immer irgendeinen dämlichen Kerl, der sich in der Bar ein paar Bier genehmigte, in seinen Wagen stieg und in deinen raste. Oder sonst etwas Tragisches.

Das Leben war willkürlich.

Jane sehnte sich nach Eintönigkeit.

Aber als Mitternacht heranrückte, kreisten ihre Gedanken immer noch um den Vampir. Sie gab auf, kehrte in die Küche zurück, schnappte sich das Buch und stakste zurück ins Bett. Nur ein paar Absätze, verdammt, und *dann* würde sie sich wieder nach Eintönigkeit sehnen.

Janes viel zu großes T-Shirt rutschte ihr bis zur Taille hoch, als sie das Buch auf ihren angezogenen Beinen ablegte, die Stelle aufschlug, wo das Lesezeichen immer noch steckte, und ihre Aufmerksamkeit auf die Seiten richtete. Einige Sekunden lang schienen die Worte in einer Sprache geschrieben zu sein, die sie nicht verstand. Und einen Wimpernschlag später waren sie wieder Englisch.

O-kay. Sehr merkwürdig und sicherlich – hoffentlich – bloß durch den Schlafmangel hervorgerufen.

Sie fand ihre Stelle. „Man nannte ihn Nicolai." Nicolai. Ein starker, sinnlicher Name. Die Silben klangen in ihrem Kopf wie eine Liebkosung. Ihre Brüste zogen sich schmerzlich zusammen, sehnten sich nach einem heißen feuchten Kuss. Jane errötete am ganzen Körper. Sie versuchte, sich zu erinnern. Einen Vampir namens Nicolai hatte sie nie befragt, und der Vampir in ihren Träumen hatte nie mit ihr gesprochen. Er hatte sie überhaupt nicht wahrgenommen. „Er wusste nichts von seiner Vergangenheit, wusste nicht, ob er eine Zukunft hatte. Er kannte nur seine Gegenwart. Seine verhasste und qualvolle Gegenwart. Er war ein Sklave, eingesperrt wie ein Tier."

Wie schon beim ersten Mal wurde ihr plötzlich schwindelig. Dieses Mal las Jane weiter, auch dann noch, als ihre Brust sich zusammenzog. „Man hielt ihn sauber und ölte ihn ein. Zu jeder Zeit. Nur für den Fall, dass Prinzessin Laila ihn in ihrem Bett brauchte. Und die Prinzessin brauchte ihn. Oft. Nachdem er ihre grausamen, perversen Gelüste befriedigt hatte, blieb er geschlagen und verletzt zurück. Doch er ergab sich nie. Der Mann war wild, fast unkontrollierbar, und so voller Hass, dass jeder, der ihn ansah, in seinen Augen den eigenen Tod erblickte."

Das Schwindelgefühl verstärkte sich. Ihr Verlangen ebenfalls. Einen solchen Mann zu zähmen, all seine Wildheit auf sich selbst konzentriert zu wissen, zu spüren, wie er wild hämmernd in einen eindrang … aus freien Stücken … Jane schauderte.

Konzentrier dich endlich, Parker. Sie räusperte sich. „Er war hart und gnadenlos. Ein Krieger im Herzen. Ein Mann, der absolute Kontrolle gewöhnt war. Wenigstens glaubte er das. Selbst ohne seine Erinnerungen merkte er genau, dass jeder Befehl, der an ihn gerichtet wurde, seine Nerven wund kratzte."

Noch ein Schaudern durchfuhr sie. Sie knirschte mit den Zähnen. Er brauchte ihr Mitleid, nicht ihr Verlangen. *Ist er für dich wirklich so echt?* Ja, das war er. „Wenigstens bekam er einige Tage Erholung", las sie weiter, „von allen vergessen. Der ganze Palast stand kopf, weil Prinzessin Odette von den Toten auferstanden war, und …"

Der Rest der Seite war leer. „Und was?" Jane blätterte um, aber ihr wurde bald klar, dass die Geschichte ein offenes Ende hatte. Na toll.

Glücklicherweise – oder auch nicht – entdeckte sie am Ende des Buches noch etwas Geschriebenes. Sie blinzelte und schüttelte den Kopf. Die Worte veränderten sich nicht. „Du, Jane Parker", las sie langsam vor. „Du bist Odette. Komm zu mir, ich befehle es Dir. Rette mich, ich flehe Dich an. Bitte, Jane. Ich brauche Dich."

Ihr Name stand in dem Buch. Wie kam ihr Name in das Buch? In der gleichen Schrift wie alles andere? Auf den gleichen alten vergilbten Seiten, mit der gleichen verschmierten Tinte?

Ich brauche dich.

Sie konzentrierte sich wieder auf den Teil, der an sie gerichtet war. Immer wieder las sie: „Du bist Odette", bis das Bedürfnis zu schreien endlich von ihrer Neugierde besiegt wurde. Ihre Gedanken überschlugen sich. Es gab so viele Möglichkeiten. Gefälscht, echt, Traum, Realität.

Komm zu mir.

Rette mich.

Bitte

Ich befehle es dir.

Etwas in ihr reagierte auf diesen Befehl starker als auf alles andere. Der Drang, zu rennen – hierhin, dorthin, überallhin – durchfuhr sie. Bis sie ihn fand, ihn rettete, war nichts anderes mehr wichtig. Und sie konnte ihn retten, wenn sie nur erst bei ihm war.

Ich. Befehle. Es. Dir.

Ja. Sie wollte gehorchen. So sehr. Sie fühlte sich, als wäre eine unsichtbare Leine um ihren Hals gelegt, an der man jetzt zog.

Jane schloss das Buch mit zitternden Fingern. Sie würde niemanden suchen. Nicht heute Nacht. Sie musste sich sammeln. Morgen, mit klarem Kopf nach einer starken Tasse Kaffee, würde sie sich die Sache logisch erklären können. Hoffte sie jedenfalls.

Nachdem sie das Buch auf ihren Nachttisch gelegt hatte, ließ sie sich in ihr Bett fallen und schloss die Augen. Sie versuchte ihre rasenden Gedanken zu beruhigen, hatte aber wenig Erfolg. Wenn Nicolais Geschichte stimmte, war er von seinen Ketten so gefangen, wie sie es einst von den Leiden ihres Körpers gewesen war.

Ihr Mitleid wuchs … breitete sich aus …

Während man ihn in einem Käfig gefangen hielt, war sie an ihr Krankenbett gefesselt gewesen, mit gebrochenen Knochen, gerissenen Muskeln und einem von Medikamenten vernebelten Verstand, und das alles, weil ein betrunkener Fahrer in ihren Wagen gerast war. Und während sie unter dem Verlust ihrer Familie gelitten hatte – immer noch litt –, weil ihre Mutter, ihr Vater und ihre Schwester im gleichen Wagen gesessen hatten, wurde Nicolai von einer sadistischen Frau mit unerwünschten Berührungen gefoltert. Sie spürte eine Welle des Mitleids und einen Funken Zorn.

Ich brauche dich.

Jane atmete tief ein, langsam wieder aus und drehte sich auf die Seite. Sie klammerte sich fest an ihr Kissen, so fest, wie sie sich plötzlich an Nicolai klammern wollte, um ihn zu trösten. Um bei ihm zu sein. *Äh, fang damit gar nicht erst an.* Sie kannte den Mann nicht einmal. Deshalb würde sie sich auch nicht vorstellen, mit ihm zu schlafen.

Aber genau das tat sie. Seine Qualen waren vergessen, als sie sich ausmalte, wie er sich auf sie legte, die silbernen Augen vor Verlangen leuchtend, seine Pupillen geweitet. Seine Lippen waren voll und gerötet, weil er ihren ganzen Körper mit Küssen bedeckte, und ihr Geschmack glänzte noch feucht darauf. Sie leckte ihn, schmeckte ihn, schmeckte sich selbst, wollte ausnahmslos alles, was er ihr zu geben hatte.

Er stieß einen anerkennenden Laut aus und ließ seine Fangzähne aufblitzen.

Sein großer muskulöser Körper bedeckte ihren. Auf seiner erhitzten Haut bildeten sich kleine Schweißperlen, sodass ihre Körper sich auf dem Weg zum Höhepunkt leichter aneinander reiben konnten. Lieber Gott, fühlte er sich gut an. So verdammt lang. Lang und stark. Er passte perfekt, füllte sie ganz aus. Vor, zurück, schneller und schneller, bis an den Rand der höchsten Empfindungen, und dann langsamer … langsamer … qualvoll.

Sie kratzte ihm mit den Fingernägeln über den Rücken. Er stöhnte. Sie schlang ihm die Beine um die Hüften und drückte ihn an sich. *Ja. Ja, mehr.* Schneller, immer schneller. Nie genug, fast genug. *Mehr, bitte mehr.*

Nicolai drang mit der Zunge in ihren Mund ein und spielte mit ihrer Zunge, ehe er zubiss und gierig an ihrem Blut saugte. Ein scharfes Stechen, und dann, endlich, oh Gott, endlich, trat sie über die Grenze.

Wellen der Lust durchfuhren ihren ganzen Körper, bis kleine Sterne vor ihren Augen aufblitzten. Ihre Muskeln zogen sich wieder und wieder zusammen, und flüssige Hitze sammelte sich zwischen ihren Oberschenkeln. Sie ritt endlose Sekunden, Minuten lang auf den Wellen, bis sie sich auf die Matratze sinken ließ und nach Atem rang.

Ein Orgasmus, dachte sie benommen. Ein echter Orgasmus von einem eingebildeten Mann, und sie hatte sich nicht einmal selbst berührt.

„Nicolai … mein …“, flüsterte sie, und als sie endlich einschlief, lag ein Lächeln auf ihren Lippen.

2. KAPITEL

Prinzessin. Prinzessin, Ihr müsst aufwachen."

Jane öffnete blinzelnd ihre Augen. Gedämpftes Sonnenlicht drang in das Schlafzimmer – das nicht ihr eigenes war, wie sie verwirrt bemerkte. Ihr Zimmer war schlicht, mit weißen Wänden und einem braunen Teppich, und das einzige Möbelstück darin war ein schmuckloses Bett. Doch jetzt sah sie über sich einen Betthimmel aus rosa Spitze. Rechts befand sich ein prächtig geschnitzter Nachttisch, auf dem ein juwelenbesetzter Pokal stand. Darunter lag ein weicher glitzernder Teppich, der zu einer Bogentür führte, deren Flügel offen standen und das Innere eines großen Wandschranks zeigten, aus dem ein Regenbogen aus Samt, Satin und Seide herausquoll.

Das konnte nicht stimmen.

Sie setzte sich mit einem Ruck auf. Ihr wurde schwindelig – ein vertrautes Gefühl, aber kein tröstliches –, und sie stöhnte.

„Ist alles in Ordnung, Prinzessin?"

Sie zwang sich dazu, sich zu konzentrieren, und sah sich um. Neben ihrem Bett stand eine junge Frau. Eine Frau, der sie noch nie begegnet war. Klein, pummelig, mit Sommersprossen auf der Nase und krausem rotem Haar. Sie trug ein Kleid aus grobem braunem Stoff, das unbequem eng zu sitzen schien.

Jane krabbelte rückwärts, bis sie gegen das Kopfteil des Bettes stieß. „Wer bist du? Was machst du hier?" Noch während sie sprach, riss sie ihre Augen vor Erstaunen weit auf. Sie hatte fünf verschiedene Sprachen gelernt, aber im Augenblick sprach sie keine davon. Und doch verstand sie jedes Wort, das aus ihrem Mund kam.

Auf dem Gesicht des Mädchens waren keine Emotionen

zu lesen, als wäre sie es gewohnt, von Fremden angebrüllt zu werden. „Ich bin Rhoslyn. Früher war ich das Dienstmädchen Ihrer Mutter, doch jetzt soll ich Euch dienen. Wenn Ihr mich behalten wollt“, fügte sie unsicher hinzu. Auch sie sprach in dieser merkwürdigen lyrischen Sprache mit den fließenden Silben. „Die Königin hat mich gebeten, Euch zu wecken und in ihr Studierzimmer zu bringen.“

Dienstmädchen? Mutter? Janes Mutter war tot, genau wie ihr Vater und ihre Schwester. Sie waren ums Leben gekommen, als der betrunkene Fahrer sein Auto in ihre Seite des Wagens gerammt hatte. Ihr Vater und ihre Schwester waren sofort tot gewesen. Ihre Mutter jedoch … Sie war vor Janes Augen langsam verblutet. Der Wagen war in einen Baum verkeilt gewesen, ihre Sitzgurte hatten sie gefesselt gehalten, die Metalltüren und das Dach waren so vollkommen verbeult gewesen, dass man sie hatte herausschneiden müssen. Doch da war es schon zu spät gewesen. Sie hatte bereits ihren letzten, qualvollen Atemzug getan.

Sie war genau an dem Tag gestorben, als man ihr gesagt hatte, dass der Krebs endlich besiegt war.

„Wage es nicht, mich mit meiner Mutter zu verspotten“, knurrte Jane, und Rhoslyn zuckte zusammen.

„Es tut mir leid, Prinzessin, aber ich verstehe nicht. Ich spotte nicht über die Einladung Eurer Mutter.“ Wie verängstigt sie jetzt klang. In ihren dunklen Augen sammelten sich sogar Tränen. „Ich schwöre, ich wollte Euch nichts Böses. Bitte, bestraft mich nicht.“

Bestrafen? Sollte das ein Witz sein? Nein, *Witz* war nicht das passende Wort. Hatte sie vielleicht einen Nervenzusammenbruch? Aber das konnte nicht sein. Zusammenbrüche waren eine Art Hysterie, und sie war nicht hysterisch. Außerdem war da noch die Sache mit der Sprache. *Komm schon. Du bist Wissenschaftlerin. Geh der Sache mit Logik auf den Grund.*

„Wo bin ich? Wie bin ich hierhergekommen?“ Als Letztes erinnerte sie sich daran, in dem Buch gelesen zu haben, und … Das Buch! Wo war das Buch? Ihr Herz hämmerte unkontrollierbar, wie ein Gewitter in ihrer Brust, während sie sich noch einmal umsah. Dort! Ihr Buch lag auf dem Schminktisch, so nah und doch so fern.

Meins, brüllte jede Zelle in ihrem Körper. Das überraschte sie. Und es überraschte sie auch, wie selbstverständlich sie diese Behauptung fand. Andererseits hatte sie es praktisch mit dem Ding getrieben. Und … ach verdammt. Ihr Blut erwärmte sich wieder, ihre Haut begann zu kribbeln, und ihr Körper bereitete sich darauf vor, vollkommen in Besitz genommen zu werden.

Ich brauche dich, Jane. Der Text. Sie erinnerte sich an den Text. *Komm zu mir. Rette mich.*

Denk logisch darüber nach. Sie war eingeschlafen und hatte geträumt, wie ein Vampir sie sündig berührte. Und dann war sie, wie bei „Alice im Wunderland“, in einer seltsamen neuen Welt aufgewacht. Und sie war ganz sicher wach. Das war kein Traum. Wo war sie also? Wie war sie hergekommen?

Was wäre, wenn …?

Sie erstickte den Gedanken, ehe er in eine Richtung führen konnte, die ihr nicht gefiel. Es musste eine logische Erklärung geben. „Wo bin ich?“, fragte sie noch einmal.

Während Jane sich aus der weichen Umarmung ihrer Federmatratze befreite, sagte das angebliche Dienstmädchen: „Ihr seid in … Delfina.“ Sie sprach mit einem fragenden Tonfall, als könnte sie nicht ganz begreifen, dass Jane die Antwort nicht bereits kannte. „Ein Königreich ohne Zeit und Alter.“

Delfina? Davon hatte sie … schon einmal gehört, stellte sie erstaunt fest. Nicht den Namen, aber von einem „Königreich ohne Zeit“. Einige der Wesen, die sie befragt hatte, hatten von diesem Reich gesprochen, einem magischen Reich, in verschiedene Königreiche unterteilt, von dem die Menschen nichts wussten. Damals war sie nicht sicher gewesen, ob sie daran glauben sollte oder nicht. Sie waren Gefangene, weggesperrt zum Wohle der Menschheit. Sie hätten alles erzählt, um damit ihre Freiheit zu erlangen. Auch angeboten, Jane in ihre Welt zu begleiten.

Was wäre, wenn …?

Was, wenn sie die Grenze von ihrer Welt zur anderen übertreten hatte? Jane erlaubte dem Gedanken endlich, zu seinem Ende zu kommen, und ihr drehte sich der Magen um.

Ehe der Autounfall ihr Leben so einschneidend verändert hatte, hatte sie nicht nur mythische Kreaturen untersucht. Sie hatte die Manipulation von makroskopischer Energie erforscht und jeden Tag „das Unmögliche" versucht. Zum Beispiel den molekularen Transfer eines Objekts von einem Ort – einer Welt – an einen anderen, und es war ihr gelungen. Nicht mit Lebensformen, natürlich, noch nicht, aber mit Plastik und anderen Materialien. Deshalb hatte man sie als annehmbares Risiko eingestuft, wenn es um die Interaktion mit den gefangenen Wesen ging, den Toten wie den Lebendigen.

Was, wenn es ihr irgendwie gelungen war, sich selbst zu transferieren? Aber, fragte sie sich, wie hatte ihr das gelingen können, wenn sie die nötigen Geräte nicht bei sich in der Hütte gehabt hatte? Nachwirkungen von ihrem Kontakt mit den transferierten Materialien vielleicht?

Nein. Es gab zu viele Variablen. Zum Beispiel ihre neue Identität als Königstochter.

„Rhoslyn", sagte sie und hielt ihre zusammengekniffenen Augen auf das Mädchen gerichtet, während sie sich auf die Beine stellte. Ihre Knie schlugen zusammen, und ihre Muskeln verkrampften sich, aber das Schwindelgefühl kam zum

Glück nicht wieder.

„Ja, Prinzessin?"

Sie sah schnell an sich herunter, blinzelte überrascht und musste ein zweites Mal hinsehen. Sie trug eine wunderschöne rosafarbene Robe, die sie nicht selbst gekauft und noch nie zuvor gesehen hatte. Der Stoff schlug Wellen um ihren knochigen Körper und tanzte um ihre Knöchel.

Wer zur Hölle hatte sie angezogen?

Ist auch egal. Sie konzentrierte sich auf das Hier und Jetzt. „Wie sehe ich aus?"

Rhoslyn streckte die Hand aus, und Jane schürzte die Lippen und schreckte zurück. „Bitte, Prinzessin, es geht Euch nicht gut. Erlaubt mir, Euch zu helfen."

„Bleib, wo du bist", befahl Jane ihr. Bis sie herausgefunden hatte, was vor sich ging, würde sie niemandem vertrauen. Und ohne Vertrauen kein Anfassen.

Das Mädchen erstarrte. „W… was immer Ihr befehlt, Prinzessin. Soll ich Euch etwas bringen?"

„Nein, äh, ich will nur etwas von da drüben holen." Jane ging mit unsicheren Schritten voran. Die Fasern des Teppichs waren so weich, wie sie aussahen, streichelten ihre nackten Füße und kitzelten den empfindlichen Bereich zwischen ihren Zehen. Sie ging langsam, um ihre geschundenen Beine zu schonen. Als sie endlich das Buch in Händen hielt und sich umdrehte, fühlte sie sich wieder normal. Das Mädchen hatte sich immer noch nicht bewegt. Sie hatte einen Arm in Richtung des Bettes ausgestreckt und zitterte. „Steh bequem", hörte Jane sich sagen.

Mit einem erleichterten Seufzen ließ Rhoslyn ihren Arm sinken. „Ihr habt gefragt, wie Ihr ausseht. Wunderschön, Prinzessin. Wie immer." Es klang automatisch, ohne Gefühl dahinter.

Jane behielt ihre halbe Aufmerksamkeit auf sie gerichtet,

die andere Hälfte konzentrierte sich auf das Buch. Sie runzelte die Stirn. Das dunkle Leder war makellos. Sie schlug die Mitte auf. Es lag kein Lesezeichen darin, und die Seiten waren neu, frisch. Leer. „Das ist nicht mein Buch“, sagte sie. „Wo ist mein Buch?“

„Prinzessin Odette“, antwortete Rhoslyn, ohne zu zögern. „Meines Wissens nach seid Ihr ohne Buch hier angekommen. Wenn ich Euch jetzt bitten dürfte …?“

„Warte. Wie hast du mich genannt?“

„Pr… Prinzessin Odette? So lauten Euer Titel und Euer Name. Oder nicht? Soll ich Euch anders nennen? Oder vielleicht kann ich die Heilerin benachrichtigen, damit sie …“

„Nein. Nein, ist schon in Ordnung.“ Prinzessin Odette, von den Toten auferstanden. Genau diese Worte hatte Jane gelesen. Und sie hatte auch gelesen: „Du, Jane Parker. Du bist Odette.“

Sie drehte sich um und lehnte sich gegen den Schminktisch, um sich im Spiegel zu betrachten. Als sie sich selbst erblickte, erstarrte sie. Hellbraunes Haar floss über eine Schulter. *Ihr* Haar. Vertraut. Ihre Augen waren glasig, und unter ihnen waren halbmondförmige dunkle Schatten. Auch vertraut.

Sie streckte die Hand aus. Ihre Fingerspitzen berührten das Glas. Kalt, fest. Echt. Wenn sie ihr Gewand hochhob, würde sie die Narben sehen, die ihren Bauch und ihre Beine entstellten. Sie wusste es genau.

Sie hatte sich also nicht über Nacht in Prinzessin Odette verwandelt. Oder, verflucht, vielleicht sahen sie und die Prinzessin einfach gleich aus.

„Wie bin ich hergekommen?“, krächzte sie und drehte sich wieder zu dem Mädchen um.

Ich brauche dich, Jane.

Nicolai. Sie atmete zischend ein, als sein Name plötzlich ihre Gedanken erfüllte. Nicolai, der versklavte Vampir, angekettet, missbraucht. Nicolai, der Liebhaber, der in ihren Körper eindrang. Ihre Beine öffneten sich für ihn und pressten sich dann zusammen, um ihn festzuhalten.

Komm zu mir.

Zu ihm kommen, als würde er sie kennen. Als würde sie ihn kennen. Aber sie war ihm noch nie begegnet. Jedenfalls nicht dass sie wüsste.

So etwas war möglich, nahm sie an. Laut der Paradox-Theorie … Verdammt. Nein. Es wurden keine Hypothesen über die Paradox-Theorie aufgestellt, solange sie nicht weitere Informationen gesammelt hatte. Sonst würde sie die nächsten Tage nur mit Nachdenken verbringen.

Rhoslyn erblasste. „Gestern Abend hat ein Mann der Palastwache Euch draußen auf den Treppen gefunden. Er hat Euch hierher in Eure Schlafkammer getragen. Es wird Euch freuen zu erfahren, dass man sie seit Eurem Verschwinden unverändert belassen hat."

Sie war zu Hause eingeschlafen … und hier wieder aufgewacht. Als Prinzessin Odette, von den Toten auferstanden. Alice im Wunderland.

„Ich hoffe, es macht Euch nichts aus, aber ich habe Euch gebadet und Euch etwas anderes angezogen", fügte Rhoslyn hinzu.

Glühend heiße Hitze stieg in ihre Wangen. In den letzten elf Monaten hatten sie jede Menge Fremde gebadet und umgezogen, und sie war erleichtert, dass es Rhoslyn gewesen war und nicht irgendein verschwitzter keuchender Kerl. Trotzdem. *Wie peinlich.* „Wo ist mein Hemd?"

„Es wird gewaschen. Ich muss zugeben, so etwas habe ich noch nie zuvor gesehen. Es waren fremde Schriftzeichen darauf."

Sie schloss das Buch und presste es gegen ihre Brust. „Ich will es zurückhaben." Im Augenblick war es ihre einzige

Verbindung nach Hause.

„Natürlich. Sobald ich Euch zu Eurer Mutter gebracht habe, werde ich … Oh, verzeiht. Ich wollte sie nicht wieder erwähnen. Ich werde Euch in … das Studierzimmer im unteren Geschoss bringen und das Kleidungsstück für Euch holen." Ehe Jane etwas erwidern konnte, fügte Rhoslyn durch zusammengebissene Zähne hinzu: „Ich freue mich so sehr – so wie Euer ganzes Volk –, dass Ihr zu uns zurückgekommen seid. Wir haben Euch vermisst, sogar sehr."

Eine Lüge, das stand außer Frage. „W… wo war ich?"

„Eure Schwester, Prinzessin Laila, hat gesehen, wie Ihr vor einer gefühlten Ewigkeit von den Klippen gefallen seid. Nachdem Euer neuer Sklave Euch erstochen und leer getrunken hatte. Auch wenn wir Euren Körper nie finden konnten, nahm man an, Ihr wäret tot, denn so einen Sturz hat noch nie jemand überlebt. Wir hätten wissen müssen, dass Ihr, der Liebling von ganz Delfina, einen Weg finden würdet." Sie ließ ein steifes Lächeln aufblitzen, das höchstens eine Sekunde anhielt.

Prinzessin Laila. Auch dieser Name hallte in Janes Kopf wider, direkt gefolgt von „grausame, perverse Gelüste".

„Nicolai", sagte sie. War er hier? War er echt?

Das Dienstmädchen kaute auf seiner Unterlippe und schien plötzlich nervös zu sein. „Wollt Ihr, dass ich den Sklaven Nicolai zu Euch bringen lasse?"

Janes Pulsschlag beschleunigte sich, ihre Haut erwärmte sich und kribbelte wie zuvor. Dieses Mädchen wusste, wer er war. Das bedeutete, er war wirklich hier, er war so echt, wie sie selbst es war.

Ihre Gedanken überschlugen sich. Das Buch. Die Charaktere. Die Geschichte, die vor ihren Augen Wirklichkeit wurde … und Jane war jetzt ein Teil davon, tief darin verwoben, auch wenn sie nicht sie selbst war. Endlich. Ein Puzzleteil fiel an seinen Platz.

Das Buch könnte eine Verbindung darstellen. Vielleicht hatte sie, indem sie laut vorlas, eine Pforte von ihrer Welt in diese geöffnet. Vielleicht war es Nicolai irgendwie gelungen, das Buch zu ihr zu schicken, und sie war seine einzige Hoffnung auf Freiheit.

„Nicolai", wiederholte sie. „Bring mich zu ihm." Sie musste ihn sehen, und sie war zu ungeduldig, um abzuwarten. Würde er sie erkennen? Hatte sie recht mit ihren Vermutungen?

Rhoslyn schluckte. „Aber er war es, der Euch erstochen hat, und Eure Mutt… ich meine, äh, die Königin mag es nicht, wenn man sie warten lässt. Sie hat Euch bereits einmal besucht, aber Ihr habt fest geschlafen und konntet nicht geweckt werden. Ihre Ungeduld wächst, und Ihr wisst, Ihre Launen …" Ihre Wangen röteten sich, als sie merkte, was sie gesagt hatte. „Es tut mir leid. Ich wollte der Königin gegenüber nicht respektlos sein."

Nicolai hatte Odette erstochen, die Frau, die Jane gerade verkörperte? Das war eine Wendung, die Jane nicht erwartet hatte. Verdammt. Was, wenn er versuchte, Jane das Gleiche anzutun?

Das wird er nicht, sagte ein tief verborgener, geheimer Teil von ihr. *Er braucht dich. Das hat er selbst gesagt.*

„Ein paar Minuten länger zu warten wird der Königin nicht schaden." Wer auch immer diese Königin war und was sie ihr auch bedeuten sollte, Jane war es egal. Obwohl es ihr nicht behagte, dass eine solche Frau, die anscheinend unter unberechenbaren Launen litt, hier regierte und ihre Worte Gesetz waren.

„Eure Schwester …"

„Ist egal." Auch sie war tot. Obwohl, wenn man dem Buch glaubte, könnte *Odette* sehr wohl eine Schwester haben. Diese andere Prinzessin. Aber auch das war Jane egal. „Bring mich zu Nicolai. Sofort.“ Zeit, ein weiteres Puzzleteil zu finden.

Das Mädchen zuckte zusammen, und in der angespannten Stille tickten die Sekunden dahin. Endlich sagte es: „Was immer Ihr befehlt, Prinzessin. Hier entlang.“

3. KAPITEL

Man nannte ihn Nicolai. Er wusste nicht, ob das sein richtiger Name war. Er wusste nichts über sich selbst. Immer, wenn er versuchte, sich zu erinnern, pochte ein unerträglicher Schmerz in seinem Kopf, und sein Verstand verschloss sich. Er wusste nur, dass er ein Vampir war, und die Frauen um ihn herum waren Hexen. Das und dass er dieses Königreich und sein Volk verachtete – und er würde sie alle vernichten. Eines Tages. Bald. So wie er eine ihrer Prinzessinnen vernichtet hatte.

Vorfreude stieg in ihm auf. Die Leute, die ihn gefangen hielten, dachten, er wäre schwach und harmlos. Sie hungerten ihn aus, gaben ihm nur einen Tropfen Blut am Morgen und einen Tropfen am Abend. Mehr nicht. Er wurde ständig verspottet und gequält. Besonders von Prinzessin Laila. *Von so edler Geburt, und jetzt sieh dich an. Zu meinen Füßen, und ich kann mit dir machen, was ich will.*

Von edler Geburt? Das würde er bald herausfinden.

Sie nahmen an, dass er ihnen kein Leid zufügen konnte, nur weil er gefesselt war und hungerte. Sie hatten keine Ahnung, welche Macht in ihm brodelte. Macht, die wie er selbst in Ketten lag, aber sie war da, bereit, im richtigen Augenblick ihre Ketten zu sprengen.

Bald, dachte er mit einem finsteren Grinsen.

Sie hatten seine Macht von ihrer Heilerin fesseln lassen und auch sein Gedächtnis gelöscht, und daraus machten sie kein Geheimnis. Den Grund dafür hatten sie ihm allerdings nie verraten. Woran sollte er sich nicht erinnern? Auch das würde er herausfinden.

Was *sie* nicht wussten, war, dass die Hexe nicht Nicolais innere Stärke gehabt hatte, und schon jetzt waren einige seiner Fähigkeiten ihrem mentalen Käfig entkommen und hatten es ihm erlaubt, eine Frau zu sich zu rufen, die ihn befreien konnte.

Eine Frau, die endlich angekommen war. Vor Ungeduld und Erleichterung lief er immer wieder in seiner Zelle auf und ab. Seine nackten Füße klopften dabei auf dem kalten Zementboden, und seine Ketten rasselten. Selbst seine Wachen waren schockiert, als Prinzessin Odette wie durch ein Wunder aufgetaucht war. Oder vielmehr das Mädchen, von dem sie annahmen, dass es Prinzessin Odette war.

Die echte Odette war tot. Dafür hatte er gesorgt. Er hatte sie ausgesaugt, erstochen und dann über die Klippen vor den Palastmauern gestoßen. Übertrieben gewalttätig vielleicht, aber ein Feind war ein Feind, und sie hatte seinen Zorn entfacht. Außerdem hatte er sichergehen müssen, dass sich nicht einmal die mächtigsten Hexen von so etwas erholen konnten.

Beeil dich, Weib. Ich brauche dich.

Nicolai hatte unzählige Tage, Wochen, Jahre – er war sich nicht sicher – mit Odette verbracht, ehe er sie umgebracht hatte. Sie war es gewesen, die ihn auf dem Sexmarkt gekauft hatte. Sie war eine grausame Frau gewesen, mit einer Vorliebe dafür, anderen Schmerzen zuzufügen. Sie konnte keinen Höhepunkt erreichen, wenn ihr unfreiwilliger Partner nicht vor Schmerzen schrie.

Bei Nicolai hatte sie nie einen Höhepunkt erreicht.

Stumm zu bleiben war für ihn eine Frage des Stolzes gewesen. Egal welche Werkzeuge sie an ihm benutzt hatte, egal wie vielen Männern und Frauen die Schlampe es erlaubt hatte, ihn zu berühren und zu benutzen, er hatte immer nur gelächelt.

Als Odette ihn mit vor die Palastmauern genommen und ihm damit gedroht hatte, *ihn* von den Klippen zu werfen, wenn er sich ihr weiterhin widersetzte, war für ihn endlich die Gelegenheit gekommen, zuzuschlagen. Sie hatte den Fehler gemacht, seinen Maulkorb im Kerker zurückzulassen. Sie hatte auch den Fehler gemacht, in seine Reichweite zu kommen. Obwohl er in Ketten gelegen hatte, hatte er sie angefallen, sie zu Boden geworfen und seine Fangzähne in ihrem Hals vergraben. Ausgehungert, wie er gewesen war, hatte es nur wenige Minuten gedauert, sie leer zu saugen. Und nach dem letzten Schluck, der ihr das Leben genommen hatte, hatte er sie mit ihrem Dolch erstochen, nur um sicherzugehen, und sie über den Rand der Klippen geworfen.

Der Leibwächter hatte zu spät bemerkt, was vor sich ging, und da hatte Nicolai, der Appetit auf einen weiteren Imbiss bekommen hatte, ihn bereits angefallen. Sie hatten wie Tiere gekämpft. Nur weil er animalischer war als die meisten Männer, hatte Nicolai gewonnen. Der Wächter hatte eigentlich keine Chance gehabt. Wenn man sie provozierte oder sie hungrig waren, wurden Vampire wahnsinnig und heißhungrig – unvorhersehbare, unkontrollierbare Raubtiere, die Beute gewittert hatten.

Während er sein zweites Opfer ausgesaugt hatte, war Prinzessin Laila gekommen. Nachdem sie ihrer älteren Schwester immer das Anrecht auf den Thron geneidet hatte, genau wie ihre Besitztümer und Nicolai selbst, hatte sie Odette beobachtet und auf den richtigen Zeitpunkt gewartet.

Nicolai hatte ihn ihr unfreiwillig verschafft. Sie und ihre Wachen waren schneller gewesen, als seine Augen es fassen konnten, gestärkt und beschleunigt durch uneingeschränkte Magie, und auch wenn die Mahlzeit, seine erste seit Wochen, ihn gestärkt hatte – die Ketten hatten ihn behindert. Sie hatten ihn beschämend schnell überwältigt.

Plötzlich ertönten Schritte, gefolgt von einem süßen Duft, und beides zog seine Aufmerksamkeit auf sich. Nicolai erstarrte, seine Ohren zuckten, und das Wasser lief ihm im Mund zusammen. Alles verzehrender Hunger überkam ihn, sein Magen zog sich zusammen. *Muss … das Weib … kosten …*

Das Verlangen entsprang nicht seinem Verstand, sondern einer Quelle tief in seinem Innersten. Einem Instinkt, einem Bedürfnis.

Normalerweise kündigten Schritte Lailas Bedienstete an, die kamen, um ihn die Treppe hinauf in ihr Schlafzimmer zu schleppen. Dieses Mal bog eine pummelige Rothaarige um die Ecke. Er sog die Luft tief ein und knurrte. Sie war es nicht. Von ihr ging dieser süße Duft nicht aus.

Nicolai hielt den Atem an und hoffte, dadurch seinen Verstand zu klären, wenn auch nur für einen Augenblick. Er war so verdammt hungrig nach der Quelle des Duftes – er musste sie sehen. Er blieb in der Mitte seines Käfigs stehen, hinter ihm seine Pritsche, vor ihm das schwere Gitter, und wartete. Wer würde sein Verlies als Nächstes betreten?

Und dann sah er sie. Die Frau, die er herbeigerufen hatte. Seine „Odette".

Er atmete scharf ein. Sie. Sie war es. Ein zweites Knurren stieg in ihm auf, dieses Mal direkt aus seiner Seele. *Muss das Weib kosten.*

Sie roch nicht wie die wahre Odette. Für alle anderen würde sie das. Sie würde nach dem zu starken blumigen Parfum riechen, vermischt mit dem widerlichen Gestank einer eiternden Wunde – der Beweis ihres verdorbenen Herzens. Aber für ihn … oh, für ihn … Er atmete noch einmal ein, er konnte nicht anders. Ein Fehler. Die Süße war jetzt dichter, fast, als könnte er sie berühren. Sie vernebelte ihm den Verstand. *Muss. Kosten.* Seine Fangzähne und sein Zahnfleisch schmerzten, so sehr wollte er von ihr trinken. *Muss kosten.*

Er betrachtete sie, und sein Blut ging fast in Flammen auf. Jeder, der sie ansah, würde nur die Maske erblicken, die sein Zauber auf sie gelegt hatte. Eine mystische Illusion, die sie zu einer anderen Frau machte. Haar, so schwarz wie der Abgrund, die Augen funkelnde Smaragde und Haut so blass wie Schnee. Aber damit hatte sich die legendäre Schönheit ihres Vaters auch schon erschöpft, und die grausame Hässlichkeit ihrer Mutter zeigte sich. Odette war groß, aber kräftig gebaut, ihre Wangen durch zu viel Maßlosigkeit aufgequollen, ihr Kiefer breit und kantig. Ihre dunklen Augenbrauen waren buschig und berührten sich fast in der Mitte. Ihre Nase war lang und eindeutig krumm.

Was Nicolai dagegen sah, war die Frau, die sein Suchzauber gewählt hatte. Die Frau aus seinen Träumen. Träume, in denen sie am Rand stand, ihn beobachtete und nie ein Wort sprach. Träume, die er nicht verstanden hatte. Bis jetzt. Die ganze Zeit hatte seine Magie gewusst, was er brauchte.

Sie war genauso groß wie Odette, jedoch schlank wie ein Grashalm, und ihr Haar hatte die Farbe von Honig. Ihre Augen waren verführerisch katzenhaft, eine Schattierung dunkler als ihr Haar und voll düsterer Geheimnisse. Ihre Haut war leicht gebräunt und leuchtete, als wäre die Sonne darunter verborgen. Ihre Wangen waren perfekt modelliert, ihr Kinn stur und doch zart.

Zart, ja. So sah sie aus. Verführerisch filigran, unglaublich fragil und herrlich weiblich. Fast … zerbrechlich. Würde er sie umbringen, wenn er von ihr trank? Und er *würde* von ihr trinken. Er würde nicht in der Lage sein, ihrem Duft lange zu widerstehen.

In ihm regte sich ein Beschützerinstinkt – eine Empfindung, die er nicht kannte, erst recht nicht für eine Fremde – und verlangte, dass er sie in seine Arme nahm und weit fort von all den Schrecken brachte. Schrecken, für die er verantwortlich sein würde. Nicht nur durch seine dunkle Umarmung, sondern auch durch die Bosheit der Leute um sie herum. Den Bewohnern von Delfina wäre ihr Leben nichts wert, wenn sie erfuhren, wer sie in Wahrheit war. Sie würden sie umbringen. Unter Schmerzen.

Willst du Freiheit oder das Mädchen beschützen? Beides kannst du nicht haben.

Er verschloss sein Herz. Er wollte Freiheit.

Ihre Blicke trafen sich eine Sekunde später, und ein Schock des Erkennens durchfuhr ihn. Vielleicht spürte sie es auch, denn sie keuchte auf und stolperte. Dann richtete sie sich auf und blieb an den Gittern seines Käfigs stehen. Ihre bernsteinfarbenen Augen waren weit aufgerissen, ihr sinnlich rosiger Mund offen über gleichmäßigen weißen Zähnen. Sie hielt ein Buch in der Hand.

Koste sie …

Er wünschte sich, ihre Zunge zu sehen. Wollte ihre Zunge mit seiner einfangen. Sein Verlangen überraschte ihn. Wie lange war es her, dass er wirklich erregt gewesen war?

„Du bist echt“, flüsterte sie und legte ihre freie Hand um einen Gitterstab. Sie drückte so fest zu, dass ihre Knöchel weiß wurden. „Du bist wirklich hier. Und du siehst genau wie in meinen Träumen aus.“

Er nickte steif – nicht das Einzige, was an ihm steif war. „Ich bin echt, ja.“ Sie hatte von ihm geträumt, wie er von ihr geträumt hatte? Die Vorstellung gefiel ihm.

Er deutete mit dem Kinn auf ihre Dienerin. *Mach, dass sie verschwindet.*

Ihre Aufmerksamkeit richtete sich auf das Mädchen, und sie keuchte noch einmal auf, als überraschte es sie, nicht mit ihm allein zu sein. „Du kannst gehen, Rhoslyn. Und danke, dass du mich hergebracht hast.“

„Alles, was Ihr wünscht, Prinzessin.“ Rhoslyns Miene wurde vor Erleichterung weich, und sie knickste. Dann lief sie schnell um die Ecke und die Treppe hinauf.

„Du bist verwirrt“, sagte Nicolai. Wie rau seine Stimme

war, wie er sie durch seine Zähne pressen musste und wie schneidend sein Tonfall klang.

Ein Schauer lief über ihren schmächtigen Körper, als sie sich ihm zuwendete. „Ja. Ich war allein zu Hause und habe in einem Buch gelesen – über dich! Und im nächsten Augenblick war ich hier. Wie komme ich hierher? Wo *ist* hier? Zuerst dachte ich, dass ich halluziniere oder das Ganze ist ein Streich, aber das stimmt nicht. Ich weiß, dass es nicht stimmt. Ich bin ganz ruhig. Ich kann sehen, und ich kann fühlen."

„Keine Halluzination, kein Streich." Seine Stirn legte sich in tiefere Falten, und seine Fangzähne gruben sich in seine Unterlippe. *Nur ein Schluck, nur ein kleiner Schluck.* „Du hast ein Buch über mich gelesen? Ist es das?"

Ihr Blick fiel auf seine Zähne, und sie schluckte. „Ja. Ich glaube, du hast es selbst geschrieben." Ihre Stimme war so zart und zerbrechlich wie ihre Gestalt. „Oder wenigstens einen Teil davon. Aber nein, das hier ist es nicht. Es ist leer. Oder vielleicht ist es das doch, es ist nur noch nicht geschrieben."

Soweit er wusste, hatte er kein Buch geschrieben, und er hatte auch niemandem ein Buch geschickt. Das hatte allerdings nichts zu bedeuten. Die Erinnerung daran konnte mit dem Rest seiner Vergangenheit begraben liegen.

Er schloss einen Moment lang seine Augen und genoss ihren Duft – und spürte, wie der Schmerz in seinem Zahnfleisch sich verstärkte. Er ging auf sie zu, entschlossen, sie zu packen und zu beißen.

Als er merkte, was er tat, zwang er sich, anzuhalten. Er würde ihr nur Angst einjagen, und dann schrie sie, und eine Wache würde kommen, um sie zu retten.

Er könnte natürlich eine Hand auf ihren Mund legen und mit der anderen ihren Kopf nach hinten schieben, um sich freie Bahn zu verschaffen. Er könnte an ihr lecken … endlich köstlich schmecken …

Konzentrier dich. „Weißt du, wer ich bin?“ Wieder war sein Tonfall rau und fordernd. „Sind wir uns schon begegnet? Außer in deinen Träumen?“

„Nein.“

Enttäuschend. „Ich werde dir alles erklären. Später“, log er. Je weniger sie wusste, jetzt und in Zukunft, desto besser für sie. „Jetzt müssen wir uns beeilen.“ Seit er auf dem Sklavenmarkt aufgewacht war – vor Wochen, Monaten, *Jahren*? – trieb ihn mehr an als nur der Drang, zu trinken und zu entkommen. Ihn trieb der Drang an, das Königreich Elden zu erreichen.

Er musste dorthin. Bald. Mehr als das, er musste den neuen König umbringen. Er wusste nicht, warum, er wusste nur, dass der bloße Gedanke an den Mann ihn mit Zorn erfüllte. Und mit jedem Tag, den dieser Mann lebte, starb ein Stück von Nicolai. Dieses Wissen gehörte nicht zu seinen Erinnerungen, es kam aus der gleichen Quelle wie sein Bedürfnis, diese Frau hier zu kosten.

Kosten. Wie oft würde er das Wort noch denken?

Unzählige Male. Bis er bekam, was er wollte, dessen war er sich sicher.

„Gib mir deinen Arm.“ Er leckte sich die Lippen bei dem Gedanken, sie zu berühren, die Textur ihrer Haut zu erfahren. „Ich werde dich zeichnen.“ Ein kleiner Biss in ihr Handgelenk, das war alles. Er würde sich zwingen, aufzuhören. Für den Anfang.

Sie schüttelte den Kopf, und ihr Honighaar tanzte auf ihren Schultern. „Nein. Erklär mir alles. Jetzt. Danach können wir darüber *reden,* ob du mich zeichnest, was auch immer das sein mag.“

Die Frau konnte nicht so stur sein, wie sie sich gab. „Wir werden vielleicht getrennt.“ Ehe sie ihn befreite. „Ich will zu jeder Zeit wissen, wo du bist."

„Äh, ich bin mir nicht sicher, wie es mir gefällt, dass jemand immer weiß, wo ich bin. Aber wie gesagt, wir können darüber reden. Später."

Also gut, sie war *noch* sturer, als es den Anschein hatte. „Wie du sehen kannst, bin ich ein Sklave. Ich werde gefoltert." Die Worte auszusprechen entfachte noch mehr Wut in ihm. Er hätte nie zulassen dürfen, dass man ihn in diese Situation brachte. Er hätte stärker sein müssen. Er *war* stärker. Aber er wusste beim besten Willen nicht, wie er auf den Sexmarkt gekommen war. „Ich weiß nicht einmal ..."

„Ob dein Name wirklich Nicolai ist, bla, bla, bla. Ich *weiß*. Ich habe doch gesagt, ich habe in dem Buch über dich gelesen. Ich verstehe das alles nur nicht." Sie deutete auf den Kerker, auf ihn, auf ihr Gewand. „‚Jane, ich brauche dich', hast du gesagt. Woher wusstest du, dass du mir schreiben sollst, wenn wir uns noch nie begegnet sind?" Sie strahlte Verzweiflung aus. „Es sei denn, ich war schon einmal hier, bin dann aber in eine Zeit nach Hause zurückgekehrt, in der wir uns noch nicht begegnet waren, und meine Träume waren Echos von den Dingen, die noch kommen sollten. Das würde bedeuten, wir befinden uns in einer Zeitschleife, aber das führt natürlich zu einem Paradox, und ..."

„Genug." Jane. Ihr Name war Jane. Er erschien ihm irgendwie vertraut, und seine Erregung stieg ... und stieg. Vielleicht weil die Silbe so weich und lyrisch war wie ihr fremder – kaum hörbarer – Akzent. *Konzentrier dich.* Wenn sie irgendwem sonst diese Fragen gestellt hätte ... „Was hast du den anderen erzählt?"

„Nichts." Sie lachte ohne Humor. „Ich kenne sie nicht."

„Gut. Das ist gut." Aber ihn kannte sie, obwohl sie sich nur in ihren Träumen gesehen hatten? Wie er in diesem Buch behauptete, sie zu kennen? Hier ging noch irgendetwas anderes vor sich. „Woher kommst du, Jane?"

„Oklahoma."

Oklahoma war nicht Teil dieses magischen Reiches. „Dann bist du eine Sterbliche? Keine Hexe?"

Ein Zwinkern mit dunklen Wimpern und ein Augenblick des Erschreckens. Und Stolz. „Ich hatte recht. Ich habe die Grenze übertreten, nicht wahr?"

„Jane. Ich habe dir eine Frage gestellt." Und er war es gewohnt, sofort Antworten zu erhalten. Das spürte er in seinen Knochen.

„Ja, ich bin sterblich, und nein, ich bin keine Hexe. Aber du, du bist ein Vampir."

Er nickte. Er wusste, dass dieses Reich neben der Welt der Sterblichen existierte – einer Welt, die zum größten Teil nicht wusste, was sie umgab.

Die Grenze übertreten, wie sie es genannt hatte, geschah öfter, als es sollte. Wie und warum, wusste allerdings niemand. In einem Augenblick redete man mit einem Formwandler, oder man kämpfte gegen einen Oger, und im nächsten stand an seiner Stelle ein Mensch. Und wenn es kein Mensch war, dann ein nutzloses, biegsames Objekt.

Vor Enttäuschung brach Nicolai fast zusammen. Warum hatte seine Magie diese Frau gewählt? Was nutzte ihm eine Sterbliche hier? Selbst wenn sie so verlockend war? Wenn Jane gebeten würde, ein Ritual abzuhalten, wie man es von Odette oft verlangt hatte, könnte sie es nicht. Sie würde versagen. Dann würden alle wissen, dass sie nicht war, wer sie zu sein behauptete, und das, noch ehe er bekam, was er wollte.

Er musste schneller handeln, als er geplant hatte.

„Hör zu. Ich habe dich hierher beschworen, und ich bin es, der dich beschützen wird." Eine kleine Wahrheit, mit der er sie beschwichtigen wollte. „Vertrau niemandem sonst. Nur mir." Eine Lüge, die ihn retten sollte. Denn sobald sie ihn befreit hätte, würde er alles hinter sich lassen. Diesen Palast – und sie. Weil seine Macht so unberechenbar war, konnte er die Maske, die sie zu Odette machte, nicht abnehmen, solange sie zusammen waren, ohne zu riskieren, sie gleichzeitig wieder nach Hause zu schicken. Außerdem musste sie sich im Palast frei bewegen können, wie es nur eine Prinzessin konnte. Was eine Prinzessin nicht konnte, war, außerhalb dieser Mauern zu reisen, ohne belästigt zu werden.

Sobald er sie verlassen hätte, würde Jane nur noch ihr Verstand bleiben, um sich zu schützen.

Er verspürte einen Anflug von Schuldgefühlen. Ehe diese Gefühle Zeit hatten, sich auszubreiten, Wurzeln zu schlagen und zu wachsen, zermalmte er sie zu Staub und verstreute sie in alle Winde. Er durfte nicht weich werden. Egal wie verzweifelt er das Blut dieser Frau begehrte.

„Du hast also irgendeinen Zauber veranstaltet?“, fragte sie. „In Ordnung. Einen magischen Vampir kann ich mir vorstellen. Aber viele Leute glauben auch, Wissenschaft ist so etwas wie Magie. Also, reden wir von natürlicher Magie, Runen, Hellsehen oder Metaphysik? Ich kann nämlich …“

„Jane.“ Sie plapperte. Er fand das … charmant. Er runzelte die Stirn. Charmant? Wirklich? Er musste sie kosten, ehe sich sein Urteilsvermögen noch mehr trübte.

Sie lächelte verlegen. „Tut mir leid. Neugierde und Rätselraten sind irgendwann noch mal mein Untergang. Waren sie jedenfalls früher. Ich dachte, ich würde sie mittlerweile hassen, aber, na ja, wie du siehst, ist das nicht der Fall.“

Dieses Lächeln – hatte er je etwas so Offenes und Unschuldiges gesehen? Ein weiterer Funke der Schuld loderte in seiner Brust, aber er erstickte ihn wieder. Dieses Mal fiel es ihm leichter, weil seine Erregung angestiegen war und langsam das Einzige wurde, worauf er sich noch konzentrieren konnte.

Nein. Nur seine Flucht zählte.

„Warum ich?“, fragte sie. „Ich meine, woher wusstest du, dass du ausgerechnet mich beschwören musst?“

Er hatte eine Frau gewollt, die der Anziehung eines Vampirs erlag, eine, die noch nicht durch das Böse der Herzkönigin beschmutzt war, eine, die sich nicht vor Blut fürchtete und die seine Qualen begriff. Er erzählte ihr nichts davon. Er kannte die Frauen – jedenfalls glaubte er das – und wusste, es würde ihr nicht gefallen. „Befiehl meine Freilassung. Sofort. Beeil dich.“

Plötzlich wirkte sie verärgert. „Wie?“, verlangte sie zu wissen.

„Ruf die Wache. Sag ihnen, sie sollen mir die Ketten abnehmen, weil du mich mit in deine Schlafkammer nehmen willst. Und dann sag ihnen, sie sollen die Heilerin zu uns schicken.“

„Die Heilerin?“ Ihr besorgter Blick fuhr über seinen Körper. „Bist du verletzt?“

Nein. Aber die Heilerin hatte seine Erinnerungen und seine Macht gefesselt. Also musste sie auch in der Lage sein, sie zu befreien. Und, dachte er düster, ich will die Schlampe umbringen. „Ich höre nicht, wie du nach der Wache rufst, Jane.“

„Dann funktionieren deine Ohren ausgezeichnet, Nicolai. Also, die Wache wird tun, was ich ihnen befehle?“ Sie schnippte mit den Fingern. „Einfach so?“

„Für sie bist du Prinzessin Odette. Die älteste Tochter ihrer Königin und bald ihre Herrscherin.“ Nicolai erlaubte es sich endlich, an das Gitter heranzutreten. Seine Ketten rasselten dabei. Immer näher … „Sie werden alles tun, was du von ihnen verlangst.“

Sie ließ das Metall los und wich zurück, ehe er sie anfassen konnte. Als wäre er schmutzig und unwürdig. Wahrscheinlich war er das. „Ja, aber warum glauben die, dass ich Odette bin?“

Ein Muskel unter seinem Auge fing an zu zucken. Ihre andauernden Fragen gingen ihm auf die Nerven, das stimmte, aber ihre Nähe war noch aufreibender. Wenn er ihr nahe war, überwältigte ihr Duft ihn fast und war so köstlich, dass er wahrscheinlich sabberte. „Darum.“

„Warum?“, wiederholte sie.

Stures Stück. „Weil meine … Vampirmagie sie dazu bringt“, sagte er tonlos. Ihr mehr zu verraten würde sie vielleicht in die Flucht schlagen. Sterbliche waren so leicht verängstigt von Dingen, die sie nicht verstanden.

Im Augenblick brauchte er diese Frau auf seiner Seite und bei Sinnen. Auch wenn er zugeben musste, dass sie sich bisher ziemlich gut hielt.

„Wie?“, fragte sie hartnäckig.

Er schüttelte das Gitter. „Tu, was ich dir sage, Jane. Wir müssen uns beeilen.“

Sie hob eine Augenbraue. „Du bist niedlich, wenn du versuchst, mich herumzukommandieren, weißt du das?“ Die Farbe in ihren Wangen vertiefte sich, und ihr Atem wurde flacher. „Und du … riechst nach Sandelholz.“

Ihm wurde klar, dass sie seinen Duft ebenso sehr mochte wie er ihren. Es erregte sie. Ihre Brustwarzen waren kleine Perlen unter ihrem Gewand, die nach einer Berührung oder einem Kuss flehten. Kribbelte ihr Bauch? War sie schon feucht zwischen den Beinen?

Seine Hände ballten sich zu Fäusten. „Ich weiß nicht, warum ich hier bin oder wie sie mich fassen konnten, aber ich weiß, dass ich nicht hierher gehöre. Wenn ich bleibe, werden sie mich wieder und wieder foltern. Sag mir, dass du anders bist, Jane. Sag mir, dass es dir nicht gefällt, zuzusehen, wie ein Mann gefoltert wird.“

Ihr Blick fiel auf das Metall, das um seinen Hals lag, und dann tiefer. Vielleicht folgte sie den getrockneten Blutstropfen auf seinem Bauch, ehe sie an seinem aufgestellten Lendenschurz haltmachte.

Noch ein Schauder überlief sie. „Es gefällt mir nicht", hauchte sie gebrochen. „Aber was geschieht, wenn die merken, dass ich nicht Odette bin?"

„Das werden sie nicht." Diese Lüge gelang ihm nicht so reibungslos. „In Ordnung? Alles, was du wissen musst, um die Illusion aufrechtzuerhalten, ist, dass du mich auf dem Sexmarkt erworben hast. Ich gehöre dir. Verlange, dass sie mich freilassen, und nimm mich mit in deine ..."

Das Geräusch von Schritten hallte durch den Kerker, und Nicolai presste seine Lippen zusammen. Jane erstarrte. Publikum konnten sie jetzt nicht gebrauchen. Dann kam Laila um die Ecke. Ein finsterer Ausdruck entstellte ihr ohnehin hässliches Gesicht. Sie war klein und kräftig wie ihre Mutter, ihre Wangen waren ebenso voll wie Odettes und ihre Hängebacken genauso auffällig.

Ohne die Hakennase galt sie allerdings als „Schönheit" der Familie. Sie hatte ihre langen Haare zu einem Knoten auf dem Kopf zusammengenommen, nur zwei Locken hingen ihr an den Schläfen herab. Ihr opulentes Kleid aus grünem Samt passte zu ihren Augen, auch wenn es in diesem oder jedem anderen Königreich nichts gab, was sie attraktiv hätte machen können. Das Böse in ihrer Seele überschattete alles.

Ein silberner Zeitmesser hing von einer Kette an ihrem Hals. Sie nahm ihn nie ab, und der Anblick ließ Nicolais Magen stets vor Wut verkrampfen. Warum?

Laila kam abrupt zum Stehen, als sie Jane entdeckte, und glättete ihre Miene so schnell sie konnte zu einem liebevollen Ausdruck. „Was machst du hier unten, liebste Schwester? Und dann noch in deinem Nachthemd." Sie lachte nervös. „Du solltest dich ausruhen. Wir wollen doch nicht, dass du krank wirst, oder? Du hast bereits so viel durchmachen müssen."

Auch ihre Stimme ekelte ihn an. Er hatte sie über sich gehört, unter sich, hinter sich und ihren warmen Atem auf seiner Haut gespürt. Und jetzt, so kurz vor seiner Flucht, musste er sich auf die Zunge beißen, um seine Flüche für sich zu behalten.

Bald würde er sie vernichten.

Jane schluckte und sah ihn an.

Tu, was ich dir gesagt habe, Jane, vermittelte er ihr, und ein Teil von ihm verabscheute es, das tun zu müssen. Er hatte noch nie im Leben um etwas bitten müssen. Er hatte immer ... Ein scharfer Schmerz durchfuhr seine Schläfen und unterbrach seine Gedanken. Eine Erinnerung, abgestorben, ehe sie leben konnte.

„Du bist Prinzessin Laila. Meine Schwester. Ja." Jane atmete tief ein, drückte ihre Schultern durch, und stellte sich ihrer „Schwester". „Er ... er ist mein. Er gehört mir." Was ihr an Überzeugungskraft fehlte, machte sie mit Entschlossenheit wett.

Braves Mädchen.

Laila knirschte mit ihren viel zu weißen Zähnen und trat von einem Fuß auf den anderen. „Ja, aber du warst fort, meine Liebe. Ich habe seine Pflege übernommen. Jetzt gehört er mir." Sie streichelte den Zeitmesser. „In solchen Situationen gibt Mutter immer dem recht, der schon besitzt."

„Ist mir egal. Er ist mein."

„Odette, sei vernünftig." Wie geduldig Laila erschien. Eine Täuschung. „Er hat schon einmal versucht, dich umzubringen, und es ist ihm fast gelungen. Du kannst mit ihm nicht fertigwerden, und ich habe mich an ihn gewöhnt, also ..."

„Ich sagte, er ist mein."

Braves Mädchen, dachte er wieder. Nicolai wünschte sich so verzweifelt, den Sturm der Macht in sich entfesseln zu können, lieber jetzt als später. Er würde Laila zerschmettern, lächeln, während sie brüllte, lachen, während sie starb, und dann den Palast Stein für Stein auseinandernehmen und auf dem Schutthaufen tanzen.

Bald. Das Wort hallte unablässig in ihm wider.

Er wusste nicht, welche Macht er in sich trug oder ob er stark genug war, um zu tun, was er mit diesem Königreich vorhatte. Die vollkommene Zerstörung. Aber er machte sich keine Sorgen darum. Wenn seine Macht zu schwach war, würde er seine Armee herbeirufen, und sie würden gemeinsam marschieren …

Wieder schoss ihm der Schmerz durch den Kopf, und eine weitere Erinnerung war zerstört. Der Schmerz entlockte ihm ein Zischen und befreite seinen Verstand, ehe er sich vollkommen verlor.

Beide Frauen warfen ihm einen kurzen Blick zu, ehe sie sich wieder aufeinander konzentrierten. Aber Lailas Blick kehrte noch einmal zu ihm zurück, und zu seiner Erektion – in der sein Verlangen nach Jane noch immer pulsierte. Sie sperrte überrascht den Mund auf. „Du bist erregt."

Er griff schweigend unter seinen Lendenschurz und begann seine Länge auf und ab zu reiben, sie mit dem zu verspotten, was er ihr nie freiwillig geben würde.

Laila keuchte unterdrückt und riss ihre Augen weit auf, als sie sich zu ihrer Schwester umdrehte. „Wie ist es dir gelungen, ihn zu erregen?"

„Ich … ich …" Rot zu werden stand Jane genauso gut wie ihr Lächeln. So unschuldig und süß sah sie aus, wie Sonnenlicht und Mondlicht zusammen. *Kosten …*

„Schon gut", fuhr Laila sie an. Die Fassade aus Liebe und Geduld brach rasch zusammen. „Ist auch egal. Mutter ist auf dem Kriegspfad und will mit dir reden. Sie hat tagelang um deinen Tod getrauert und war außer sich vor Freude bei deiner Rückkehr. Diese Freude wird dich aber nicht davor bewahren, ausgepeitscht zu werden, wenn du dich ihr weiterhin widersetzt."

Eine Mutter, die *tagelang* um ihr Kind trauerte. Wie herzerwärmend, spottete Nicolai in Gedanken. Aber die Herzkönigin war schon immer als brutale Tyrannin bekannt gewesen, ein gnadenloses Miststück und eine machthungrige Mörderin. Nicolais eigene Mutter war …

Er biss die Zähne zusammen, um den Schmerz zu ertragen.

„Ich hatte gehört, dass du auf dem Weg hier herunter bist", fuhr Laila fort, „und ich bin gekommen, um dich zu holen. Du willst die Königin doch nicht etwa warten lassen?"

„Ich … ich …"

„Nein. Willst du nicht."

Verdammt. Jane ließ sich von Laila anführen. Sie bewies damit, dass sie nicht die Willenskraft hatte, selbst die Führung zu übernehmen. Seine einzige Chance auf Flucht schwand mit jeder Sekunde, die verstrich, mehr.

„Laila, nein, ich …"

„Dein armer verwirrter Verstand hat sich noch nicht von deinem Sturz erholt, nicht wahr, mein Liebling? Aber du möchtest die Haut auf deinem Rücken bestimmt behalten, das weiß ich genau. Wache!", rief Laila.

Jane rang die Hände. Sie war offensichtlich aufgewühlt.

„Ich … ich … Das ist nicht nötig. Ich will nicht ausgepeitscht werden, aber ich muss wirklich …"

Zwei bewaffnete Wachen kamen um die Ecke und blieben hinter Prinzessin Laila stehen. Sie hielten ihren Blick geradeaus gerichtet und erwarteten ihre Befehle.

Wenn sie Jane anfassten, würde Nicolai sie hinrichten. Er würde ihnen die Kehlen aufschlitzen und auf ihre Leichen spucken. Die Wildheit seiner Gedanken hätte ihn überraschen sollen. Jane war nur aus einem einzigen Grund hier; ob sie sich nun so verhielt oder nicht und ob die Bewohner von Delfina sie anfassten, war nebensächlich. Doch Nicolai war nicht überrascht. Nichts würde ihn davon abhalten, diese Männer kaltblütig zu ermorden. Jane gehörte ihm. Sie war seine Retterin, und nur er durfte sie anfassen. Nur er allein. Niemandem sonst war es gestattet.

Bis er sie zurückließ.

Er biss sich so fest auf die Zunge, dass er das eigene Blut schmeckte.

„Legt dem Gefangenen seinen Maulkorb an und bringt ihn in meine Kammer", befahl Laila, und er entspannte sich etwas. Die Männer waren also nicht wegen Jane hier. „Meine Schwester und ich werden von der Königin erwartet."

„Nein", knurrte Nicolai, ehe er sich davon abhalten konnte.

„Nein?" Laila richtete erstaunt ihre Aufmerksamkeit auf ihn. Sie wickelte ihre fetten kleinen Finger um den Zeitmesser, der von ihrem Hals hing, und drückte zu. „Du wagst es, Befehle zu erteilen, Sklave? *Mir*?"

„Odette bleibt." Jane konnte vielleicht die Diener und ihre Schwester täuschen, aber die Herzkönigin war nicht so leichtgläubig. Sie hatte Odette nach dem eigenen Abbild geschaffen, und niemand kannte sie besser. Jane und ihre seltsame Sprache würden sofort enttarnt werden. Und dann brachte man sie um, ehe Nicolai sie benutzen konnte.

Herz ... verhärten.

Erweichen ...

Laila fing an zu stammeln: „Du ... du willst nur wieder versuchen, sie umzubringen. Deswegen willst du sie hierhaben. Ich weiß es genau. Deshalb gibst du vor, sie zu begehren. Nur deshalb."

Er fuhr mit der Zunge über seine Fangzähne. „Ich muss in ihr sein. *Deshalb* soll sie hierbleiben."

Wieder lief Jane rot an.

„Du … du lügst", stotterte Laila. „Du hasst sie. Du würdest nie mit ihr ins Bett wollen."

„Ich begehre sie."

Eine angespannte Pause. Mit abgehackten Bewegungen überbrückte Laila die Entfernung zwischen sich und ihrer Schwester und legte einen Arm um Janes Taille. „Hör nicht auf ihn. Er würde alles sagen, um eine zweite Chance zu bekommen, dir wehzutun. Komm mit. Ich beschütze dich."

„Nein!" Jane sprang aus Lailas Umarmung und starrte zu den Wachen hinauf. „Bringt Nicolai in *meine* Kammer und legt ihm keinen Maulkorb an. Und sag M… Mutter, ich brauche meine Ruhe. Ich spreche später mit ihr."

Laila wurde blass, als die Männer Janes Befehlen folgten. Sekunden später quietschen die Scharniere, die Tür zu Nicolais Käfig öffnete sich. Weitere Schritte wurden laut, und dann wurde ein Schlüssel in die Metallfassung gesteckt, die ihn an die Wand fesselte.

Seine Erleichterung war beinahe greifbar.

„Aber … aber Odette. Du begibst dich in Gefahr", sagte Laila verzweifelt.

„Er. Gehört. Mir. Mehr gibt es nicht zu sagen."

Das waren die falschen Worte. Ihre Behauptung – *Er gehört mir* – weckte ein wildes Tier in ihm. Ihr, er gehörte ihr, und er würde sie nehmen, ehe er sie verließ, egal was die Folgen waren. Immer und immer wieder. Auf jede Art, die er sich vorstellen konnte. Er würde von ihr trinken und ihren Körper in Besitz nehmen.

Er war nicht mehr aufzuhalten, und man konnte nicht mehr vernünftig mit ihm reden. Jetzt nicht mehr.

4. KAPITEL

Die Federmatratze gab unter seinem Gewicht nach, als die Wachen Nicolai auf das Bett zwangen. Sie verankerten die Metallketten um seinen Hals an einem Stahlhaken in der Wand und nahmen ihm dann die Ketten von Hand- und Fußgelenken ab – nur, um ihn gleich danach an die Bettpfosten zu fesseln.

Jane stellte fest, dass Odette schon früher Sklaven hierher hatte bringen lassen. Die Pfosten waren mit tiefen Kerben vernarbt, die von ihrem Widerstand sprachen. Jeder Menge Widerstand. Wie oft hatte Nicolai diese Art von Erniedrigung durch die Prinzessin ertragen müssen?

Wenigstens versuchte er nicht, die Wachen zu beißen, und sie versuchten auch nicht, ihm wehzutun. Jane musste sich also nicht auf die Seite eines „Sklaven" stellen und ihr Misstrauen wecken. Sie fühlte sich auch so bereits, als blinkte eine Leuchtreklame über ihrem Kopf, auf der groß „Betrügerin" stand.

Gott sei Dank hatte Laila die Wahrheit nicht bemerkt. Und was für ein Schock war diese andere Prinzessin überhaupt? Klein, gedrungen und so gemein, dass man meinte, ihr müsse Schaum vorm Mund stehen. Wenn die böse Hexe aus dem Märchen sich mit Hannibal Lecter zusammentat und die beiden ein Kind bekamen, würde dieses Kind Laila heißen.

Pass auf, was um dich herum geschieht, Parker!

Ach ja. Jane konzentrierte sich. Sie sah fassungslos zu, wie einer der Wachmänner Nicolai von Kopf bis Fuß säuberte und der andere ihn einölte.

Sie legte ihr Buch auf den Nachttisch und überlegte sich, ob sie etwas dagegen einwenden sollte, wie man mit ihm umsprang, aber sie war sich nicht sicher, ob „Odette" so etwas tun würde. Deswegen hielt sie den Mund. Die ganze Zeit blieb Nicolai stumm, sein Gesicht war ausdruckslos, aber sein Blick, oh, sein Blick klebte förmlich an ihr. Seine Pupillen waren riesig, und darin funkelte immer noch … Lust. Auf sie oder auf ihr Blut? Seine Fangzähne waren scharf und lang und zeigten, wie groß sein Hunger war.

Im Augenblick war er das perfekte Aushängeschild für einen Fetisch für Fesseln, Blut und harte Kerle. Er war angekettet, das schon, aber er behielt trotzdem die Kontrolle. Er war stark, sowohl körperlich als auch geistig, und er strahlte etwas aus, Pheromone vielleicht, die in *ihr* den Wunsch weckten, sein Sklave zu sein. Jede Zelle ihres Körpers sehnte sich schmerzlich und wild nach seiner Berührung. Sie war noch nie einem Wesen begegnet, das einen so perfekten Körper hatte.

Einen so stolzen und starken Mann zu sehen, wie er auf einem Bett aus rosa Spitze und Rüschen gefesselt lag und dafür vorbereitet wurde, von ihr benutzt zu werden, sollte ihr eigentlich den Magen vor Übelkeit umdrehen. Aber sie begehrte ihn nur noch mehr.

Sie hatte ihn sich schon vorgestellt, ehe sie sich begegnet waren, aber ihre Vorstellung hatte ihm nicht gerecht werden können. Er war groß, mindestens einen Meter neunzig, mit breiten muskulösen Schultern, einem sehnigen festen Bauch und einer Haut wie Milchkaffee. Er hatte schulterlanges Haar, schwarz wie die Nacht, und Augen, deren Farbe an Mondlicht auf Schnee erinnerte, silbrig und von goldenen Fäden durchzogen.

Sie sah nicht ihren Tod in diesen Augen, wie das Buch ihr versprochen hatte. Sie sah ihre Verführung. Wie oft hatte sie sich selbst davon abhalten müssen, die Hand auszustrecken und sich von ihm „zeichnen" zu lassen, was auch immer das bedeutete, nur um seine Haut auf ihrer zu spüren. Deshalb war sie von ihm fortgesprungen, als er die Hand nach ihr ausgestreckt hatte. Sie hatte Angst vor der eigenen Reaktion, Angst, dass die Begierde, die sie spürte, sie ihre Selbstbeherrschung vergessen ließ. Schon jetzt war das Bedürfnis, ihm nah zu sein, so wichtig und notwendig wie das, zu atmen.

Die gleiche Kraft, die sie hergebracht hatte, musste auch für diese seltsame Anziehung verantwortlich sein.

Obwohl er am ganzen Körper von Schnittwunden und blauen Flecken übersät war und seine Arme und Beine mit getrocknetem Blut verschmiert, hatte er keine einzige Narbe. Im Grunde hatte er keinen einzigen Makel, Punkt. Am ehesten kam daran noch die schmale Spur aus dunklen Haaren, die von seinem Nabel bis an den Saum seines Lendenschurzes führte – und das war kein Makel, sondern eher ein Pfad in den Himmel.

Und wo sie schon beim Ziel dieses verruchten Pfades war – unten in seinem Käfig hatte sie ihn erregt, und er hatte nicht versucht, es zu verbergen. Er hatte damit *geprahlt* und absichtlich die Aufmerksamkeit darauf gelenkt. Aus gutem Grund. Außer in ihren Träumen und dem einen Mal, das sie es sich mit ihm vorgestellt hatte, war sie nur mit einem einzigen Mann im Bett gewesen. Und dieser Mann konnte dem Vergleich einfach nicht standhalten. Sie bezweifelte, dass irgendein Mann das konnte. „Groß" war in Nicolais Fall eine Untertreibung.

Als er sich berührt hatte und mit seinen Fingern seine Länge auf und ab gefahren war, hatte ihr Körper geradezu geschmerzt. Sie hatte die Situation vergessen und sich vorgestellt, auf die Knie zu fallen. Sie wollte ihre Zunge nach ihm ausstrecken und ihn verschlucken.

Verstand, hör sofort auf, so versaut zu sein!

Endlich waren die Wachen fertig und gingen zur Tür. Ihr gebrüllter Befehl „Schlüssel hierlassen!" brachte beide Männer zum Stehen.

Der kleinere der beiden drehte sich um und verbeugte sich. „Ihr habt den Schlüssel für diese Fesseln bereits, Prinzessin."

Oh. Odette hätte das gewusst. „Na ja", sagte sie und schluckte. „Der Fall … von den Klippen – ihr wisst von den Klippen, nicht wahr? – muss mein Gedächtnis beeinflusst haben. Ihr könnt, äh, uns allein lassen." Sie deutete auf die Tür, so prinzessinnenhaft, wie sie konnte. Liebe Güte, so zu tun, als wäre sie eine andere – jemand, dem sie noch nie begegnet war – machte überhaupt keinen Spaß.

Die Tür schloss sich mit einem leisen Klicken.

Sie drehte sich zu ihrem „Gefangenen" um und verringerte den Abstand zu ihm, bis der Rand des Bettes sie dazu zwang, stehen zu bleiben. Wieder wollte sie ihn berühren, aber sie gestattete sich diesen Luxus nicht. Diese Zähne – er könnte ihre Halsschlagader als Souvenir mitnehmen.

„Der Schlüssel ist in der Nachttischschublade", sagte Nicolai und durchbrach damit die Stille. „Benutz ihn."

Selbst seine Stimme war ein Genuss. Ein sinnliches Gelage aus Tönen und Nuancen. Heiser, belegt, einen Hauch rauchig. Sie schauderte und leckte sich die Lippen. „Du hast mich vielleicht beschworen oder so ähnlich, aber du hast mir nichts zu befehlen. Also hör zu. Du sagst mir, was los ist – und *danach* hole ich den Schlüssel."

„Du und dein ‚danach'." Er starrte sie wütend an. Seine langen Wimpern verschmolzen miteinander, als seine Lider sich schützend über seine einzigartigen zweifarbigen Augen legten. „Das ist Erpressung." So genervt, wie er schien, da war auch so etwas wie … Stolz.

Warum Stolz? Sie atmete ein und aus und genoss seinen Duft nach Sandelholz. Jetzt war er viel stärker als in ihren Träumen oder beim Lesen des Buches. „Ja, das ist Erpressung, und ich gebe nicht nach."

Grausam von ihr, aber sie befürchtete, wenn sie ihn befreite, würde er erst etwas essen und dann aus der Tür rennen und sie zurücklassen, ohne eine einzige Frage zu beantworten. Er hatte das Aussehen eines gefangenen Panthers, bereit, zuzubeißen und davonzurennen. Außerdem hatte er im Kerker nicht mit ihr reden wollen, und er hatte es nur getan, weil sie ihn gezwungen hatte. Deshalb würde sie ihn weiterhin zwingen.

„Anscheinend riskiere ich es, ausgepeitscht zu werden, weil ich hier bei dir bin", fügte sie hinzu. „Du schuldest mir also etwas."

„Du würdest es nicht verstehen", sagte er durch zusammengebissene Zähne.

Sie hatte die Highschool im Alter von fünfzehn Jahren abgeschlossen. Mit achtzehn hatte sie ihren Master gehabt. Und während sie auf ihren Doktortitel zuarbeitete, hatte sie sich einem streng geheimen Institut der Regierung angeschlossen, um unerklärliche Fähigkeiten und Phänomene zu erforschen und Wege zu finden, selbst das Unerklärliche zu erklären. Sie hatte nur aufgehört und sich auf Medizin spezialisiert, um zurück nach Hause zu ziehen und ihrer Mutter zu helfen, bei der Brustkrebs diagnostiziert worden war.

„Ich glaube, ich schaffe das", sagte sie trocken. Sie stemmte ihre Hände in die Hüften und zog so den Stoff des Gewands über ihrer Brust straff.

Sein Blick blieb an ihren Brüsten kleben, und seine Lippen spannten sich über seine Zähne. „Na gut. Reden wir. Nachdem du dich auf mich gesetzt hast."

Sie blinzelte über seinen sinnlichen Vorschlag, und noch währenddessen reagierte ihr Körper auf ihn und bereitete sich vor, ihn in sich aufzunehmen. „Was … Warum?"

„Du bekommst, was du willst, und ich bekomme, was ich will."

„Erpressung?", ahmte sie ihn nach, nicht halb so selbstsicher, wie sie klang. Das Blut rauschte in alarmierender Geschwindigkeit durch ihre Adern.

„Ja."

Verlockend. So verlockend. Und wahrscheinlich sollte es sie einschüchtern. „Ich gebe aber nicht nach." Einer von ihnen musste versuchen, professionell zu bleiben.

„Bist du feucht?"

Der Atem stockte ihr in der Kehle. Offensichtlich würde Nicolai nicht derjenige sein, der professionell blieb. Und im Ernst, was war das bitte für eine Frage? „Ich … ich kenne dich nicht einmal, natürlich bin ich nicht … ich kann gar nicht … was du gesagt hast."

„Jane. Ich habe gesehen, wie du mich angestarrt hast. Du kannst. Also. Bist du feucht?"

„Ja", flüsterte sie und wurde rot. Das hatte sie heute schon oft getan. Offensichtlich würde auch sie nicht professionell bleiben.

„Ich bin hart wegen dir."

Ich weiß. Und wie ich das weiß. „Das ist egal." Oh Gott, es war nicht egal. Sie wollte sich mit dieser Härte bekannt machen, wie es sich gehörte. Also mit einem schönen festen Händedruck. „Ich meine, äh, hast du vor, mir so wehzutun, wie du der echten Odette wehgetan hast?"

Einen Herzschlag lang Schweigen. „Odette habe ich gehasst. Jane begehre ich."

So süße, verlockende Worte, noch wirksamer, weil sie ihm nicht vorwerfen konnte, nur das zu begehren, was ihm zur Verfügung stand. Auch Laila hatte ihn gewollt, aber er begehrte die Prinzessin überhaupt nicht. Logischerweise musste Jane also annehmen, dass er sich so zu ihr hingezogen fühlte wie sie zu ihm. Ja, sicher, logisch. Und nicht nur, weil sie zitterte und verzweifelt wollte, dass es stimmte.

Er versuchte vielleicht einfach nur, sie weichzukochen.

Oh, toll. Jetzt kam ihr so ein Gedanke, von dieser hässlichen Stimme tief in ihr. Einer Stimme, die nicht wollte, dass sie je glücklich war. Einer Stimme, die meinte, sie hatte es nicht *verdient,* glücklich zu sein. Sie stritt sich schon seit Monaten mit ihr und gewann langsam immer mehr dieser Kämpfe. Heute vielleicht nicht.

„Wenn ich dir wehtäte, würdest du mir nicht helfen", sagte er mit seidiger Stimme. „Ich will, dass du mir hilfst, und ich bin nicht dumm."

Nein, er war sexy. „Du bist gewalttätig. Ich weiß es."

„Ja."

Seine Ehrlichkeit entwaffnete ihr Argument, ehe sie es aussprechen konnte.

„Hast du Angst vor mir, Jane?"

„Vielleicht. Was, wenn du mich beißt? Oder dieses Zeichnen machst?"

„Es wird dir gefallen, das Beißen und das Zeichnen, aber ich werde beides nicht tun, solange du mich nicht anflehst. Darauf gebe ich dir mein Wort. Und jetzt setz dich auf mich", wiederholte er. „Ich kann dir auch Lust bereiten. Geben und nehmen. Das werden wir jetzt tun. Wir werden einander Lust geben und nehmen, während wir uns unterhalten."

Anflehen … Du lieber Himmel, dazu könnte es wirklich kommen. Denn tief in sich, im Herzen ihrer Weiblichkeit, wollte sie bei ihm sein. Als wäre sie für ihn geboren worden, und nur für ihn allein. Oder verzaubert. Aber selbst der Gedanke, dass er sie vielleicht mit einem Zauber belegt hatte, konnte ihr Verlangen nach diesem Mann nicht dämpfen. Dieses Verlangen war ihr aus irgendeinem Grund ebenso vertraut wie sein Duft.

„Ich ziehe mein Gewand nicht aus. Meine Unterwäsche auch nicht. Wir haben uns gerade erst kennengelernt. Das wäre, äh, billig." *Idiotin.* „Ich vertraue darauf, dass du dein

Wort hältst. Und ich tue das nur, um Antworten zu bekommen", log sie.

„Ist mir egal. Ich will dich fühlen."

Langsam und unsicher kletterte sie auf ihn, ein Bein auf jeder Seite seiner Hüften. Ihr Gewand schob sich hoch, bis ihre Oberschenkel nackt waren. Genauso langsam senkte sie ihren Körper ab, bis sie sich an seiner Härte rieb. Sie keuchte, als sie sich berührten. Er stöhnte.

Das war so viel besser als in ihrer Fantasie. Er war heiß, so heiß. Hart, so hart.

„Rede", sagte sie und breitete ihre Handflächen auf seiner Brust aus. Ehe sie das Gegenteil von dem tat, was sie gesagt hatte, und sich den Slip auszog.

Er bäumte sich auf und presste sich fester an sie. Sie stöhnten gemeinsam, und sein Herz schlug ebenso unregelmäßig wie ihres. Das gefiel ihr.

Ein Augenblick verstrich. „Du hast gesagt, du magst Rätsel", bemerkte er heiser. Sein Blick richtete sich auf ihren Hals.

Ihr Puls flatterte, als würde er sich freuen, von ihm bemerkt zu werden. „Ja."

„Wir passen sehr gut zusammen, findest du nicht?"

„Ja." Liebe Güte. Wie dämlich sie klang. Ja dies, ja das. Es war nur so, dass er ihre Schaltkreise durchgebrannt hatte. Sie saß tatsächlich rittlings auf ihm. Und sie sehnte sich. Sie sehnte sich wie ein Drogensüchtiger nach dem nächsten Schuss. Warum sonst hätte sie sich einem Vampir an den Hals werfen sollen?

Er wartete. Als sie nicht mehr sagte, hob er noch einmal die Hüften. „Was willst du wissen, Jane?"

Sie rieb sich an ihm. Aus Versehen, redete sie sich ein, und nur das eine Mal, aber es reichte aus, um sie zum Schwitzen zu bringen. „Ich will ... mehr über ... dich wissen. Warum hast du ausgerechnet mich herbeigerufen, um dich zu befreien?“ Da. Sie hatte ihre Stimme wiedergefunden und hechelte auch nicht, als würde sie einen Berg besteigen. Oder einen gut bestückten Mann.

„Das hast du nicht gesagt“, fuhr sie fort. „Sehe ich wie Prinzessin Odette aus oder so?“ Wenn dem so war, gaben Odette und Laila ein seltsames Paar ab. Die blonde Riesin neben dem brünetten Zwerg. *Neidisch?* „Ich meine, du hast gesagt, für alle anderen sehe ich aus wie ihre Prinzessin.“ Sie rieb sich noch einmal an ihm, fester diesmal, aber auch langsamer, ganz langsam, und dieses Mal konnte sie es unmöglich ein Versehen nennen. Sie brauchte es. „Aber als ich mich im Spiegel angesehen habe, war da nur, na ja, ich selbst.“

Kleine Schweißperlen bildeten sich auf seiner Stirn, während er sich ihr entgegenstreckte und sich mit ihr bewegte. „Du siehst ihr überhaupt nicht ähnlich. Ja, mach weiter so.“

„Und wie funktioniert dein Zauber dann?“ Seine Spitze stieß gegen ihre empfindlichste Stelle, und Jane stöhnte. „Warum glauben alle, ich wäre sie?“

„Als ich dich beschworen habe, habe ich meine Fähigkeit, Illusionen zu erschaffen, auf dich angewendet und Odettes Bild über deines gelegt.“ Seine Ketten rasselten, als er versuchte, die Arme zu senken. Als er merkte, dass es ihm nicht gelang, verzog er verärgert das Gesicht. „Für alle, die dich sehen, mit Ausnahme von mir, siehst du aus wie sie, und du klingst wie sie. Aber, bei allen Göttern, du riechst einfach himmlisch.“

„Du auch.“ Er hatte von Fähigkeiten gesprochen, die er besaß. So unglaublich heiß … äh, *interessant.* Während ihrer Ausbildung war es nie so eine herrliche Qual gewesen, Antworten zu bekommen. „Kannst du die Illusion von mir nehmen?“

Das Leder seines Lendenschurzes fühlte sich zwischen ihren Beinen weich an, ein starker Kontrast zu seiner Härte, der eine Spannung erzeugte, die ihr den Atem nahm. Ihr Herz hämmerte so kräftig, dass sie fast Angst hatte, ihre Knochen würden brechen.

Sie musste langsamer machen, sonst explodierte sie, ehe das Gespräch vorüber war.

„Nein, das kann ich nicht. Nicht solange wir zusammen sind. Meine Macht ... Sie haben mir etwas angetan. Meine Fähigkeiten irgendwie gebunden, so wie sie meinen Körper gefesselt haben.“ Er befeuchtete sich die Lippen, entblößte dabei seine Fangzähne und verbarg sie gleich wieder. So scharf, so tödlich. „Gefällt dir das, Jane? Bin ich gut?“

So sehr, dass es ihr Angst machte. „Ja.“

„Beug dich vor. Küss mich!“

Wieder der Drang, zu gehorchen ... Stattdessen hörte sie auf, sich zu bewegen. Ja. Sie wollte ihn küssen. Aber sie wusste, auch wenn sie sich vorbeugte, wenn sie ihm den Atem aus den Lungen küsste, wie sie es wollte, dann würden sie Sex haben. Es ging nicht anders. Man sah doch, wie kurz sie davor war, ihn anzuflehen!

Sie konnte nicht mit ihm schlafen. Sie waren Fremde. Schlimmer noch, er war ein Vampir, ein Bluttrinker, und sie hatte an seiner Art Forschungen betrieben. Oh Gott. Das tötete die beste Stimmung. Wenn er es je herausfand, war die Stimmung nicht das Einzige, was sterben musste.

Sie vergewisserte sich, dass er es bestimmt nie herausfinden würde, ehe sie in Panik verfiel. Sie selbst hatte nicht vor, es ihm zu verraten, und wer wusste schon sonst davon? Niemand. Auch wenn er sich fragen könnte, warum sie mehr über seinen Körper wusste, als sie sollte. Zum Beispiel, dass er am Leben war, nicht tot, und seine Organe so angeordnet waren wie bei einem Menschen.

Außerdem würde sie irgendwann nach Hause zurückkehren. Das hoffte sie jedenfalls. Mehr noch, sie waren in Gefahr und unter Zeitdruck. Sie brauchte Antworten von ihm, keinen Sex. Keine Küsse.

Zögernd kroch sie von ihm herunter und stellte sich neben das Bett. Ihr gaben die Knie fast nach. Unglaublich, dass sie das Gleichgewicht halten konnte, denn ihre Muskeln schienen so weich zu sein.

„Jane?“

Sie durfte ihn nicht ansehen. Sie würde nicht nachgeben. Er war einfach so verdammt schön und sein Blick so hungrig. Nach ihr. „Unscheinbare Jane“ hatten die Kinder in der Schule sie genannt. Sie war jetzt schon versucht, sich wieder auf ihn zu werfen und sich bis zur Ekstase an ihm zu reiben. Sein Duft hing an ihr. Sandelholz. Köstlich. Jedes Mal, wenn sie einatmete, roch sie ihn, und ihre Entschlusskraft schwand.

„Kann jemand anders die Illusion nehmen?“, fragte sie und wendete ihm dabei nur ihr Profil zu. „Während wir zusammen sind?“

„Warum hast du mich verlassen?“

„Ich konnte mich nicht konzentrieren. Ich habe nur …“

„An mich gedacht. Und an Sex.“

Ihre Wangen wurden warm, als sie nickte.

Er knurrte leise. „Wenn du schon nicht willst, dass ich dir Lust bereite, setz dich wenigstens neben mich. Ich möchte lieber nur einen Teil von dir als überhaupt nichts.“

Sagte die Spinne zu der Fliege. Er war anscheinend ein geborener Verführer. Nicolai wusste genau, wie man lockte und verlockte. Obwohl sie es besser wusste, setzte sie sich hin. Ihre Finger strichen über seine Rippen, und seine Hitze brachte sie erneut am ganzen Körper zum Zittern.

„Die Antwort auf deine Frage lautet Ja“, sagte er noch grollender. „Wenn jemand größere Macht besitzt als ich, kann meine Illusion gebrochen werden. Aber wandere nicht umher und frag nach so jemandem. Du willst nicht, dass die Hexen hier erfahren, was ich mit dir getan habe."

Sie wartete gespannt und stumm darauf, dass er fortfuhr. Er tat es nicht. Endlich stieß sie hervor: „Dabei kannst du es doch nicht belassen. Was, wenn sie die Wahrheit herausfinden?"

Es folgte nur weiteres Schweigen.

Ihr Herzschlag beschleunigte sich. „Was, wenn deine Magie versagt, während ich hier bin?" Wieder wartete sie. Er beeilte sich nicht, ihr zu versichern, dass alles gut werden würde. *Immer noch kein Grund zur Panik. Noch nicht.*

„Füttere mich", sagte er, und seine Fangzähne sprangen dabei über seine Unterlippe, „und ich werde kräftiger. *Niemand* wird dann mächtiger sein als ich." Am Ende wurden seine Worte undeutlich.

Eine Hälfte von ihr bebte vor Lust, die andere schauderte vor Angst. Die Vampire in ihrem Labor hatten sich von Plasmaspenden ernährt. Sie war noch nie gebissen worden. Sie hatte noch nie den Wunsch verspürt, sich beißen zu lassen. Bis jetzt. Wenn jemand dafür sorgen konnte, dass sie so etwas genoss, dann dieser Mann.

„Ich denke darüber nach. Und jetzt noch mal auf Anfang. Wenn du jeden wie die Prinzessin aussehen lassen kannst, warum hast du dann ausgerechnet mich beschworen?" Warum hatte er ausgerechnet sie in Gefahr gebracht? Es war nicht so, als würde er sie wollen, und nur sie allein. Sie erinnerte sich an die Verachtung in seinem Blick, als er erfahren hatte, dass sie bloß ein Mensch war, erinnerte sich an seine Überraschung. „Das habe ich schon einmal gefragt, und du hast nicht geantwortet."

Er beugte sich vor und zwang ihre Finger fest an seine Haut. Ein stummer Befehl – ein unnachgiebiger Befehl –, ihn zu berühren. „Ich habe nicht speziell dich beschworen."

Das war ihr schon klar gewesen, nachdem sie die Frage gestellt hatte, aber es von ihm bestätigt zu hören deprimierte sie. Sie musste mit ihm auf Augenhöhe bleiben, doch selbst in Ketten war er ihr weit voraus.

„Wen wolltest du dann beschwören?", fragte sie und malte neben seinem Bauchnabel ein X. Sie blinzelte. Seinem Nabel? Verdammt! Ihre Willenskraft konnte man vergessen. Sie hatte sich befohlen, ihn nicht anzufassen, also war natürlich das Erste, was sie tat, seinen Bauchnabel für sich zu beanspruchen.

„Jane?"

Seine tiefe Stimme erschreckte sie, und sie richtete sich kerzengerade auf. Einen Augenblick später sah sie Nicolai in die Augen. Ein Fehler. Augen wie flüssiges Silber, lodernd vor Leidenschaft. Eine träge Miene, hinter der sich ein Meer aus Verlangen verbarg.

„Ja?" *Gefahr, Jane Parker, Gefahr.*

„Du hörst mir nicht richtig zu, obwohl wir dieses Gespräch nur führen, weil du es willst. Wir könnten …"

„Es tut mir leid", sagte sie, ehe er fertig sprechen konnte. Es gab keinen Grund, herauszufinden, ob seine Idee, was sie stattdessen tun könnten, mit ihren Wünschen übereinstimmte, aber jede Menge Gründe, die dagegensprachen. Sie setzte sich auf ihre Hände, um sie mit ihrem Gewicht festzuhalten. Hoffentlich. „Ab jetzt passe ich auf."

Er fuhr mit der Zunge über seine Fangzähne, und sie konnte nicht anders, als sich vorzustellen, wie er mit der Zunge zwischen ihre Beine fuhr. „Ich habe die Person beschworen, die mich retten kann."

Oh, lieber Gott. Ihre Knochen schienen zu schmelzen. Ein zweites Mal auf ihn zu klettern ist vielleicht keine so schlechte Idee, überlegte sie. Dann konnte sie ihn besser hören. Ja, ja, weil sie Probleme damit hatte, ihn zu hören, und … Verdammt noch mal, dachte sie wieder. Du weißt doch, dass du ihn nicht einmal ansehen darfst!

Sie räusperte sich. „Dann befreie ich dich also, und danach?" Gut. Das war die richtige Richtung.

„Ich bin … nicht sicher."

Wahrheit oder Lüge? Das Zögern … „Komme ich wieder nach Hause?"

„Ich habe doch gesagt, ich weiß es nicht. Wartet ein Mann auf dich?", fragte er durch zusammengebissene Zähne.

„Nein. Sonst hätte ich dich nicht geritten. Treue ist wichtig." Sie hatte nichts und niemanden, bis auf die Routine, an die sie sich gewöhnt hatte. Sechs Uhr dreißig aufwachen, fünf Meilen joggen. Duschen, anziehen, Frühstück machen. Ein paar Stunden lesen, meistens etwas über Mikropartikel, manchmal einen Liebesroman, danach Mittagessen. Noch ein paar Stunden lesen, online alles einkaufen, was sie brauchte, und auf dem Laufband laufen, um die Knoten in ihren Muskeln zu lösen. Baden, Abendessen. Fernsehen und dann schlafen. *Aufregend.*

Sie musste nicht arbeiten, denn zum einen hatte sie durch ihre Forschung so viel Geld verdient, dass sie unmöglich alles ausgeben konnte, und zum Zweiten hatte sie nach dem Autounfall so viel Schmerzensgeld bekommen, dass sie unmöglich alles ausgeben konnte. Das Problem war, dass sie sich nach etwas sehnte, das man mit Geld nicht kaufen konnte. Ihre Familie. Eine zweite Chance.

„Aber ich bin dort nicht in Gefahr", fügte sie leise hinzu. „Also, sag mir: Was machst du, wenn ich dich befreit habe?"

Seine Gesichtszüge zeigten vollkommene Entschlossenheit. „Meine Folterknechte umbringen." Flach, kalt. Ein Schwur. „Danach reise ich nach Elden."

Dass er jemanden umbringen wollte, sollte sie nicht in Fahrt bringen, aber das tat es. Und wie. Diese Wildheit …

Er würde beschützen, was ihm gehörte, und um das kämpfen, was er wollte. Immer. Jeder, der ihm oder den Personen, die er liebte, etwas antat, musste leiden. Und bei ihm musste eine Frau sich nie mehr Sorgen machen. Außer um ihre Slips. Die dürften ein paarmal in Fetzen gehen.

„Wenn ich die Heilerin rufe und sie ihren Teil tut, und ich dich dann gehen lasse, nimmst du mich mit?"

Sie würde nicht hierbleiben, so viel war klar. Nicolai hatte vielleicht vor, alle umzubringen, aber er war nur ein einzelner Mann. Oder Vampir, egal. Es würde Überlebende geben. Überlebende, die darauf aus waren, die Person zu bestrafen, die den großen bösen Vampir auf sie losgelassen hatte.

Und je länger sie in diesem Palast blieb, desto mehr begab sie sich in Gefahr, hatte er gesagt. Sie konnte sich aber auch nicht allein auf die Flucht begeben. Sie wusste nichts über dieses Land. Dieses *magische* Land, wo Zauber ausgesprochen werden konnten, Erinnerungen gelöscht und mächtige Vampire versklavt.

Er öffnete den Mund und schloss ihn wieder. Dann entspannte er sich und ließ seinen Körper in die Matratze sinken. Seine Miene wurde weicher, und er sah sie voll lodernder Hitze an. „Was würdest du denn tun, um bei mir zu bleiben?", fragte er, und seine Stimme war wie Rauch, der sie umspielte und versuchte, sie wieder in seinen Bann zu ziehen.

Ihre Hand juckte danach, sich nach ihm auszustrecken, und der Drang, ihn zu berühren, erwachte erneut. Sie wollte die Beschaffenheit seiner Haut kennenlernen – sie hatte vorher nicht genug darauf geachtet. Sie wollte die Wärme seines Körpers wiederentdecken. Schon streckte sie die Hand nach ihm aus …

Sie sprang auf und wich vor ihm zurück. Neben ihm zu sitzen war ein Fehler gewesen. Sie konnte sich nicht konzentrieren, und sie konnte ihre blöden Hände nicht bei sich behalten.

„Jane“, sagte er genervt.

„Was?“

Er kniff die Augen zusammen, und die goldenen Flecken darin leuchteten durch das Silber. „Vergiss es. Habe ich deine Fragen beantwortet?“

„Ja. Warte, nein, ich …“

„Zu spät. Du hast Ja gesagt. Die Meinung ändern gilt nicht. Jetzt ruf die Heilerin.“ Er hob den Arm, der ihr am nächsten war, so gut er konnte, und rieb mit der Handschelle gegen den eisernen Bettpfosten. „Und nimm mir die Ketten ab.“

Verdammter Kerl. Er hatte nicht versprochen, sie mitzunehmen. „In Ordnung. Zuerst die Ketten. Dann die Heilerin. Aber du schuldest mir etwas. Und wie. Und trink nicht von mir. Ich habe dich nicht angefleht.“

„Ist gut.“

„Ich vertraue dir. Wenn du dein Wort brichst, werde ich das nie wieder tun. Und wer erst einmal mein Vertrauen verloren hat, kann es nie wieder gewinnen.“ Sie drehte sich um und beugte sich über den Nachttisch, um die obere Schublade aufzuziehen. Tatsächlich lag darin ein langer dünner Schlüssel auf einem Bett aus purpurrotem Samt. „Sieh einer an. So einfach.“

„Odette!“ Scharniere quietschten eine Sekunde, ehe die Schlafzimmertür gegen die Wand prallte.

Jane wirbelte entsetzt herum. Eine kleine fettleibige Frau mit geröteten Wangen kam schwer atmend durch die offene Tür. Sie trug ein marineblaues Kleid mit goldenen Akzenten, das über ihrem runden Leib viel zu eng saß. Sie hatte pechschwarzes Haar, das von grauen Strähnen durchzogen und mit viel Öl streng an den Kopf gekämmt war.

Die Stadt ohne Zeit verlangte ihre Opfer.

„Du wagst es, dich mir zu widersetzen, Mädchen?“

Die Königin, dachte sie voller Furcht und mit einem Anflug von Panik. Ihre „Mutter“. Die mit der Peitsche. *Vergiss nicht, du sollst Odette sein.*

Angst pumpte in alarmierender Geschwindigkeit durch Janes Adern und gesellte sich zu Furcht und Panik. Gefahr, Gefahr, rief ihr Verstand, und es war nicht die köstliche Art, die Nicolai zu bieten hatte. Wenn es in dieser Welt auch nur ansatzweise so zuging wie in der eigenen, dann hatte diese Frau, diese Königin, die absolute Macht über alles und jeden in ihrem Königreich. Auch über Jane.

„Es ... es tut mir leid.“ Janes Blick fiel auf Nicolai. Seine Miene war leer, seine Gesichtszüge vollkommen glatt. Und doch konnte er die Spannung in seinem Bizeps und seinem Bauch nicht verbergen. Er vibrierte fast. So unauffällig wie möglich warf sie ihm den Schlüssel zu. „Ich wollte Euch nicht verärgern, M... Mutter. Meine Königin.“

„Und doch hast du es getan. Du, meine Thronerbin, zu der mein Volk als Vorbild aufsehen sollte, hast mich wie einen Trottel dastehen lassen.“ Wenigstens war ihr der Schlüssel nicht aufgefallen. „Statt zu deiner dich liebenden Mutter zu kommen, hast du lieber einen Sklaven aufgesucht.“ Während die Königin sprach, kamen zwei Wachen hinter ihr in den Raum.

Jane erkannte sie nicht, sie waren größer und sahen gemeiner aus als die anderen.

„Jetzt sollst du bestraft werden.“

Die Männer kamen weiter auf sie zu.

„Aber ... ich ... Das könnt ihr nicht machen! Aufhören. Wagt es nicht, mich anzufassen. Loslassen!“

Nicolai entfuhr ein Knurren. Eines, das Schmerzen versprach. Jede Menge Schmerzen. Niemand außer Jane schien es zu bemerken. Die Wachen packten sie an den Armen und fingen an, sie aus dem Schlafzimmer zu zerren.

„Mein“, fuhr Nicolai sie an. „Nicht anfassen.“

Wieder wurde er ignoriert.

„Aufhören! Loslassen!“ Sie wehrte sich, trat um sich und brüllte, aber die Männer lockerten ihren Griff nicht.

Hinter sich hörte sie, wie Nicolai an seinen Ketten riss. „Mein!“

„Ich kann tun, was ich will“, sagte die Königin, so herablassend, dass Jane sie ohrfeigen wollte. „Vielleicht hast du das nach deiner kleinen Beule am Kopf vergessen. Aber keine Sorge, mein Schatz. Ich werde dich daran erinnern – und dafür sorgen, dass du es nie wieder vergisst.“

5. KAPITEL

Sie schrie kein einziges Mal auf, sie keuchte nicht einmal, als die Peitsche ihre zarte Haut verletzte.

Nicolai war an Odettes Bett gefesselt. Er hatte Jane nicht gezeichnet, wie er es vorgehabt hatte, aber er war trotzdem auf eine Weise mit ihr im Einklang, von der er nicht glaubte, sie schon einmal mit einer anderen Person erlebt zu haben. Er hätte nicht in der Lage sein dürfen, sich so auf sie zu konzentrieren, besonders, weil er noch gegen seine lodernde Lust auf sie – ihren Körper, ihr Blut – ankämpfte und alle anderen Gedanken im Vergleich trüb und unwichtig geworden waren.

Jetzt fühlte er Wut. So viel Wut, und nur auf die Wachen gerichtet.

Sie hatten Jane den reich verzierten Gang entlanggeschleift, in dem lauter Porträts der Königin und ihrer Töchter hingen, die geschwungene Treppe mit ihrem dunkelvioletten Teppich hinab und in den extravaganten Bankettsaal. Auch wenn sie sich nicht mehr im Schlafzimmer befand, konnte Nicolai sie noch sehen. Als wären seine Gedanken auf irgendeine Art mit ihren verbunden. Sie wehrte sich den ganzen Weg entlang. Erst als man sie über die Festtafel beugte und ihr Gesicht gegen das polierte Holz drückte, erst als man ihr das Gewand am Rücken aufriss, hatte sie sich beruhigt.

Schwer atmend drehte sie den Kopf, um die Königin anzusehen. Die Herzkönigin, eine Frau, die dafür bekannt war, sich an den noch pulsierenden Organen zu laben, die sie auf der nie enden wollenden Suche nach ewiger Jugend für ihre Zauber und Beschwörungen benutzte.

„Tut das nicht“, flehte Jane. „Ich wollte Euch nicht beleidigen.“

Die Königin hob eines ihrer vielen Kinne, und die anderen wackelten darunter. „Und doch hast du es getan."

„Es tut mir leid."

„Es wird dir gleich noch viel mehr leidtun."

„Bitte", sagte Jane, und ihre Haut war zugleich blass vor Angst und leuchtete vor Anstrengung. „Gebt mir noch eine Chance."

Vielleicht antwortete die Königin etwas. Nicolai würde es nie erfahren. Er war zu sehr von Janes Rücken gebannt. Sie trug bereits Narben. Mehr, als er jemals zählen könnte. Sie rankten sich um ihre Wirbelsäule bis zu ihren Rippen, rot und zornig, Bänder des Schmerzes. Sie erstreckten sich hinab bis dorthin, wo ihr Gewand sich teilte, und vielleicht sogar an ihren langen Beinen entlang.

Was zur Hölle hatte man ihr angetan?

Seine Schuldgefühle erwachten zu neuem, heulendem Leben, und dieses Mal konnte er sie nicht unterdrücken. *Er* hatte sie in diese Situation gebracht. Diese zarte, verlorene Frau mit dem verlockenden Duft, die ihm einen Sonnenstrahl in seinen dunklen Abgrund geschickt hatte. Sie war gekommen, um ihn zu retten, und sie hatte ihm genug vertraut, um sich auf ihn zu setzen, während sie sich unterhielten. Hatte sich an ihm gerieben, seine Lust in ungekannte Höhen getrieben, selbst ohne den Höhepunkt zu erreichen. Und ihr Widerstand – bei den Göttern, er wollte ihn ihr austreiben. Immer noch. Er wollte sie seine Bisse spüren lassen, und seine Küsse.

Wollte sie nehmen.

Vielleicht war sie auch nur eine Herausforderung, der er sich stellen musste. Es war ihm egal. Sie war ganz einfach sein. Das stand außer Frage. Mein, riefen alle Zellen seines Körpers weiterhin. *Ganz mein.*

Er konnte nicht zulassen, dass sie ausgepeitscht wurde.

Nicolai sah zu dem Schlüssel, der an seiner Seite lag. Jane hatte ihn ihm zugeworfen, und er war auf der Matratze gelandet. Mutig von ihr, aber nutzlos. Er konnte sich nicht weit genug vorbeugen, um ihn mit dem Mund zu erreichen. Er konnte seine Hand nicht genug verdrehen, um ihn zu fassen. Er konnte nichts damit anfangen. Und doch, dass sie es überhaupt versucht hatte, im Angesicht der Gefahr, die ihr selbst drohte … berührte ihn.

Er *würde* fliehen. Was auch immer dafür nötig war. Er würde sie retten.

Noch nie zuvor hatte man ihn allein außerhalb seiner Zelle gelassen, ohne dass eine Wache in der Nähe war. Er riss an seinen Handschellen. Die Metallglieder kratzen auf seiner bereits eingeschnittenen Haut und gruben sich immer tiefer und tiefer in sein Fleisch. Er hatte an ihnen gezerrt, als er nach Jane greifen wollte, aber da war es ihm egal gewesen, er hatte keinen Schmerz gespürt außer seinem schmerzlichen Begehren. Jetzt spürte er den Schmerz. Er ließ sich nur nicht davon abhalten.

Wie zuvor hielten die Riegel stand, an seinen Handgelenken und am Bett. Er knirschte mit den Zähnen. Sein Hass auf Laila, ihre Mutter und ganz Delfina wuchs immer weiter. *Zerstören …*

Er schloss die Augen und konzentrierte sich auf die Macht, die in ihm verschlossen war. Da war sie, dunkel, so dunkel, ein Sturm, der nur darauf wartete, losgelassen zu werden, und der verzweifelt in ihm brodelte. Und alles, was er tun musste, war, den Glaskäfig zu durchbrechen, den man in ihm errichtet hatte.

Ein Glaskäfig, durch dessen Mitte dünne Risse liefen, wie Flüsse auf einer Landkarte.

Nutz sie aus. Er schlug gegen das Glas seiner Gedanken, immer und immer wieder. Nichts. Er kratzte daran. Immer noch nichts. Verdammt!

„Jetzt", hörte er die Königin sagen, und es riss Nicolai zurück in die Gegenwart. Zu Jane und ihrer Verbindung. Irgendwie war genug seiner Magie entkommen, damit er sie jederzeit beobachten konnte, selbst wenn sie voneinander getrennt waren.

Leder zischte durch die Luft. Der erste Schlag traf. Jane kniff die Augen fest zusammen und presste ihre Lippen aufeinander. Sie verzog das Gesicht, aber sie gab keinen Laut von sich.

Sie hatten es getan. Sie hatten sie ausgepeitscht.

Einfach so zerbrach etwas in Nicolai. Nicht der Glaskäfig, sondern etwas viel Gefährlicheres, das in ihm brüllte wie ein wildes Tier, das man bis an seine Grenzen getrieben hatte.

Nicolais Körper hatte vom ersten Augenblick an auf Jane reagiert. Er hatte Lust erfahren, Schuld und Besitzanspruch, in verschiedenen Maßen. Jetzt übernahm der Besitzanspruch sein Handeln.

Mein, dachte er wieder.

Dieses Mal entsprang das Wort tief aus seinem Inneren, so unaufhaltsam wie eine Lawine. Er verstand nicht, warum der Gedanke von so viel Wildheit begleitet war, und er weigerte sich im Augenblick, darüber nachzudenken. Später. Er wollte später darüber nachdenken. Jetzt gerade wusste er nur, mehr als je zuvor, dass sie sein war – seine Retterin, seine Frau –, und nichts sonst war mehr wichtig.

Die Wachen hatten sie angefasst, ihr wehgetan. Dafür mussten sie sterben. Qualvoll. Wenn er mit ihnen fertig war, würden sie ihm wahrscheinlich danken, dass er sie endlich umbrachte.

Er brauchte sich dafür nur zu befreien. Und das würde er. Nichts konnte ihn aufhalten. Jetzt nicht, nicht mehr.

„Bald" war endlich gekommen.

Ein magischer Vampir zu sein, wie Jane es genannt hatte, war ihm dabei keine Hilfe, musste er jetzt zugeben. Doch seine Entschlusskraft nahm nur noch zu, vermischte sich mit seinem Hass und dem Brennen seines neuen Besitzanspruchs. Er würde Jane durch reine Sturheit erreichen; er würde sie retten. Egal was er dafür tun musste. Sein Blick wanderte zu seinen Handschellen, und er kniff die Augen zusammen. Ohne Daumen würden seine Hände einfach hindurchpassen.

Er musste nicht einmal darüber nachdenken. Macht's gut, Daumen.

Gegen den Schmerz, von dem er wusste, dass er kommen würde, biss er sich auf die Zunge, dann rammte er seine Hände mit ausgestreckten Daumen gegen das Kopfteil des Bettes. *Knirsch.* Die Knochen brachen schon mit dem ersten Schlag. Er atmete tief ein, aber wie Jane gab er keinen Laut von sich. Schlag um Schlag um Schlag. Jeder neue Aufprall verursachte mehr Schaden, zerriss Sehnen, zerfetzte Muskeln, zersplitterte Knochen.

Als er fertig war, schwitzte er, er blutete, und seine Hände hingen schlaff herunter. Aber sein Oberkörper war frei. Mit einem Knurren setzte er sich aufrecht hin. Er hörte das Pfeifen von Leder, das durch die Luft peitschte, und einen leisen Atemzug. Noch ein Hieb auf Janes zarte Haut.

Haut, die er liebkosen wollte.

Seine Hände waren zu zertrümmert, um nach dem Schlüssel zu greifen. Tatsächlich warf er das kleine Stück Metall bei seinen Versuchen sogar auf den Boden. Er würde ihn später brauchen, um die Halsfessel zu lösen, dann wollte er ihn mit dem Mund aufheben – nachdem er sich befreit hatte.

Mit zusammengekniffenen Augen spähte er zu seinen Füßen hinab. In einem anderen Winkel würden diese Füße sofort durch die Metallringe gleiten. Und um diesen anderen

Winkel zu erreichen, musste er nur jeden Knochen brechen, der von seinem Knöchel zu seinen Zehen führte.

Nicolai fing an, gegen den Boden zu treten.

Jane schloss die Augen, um die Tränen zu verbergen, die sich darin sammelten und drohten, überzulaufen. Es war nicht so, als hätte sie noch nie Schmerzen ertragen. Du liebe Zeit, immerhin hatte sie sich die Wirbelsäule gebrochen, und ihre Beine waren monatelang unbrauchbar gewesen. Und dann die Operationen. Immer wieder war sie operiert worden, um ihre Knochen wieder an den richtigen Platz zu setzen. Und danach natürlich noch Rehabilitation.

Dieses Auspeitschen war also nicht mehr als ein kurzes Aufblitzen auf ihrem Schmerz-Radar. Was sie kaum ertrug, war die Demütigung, über den Tisch gebeugt zu sein, mit aufgerissenem Kleid, ihre Narben offen sichtbar für jeden, der ihr Schaden zufügen wollte, und ihr Körper gefesselt mit Seilen, die sie nicht sehen konnte. Magie? Und wofür? Weil sie nicht mit einer fetten hässlichen Frau hatte sprechen wollen, als diese sie zu sich gerufen hatte?

Arme Odette. War ihr Leben immer so gewesen? In ständiger Angst vor der nächsten Strafe? Und armer Nicolai. Jane konnte ihm nicht vorwerfen, dass er alles in seiner Macht Stehende tat, um sich zu retten. Sie hätte es genauso gemacht.

Im Grunde hatte sie nur sich selbst Vorwürfe zu machen. Hätte sie auf Nicolai gehört und ihn befreit, als er es wollte, wären sie jetzt schon weit, weit fort von diesem schrecklichen Ort. Na ja, er jedenfalls. Er hätte sie zurückgelassen. Und das, dachte sie, könnte er immer noch tun. Während ihres Gesprächs hatte sie ihm kein Versprechen entlocken können. Nicht dass er sie mitnehmen würde, und auch nicht dass er sie beschützte. Und jetzt war es zu spät. Auf keinen Fall würde sie ihn nach alldem gefesselt lassen. Unter keinen Umständen. Er war frei, sobald sie körperlich dazu in der Lage war, ihn zu befreien, und dann würde sie sich selbst aus dem Staub machen.

Vielleicht war das dumm von ihr. Wahrscheinlich. Okay, es war auf jeden Fall dumm. Zuzulassen, dass sie von der einen Person getrennt wurde, die wusste, wer und was sie war, der einen Person, die sie nach Hause bringen konnte … war verdammt dämlich. Aber das würde sie trotzdem nicht davon abhalten.

Wow. Jane Parker, dämlich. Das war neu. Sie lachte ohne Humor dahinter. Eine Neuheit im Angesicht des Schmerzes. *Super.*

„Amüsierst du dich?“, fragte die Königin.

Jane weigerte sich, sie auch nur wahrzunehmen.

Die Königin kreischte empört. „Ihr schlagt sie offensichtlich noch nicht fest genug. Du.“ Sie schnalzte mit den Fingern. „Nimm du die Peitsche. Deine Arme sind stärker, das weiß ich wohl.“

Oh, wie abstoßend.

Eine kurze Pause, dann fuhr die Peitsche wieder auf sie herab, fester, so viel fester, wieder und immer wieder, und die Minuten strichen dahin. Immer noch entkam Jane kein Laut. Sie wollte nach Hause. Zurück in ihr langweiliges Leben, über das sie allein die Kontrolle hatte.

Die Peitsche schwieg. Endlich Ruhe.

„Hast du deine Lektion gelernt, Odette?“, fragte die Königin erwartungsvoll. „Oder soll ich ihn auch die Haut von deinen Beinen abschälen lassen?“

Jane öffnete den Mund, um der Schlampe zu sagen, sie solle zur Hölle fahren – dieses Mal konnte sie sie nicht ignorieren –, aber dann hielt sie sich zurück. Glaubten diese Leute an die Hölle, wussten sie überhaupt, was das war? Würde sie sich damit vielleicht als Mensch verraten und so den Schutz –

wie gering er auch sein mochte – verlieren, den ihr das Aussehen von Prinzessin Odette brachte?

„Schweigen wird dir nicht …“

Ein Brüllen hallte von den Wänden wider, scharf und kehlig und Schmerzen verheißend.

Jeder im Raum erstarrte. Jane vergaß zu atmen. Dieses Geräusch – so etwas hatte sie noch nie gehört. Ein Tier war entkommen, ein Löwe vielleicht, das musste es sein. Und auf seiner Speisekarte standen Menschen.

Noch ein Brüllen, gefolgt von dem Geräusch berstender Möbel und zerspringenden Porzellans. Schmerzensschreie. Keuchen, rasende Schritte. Waren die Wachen geflohen?

„Lasst mich nicht allein“, rief sie.

„Was geht hier vor?“, fauchte die Königin. Okay. Gut. Sie war noch da. Auch wenn sie eine Schlampe war. „Du, finde es heraus. Du, schütz mich.“

„Befreit mich!“, verlangte Jane. „Sofort.“

Sie wurde nicht beachtet.

Eine der Wachen lief auf die Tür zu, aber da die anderen Wachen gerade in den Raum strömten, um dem Biest zu *entkommen,* gelang es ihm nicht, hinauszukommen. Nicht lebendig. Für einen Augenblick lief alles durcheinander, dann spritzte Blut, und ein kopfloser Körper fiel zu Boden.

Aus dem Augenwinkel entdeckte Jane Nicolai. Er war über und über mit Blut befleckt, er humpelte, und seine Arme hingen schlaff an seinen Seiten. Seine Fangzähne hatte er in einer schrecklichen, blutroten Grimasse entblößt, und sie wusste: *Er* war das wilde Tier.

Gott sei Dank. Sie entspannte sich etwas. Irgendwie, auf irgendeine Weise, war es ihm gelungen, zu entkommen. Sein Plan, alle umzubringen, die unter dem Dach dieses Palastes lebten, schien gut voranzuschreiten.

Zunächst hatte sie geglaubt, es würde Überlebende geben.

Jetzt nicht mehr.

Er rammte einen weiteren Wachmann, hieb ihm die Schulter in den Bauch und schleuderte ihn zurück. Der Wächter prallte gegen einen weiteren, gegen den mit der Peitsche. Die zwei fielen zu Boden. Nicolai vergrub seine Zähne im Hals des Peitschenträgers und schüttelte ihn wie ein Wolf seine erste Beute seit Monaten. Schreie … Stille … Tod …

Plötzlich war Jane frei von den Fesseln, die sie gehalten hatten. Sie richtete sich auf. Scharfe Schmerzen schossen ihr über den Rücken und fuhren in Spiralen durch den Rest ihres Körpers. Sie bemerkte sie kaum. Das Gewand rutschte ihr von den Schultern und entblößte einen Augenblick lang ihre Brüste. Sie griff eilig nach dem Stoff und hielt ihn vor sich.

Nicolais silbrig goldener Blick richtete sich auf die Königin, die von ihrem Wächter nicht länger geschützt wurde. Blut – und andere Dinge – troffen ihm aus dem Mund. Seine Miene war finster und so mörderisch, dass selbst Jane vor ihm zurückwich. Er bot einen furchterregenden Anblick. Ein Krieger, von Blut berauscht, dessen einziges Ziel es war, alles und jeden um sich herum zu vernichten.

Er ging auf die Königin zu. „Stirb. Du wirst sterben."

„Wie kannst du es wagen, mich und mein Volk auf diese Weise zu bedrohen?", fuhr die Schlampe ihn an. „Ich habe dich leben lassen, nachdem du meine älteste Tochter gequält hast, und jetzt glaubst du, du kannst auf meine Gnade spucken? Wache!"

Niemand kam. Vielleicht waren sie alle zu sehr damit beschäftigt, tot zu sein.

„Sie. Ist. Mein", zischte Nicolai und stellte sich vor Jane, während er immer weiter auf die Königin zuschritt. Irgendetwas stimmte nicht mit seinen Füßen, seine Knöchel waren in einem unnatürlichen Winkel verdreht, und doch waren seine Schritte fest und entschlossen.

Die Königin hob ihre vielen Kinne. „Du willst meine Tochter vor mir beschützen? Die Tochter, die du selbst umbringen wolltest?"

„Mein!"

„Dann komm, Sklave. Komm und hol mich."

Janes Herz schlug mit neuer Kraft. Ihre Beine zitterten. Die Königin hatte keine Chance, diesen letzten Kampf zu gewinnen, oder doch? *Bitte nicht.*

Nicolai sprang.

Grinsend streckte die Königin einen Arm aus, und Wellen der Macht pulsierten von ihrer Hand. Die Luft um sie herum schimmerte und verdichtete sich. Nicolai prallte gegen eine unsichtbare Wand und wurde zurückgeschleudert.

Noch ein Brüllen löste sich aus Nicolais Kehle, als er aufsprang. Er trommelte mit seinen verletzten Fäusten gegen die unsichtbare Mauer und ließ seine Fangzähne aufblitzen.

Die Königin lachte selbstgefällig. „Verstehst du jetzt? Selbst wenn du deine volle Stärke hättest, könntest du mir nichts antun. Ich bin unerreichbar für dich."

Das Geräusch schwerer Schritte hallte durch den Saal, und Jane sah mit weit aufgerissenen Augen zu, wie die zweite Verteidigungslinie aufmarschierte. Also gab es doch noch mehr Wachen. Dieses neue Regiment hielt Schwerter und Speere in den Händen, und als sie den blutbeschmierten Nicolai entdeckten, handelten sie sofort.

„Nein!" Jane warf sich vor ihn, mehr durch Instinkt getrieben als durch Logik. Sie wusste nur zu gut, dass man Vampire umbringen konnte, und sie konnte es nicht ertragen, zuzusehen, wie Nicolai dies durchmachen musste.

Starke Arme schlossen sich um ihre Taille und rissen sie gegen einen harten Körper. Immer noch von Instinkten getrieben, kämpfte sie einen Augenblick dagegen an, trat aus und benutzte ihre Ellenbogen.

„Mein. Halt … still."

Nicolai. Sie entspannte sich, obwohl er immer noch wie ein wildes Tier wirkte. Er fühlte sich warm an. Fest, stabil trotz seiner Wunden. Sogar draufgängerisch. Ihre Atemzüge wurden schneller, und sie nahm den Duft nach Sandelholz wahr, den sie bereits zu lieben gelernt hatte.

Na gut. Wir werden also gemeinsam sterben, dachte sie losgelöst von allem. Sie hatte im vergangenen Jahr so viel überlebt. Den Autounfall, Verletzungen, an denen die meisten Menschen gestorben wären. Verletzungen, die auch sie hätten umbringen sollen. Besonders, da sie sich nach dem Tod sehnte und nichts getan hatte, um sich selbst zu helfen.

Sie war so verloren gewesen und hatte so viele Fragen gestellt. Warum ausgerechnet sie? Was war so anders, so besonders an ihr, dass sie ertragen hatte, was andere nicht ertragen könnten? Nichts, war die Antwort.

Und jetzt, da sie leben wollte, sollte sie endlich sterben. Ironie vom Feinsten. Es würde ihr nicht gestattet sein, Nicolai besser kennenzulernen. Sie durfte keine Zeit mit ihm verbringen, mit ihm lachen oder ihn lieben.

Sie hätte ihn küssen sollen.

„Mein", wiederholte Nicolai dicht an ihrem Ohr. „In Sicherheit." Er hatte einen Arm ausgestreckt, wie die Königin, und die Luft um sie herum flackerte und bildetet eine … Mauer? Für sie beide?

Sie sperrte den Mund weit auf, als die Wachen dagegenprallten und rückwärts flogen, wie Nicolai kurz zuvor.

Ein Keuchen drang aus ihrer Kehle. „Wie konntest du …?"

„Komm", sagte Nicolai mit seiner rauen Stimme. Seine Ein-Wort-Sätze waren frustrierend, kamen ihr aber gelegen. Er stieß sie an.

Schritt für Schritt stieg sie über die Gefallenen, die im ganzen Saal verteilt lagen. Wer noch stehen konnte, wurde von der Mauer aus dem Weg geschoben. Vor dem Speisesaal lag ein Foyer. Großzügig geschnitten, mit Türen, die in jede Richtung führten. Wo sollte sie hingehen?

Laila kam die Treppe heruntergerannt, ihr langes Haar flatterte hinter ihr, und der silberne Zeitmesser hüpfte auf ihrer Brust. Als sie Jane und Nicolai entdeckte, kam sie abrupt zum Stehen.

Nicolai fauchte sie an. Er ließ Jane los, als wollte er die Treppe hinaufspringen und angreifen, aber er änderte seine Meinung schnell, legte seinen freien Arm erneut um Jane und sorgte mit dem anderen dafür, dass die Mauer bestehen blieb. „Mein."

Der Spitzname fing an, ihr richtig zu gefallen.

Die jüngere Frau atmete schwer, und in ihren grünen Augen glitzerten Eifersucht und Hass. „Dein? Sie gehört nicht dir. Odette, er hat vor, dich umzubringen! Kämpfe gegen ihn! Benutz deine Magie."

Jane zeigte ihr den Mittelfinger.

Ihre Wut wich dem Schock, aber nur für einen Augenblick. Sobald die Prinzessin ihre Sinne wieder bei sich hatte, brüllte sie: „Jemand muss sie aufhalten! Sofort!", aber den Wachen gelang es immer noch nicht, die Mauer zu durchdringen. „Er hat Odette verzaubert."

„Wir brauchen Magie, Prinzessin", sagte einer von ihnen. „Zaubert für uns. Irgendetwas!"

„Keine Magie", sagte Laila ohne zu zögern und mit einem kurzen Anflug von Panik. Dann, an Nicolai gewendet: „Glaubst du, ich ließe deine Vampirkraft und deine Fähigkeiten fesseln, ohne dich auch zu verzaubern, damit du für immer hierbleibst? Du kannst den Palast vielleicht verlassen, aber du wirst zurückkehren. Das verspreche ich dir."

Noch ein Knurren kam aus Nicolais Kehle, so wild, dass auch Janes Körper vibrierte.

„Du kannst sie umbringen, wenn du willst", sagte Jane. „Ich warte hier."

Er packte sie fester. „Mein."

Anscheinend war es wichtiger, sie zu beschützen, als Rache zu nehmen. Sie wusste nicht, warum er seine Meinung geändert hatte, aber seine Entscheidung war ein Geschenk, besser als ein Diamant, und nichts, was sie je weiterverschenken würde.

Ja, sie hätte ihn wirklich küssen sollen, als sie die Gelegenheit gehabt hatte. Wenn sie erst in Sicherheit waren, würde sie dieses Versäumnis nachholen.

Laila hob ihr Kinn (ihre vielen) und erinnerte Jane dabei an die Königin. Lächelnd zog sie mit der Fingerspitze Kreise um die Mitte des Zeitmessers. „Mach schon. Versuch es. Versage!"

„Geh", forderte Nicolai Jane auf.

„Wohin?" Sie packte ihr Gewand fester.

Er sprach nicht noch einmal, sondern führte sie zu einer der Türen. Er benutzte seine breiten, starken Schultern, um sie aufzuschieben, und passte dabei auf, dass er ihren Rücken nicht berührte. In ihrem Blut war das Endorphin so hoch konzentriert, dass er ihr auch Salz auf den wunden Rücken hätte streuen können, ohne dass sie etwas gemerkt hätte. Noch nicht.

Silbernes Mondlicht fiel in den Raum, und vor der Tür erstreckte sich eine große Fläche freies Land, auf dem Männer und Frauen in Roben entlanggingen, ohne Eile, fröhlich, und um sie herum tanzten Kinder. Dahinter sah Jane Bäume. Meilenweit weiße Bäume, deren Blätter sich im Wind wiegten und wie betrunkene Gespenster miteinander tanzten. Die Landschaft war ihr irgendwie vertraut, als wäre sie schon einmal hier gewesen. Wie … warum …?

Jane konnte nur starren und sich bemühen, alles zu verstehen, bis Nicolai sie losließ und ihre Gedanken abrupt in die Wirklichkeit zurückkehrten. Verließ er sie wirklich schon? Enttäuschung machte sich in ihr breit. Seine Berührungen hatten ihr gefallen, sie wollte mehr davon. Vielleicht für immer, was bedeutete, dass sie noch immer so dumm war wie vorhin. Zum Glück ließ er die Trennung nicht lange andauern. Er trat neben sie, ergriff ihre Hand so fest, wie er konnte, was in Anbetracht seiner Verletzungen allerdings nicht sehr fest war, und zog sie in die Menge.

„Hier entlang."

Ein Kind entdeckte sie und verbeugte sich tief. Ein Murmeln wurde laut, und alle anderen taten es ihm rasch gleich. Janes Schritte stockten.

„Äh, hi", sagte sie, weil sie nicht wusste, was sie sonst sagen sollte.

„Prinzessin", murmelten sie. Nicht freudig, sondern voller Angst.

„Lauf ... schneller ...", forderte Nicolai sie mit einem Stoß auf.

„Hat mich gefreut", murmelte sie und fing an zu rennen.

6. KAPITEL

Sie waren stundenlang unterwegs – so erschien es ihm jedenfalls –, und doch gelang es ihnen nicht, den Wald zu verlassen. Nicolai hatte den Verdacht, dass sie im Kreis gingen und in der Mitte sein Verderben lag. Immer wenn er dachte, sie hätten Fortschritte gemacht, entdeckte er das glitzernde Dach des Palasts. Ein Dach, für das Delfina berühmt war, denn die Schindeln bestanden aus reinen Elfentränen. Egal was er versuchte, er konnte den Pfad nicht verändern.

Versagen. Das Wort hatte Laila benutzt. *Mach schon. Versuch es. Versage.* Ihm wurde klar, dass sie ihre Magie benutzt hatte, wie versprochen. Aber was war das für ein Zauber? Wenn er es nicht herausfand, konnte er auch nicht dagegen ankämpfen. Noch während Frage und Antwort sich in seinen Gedanken bildeten, durchfuhr ihn ein scharfer Schmerz. Er biss die Zähne zusammen.

Wenigstens waren die Wachen nicht hinter ihnen her. Selbst als die magische Mauer sich um sie herum in Rauch auflöste. Magie, von der er nicht wusste, wie er sie geschaffen hatte. Er wusste nur, dass er sofort gewusst hatte, was zu tun war, als die Königin ihre Mauer errichtet hatte.

Jetzt allerdings konnte er sich nicht mehr erinnern. Die Fähigkeit war verschwunden, als hätte er sie nie gehabt. Und das machte ihn wütend. Er musste Jane um jeden Preis beschützen.

Mein. Der Drang, sie zu besitzen, war jetzt so sehr Teil von ihm, dass er nicht wusste, wie er je ohne sie hatte überleben können. Also, ja, er würde sie beschützen. Auch vor sich selbst. Sein Hunger war vollkommen gestillt, nachdem er so viele Wachen leer gesaugt hatte, um zu ihr zu kommen, und doch konnte er sie immer noch riechen. Sein Weib. So süß. Er wollte sie immer noch kosten. So sehr.

Doch sie war verletzt und musste sich ausruhen. Nicht dass sie sich beschwerte. Sie hatte kein Wort gesprochen, seitdem sie den Hof des Palastes verlassen hatten. Sie war die ganze Zeit hinter ihm geblieben, akzeptierte alle seine Anweisungen, folgte seinen Befehlen. Humpelnd, vermutete er, und manchmal stützte sie sich auf seinen Arm.

Er hatte es sich nicht gestattet, sie anzusehen, denn er wusste, er wäre schon lange stehen geblieben, wenn sie müde erschiene. Doch er wollte sich so weit vom Palast entfernen wie möglich. Weit weg von Laila und der Königin – die eigentlich tot sein sollten und schon in ihren Gräbern verwesen.

Dass sie beide überlebt hatten …

War ein geringer Preis, solange auch Jane lebte.

Seine Knöchel pochten vor Schmerzen, als er sie zu einer Höhle führte, die ihm jedes Mal aufgefallen war, wenn er sich, ohne es zu wollen, auf dem Rückweg befand. „Hier“, sagte er rauer, als er vorgehabt hatte. „Da drin sind wir außer Gefahr.“ Er war sich sicher.

„Oh, gut. Du bist wieder normal.“

Normal? Was sollte das heißen? „Ruh dich aus.“ Wenn sie erst ihre Kräfte gesammelt hatten, konnte er in den Palast zurückkehren, sich einschleichen, Laila und ihre Mutter umbringen und die Heilerin finden, wie geplant. Ehe er sich auf den Weg machte, wurde er eine Schutzmauer aufbauen, damit Jane hierbleiben konnte und nicht in Gefahr geriet.

Sobald sein Gedächtnis erst zurückgekehrt war und seine Mächte befreit, konnte er zu ihm zurückkehren. Danach würden sie gemeinsam die Reise nach Elden antreten.

Seine Hände ballten sich zu Fäusten. Elden. Was erwartete ihn in Elden, bis auf den Wunsch, einen König umzubringen, dem er noch nie begegnet war? Jedenfalls nicht, soweit er wusste. Er wusste nur, dass der König die früheren

Regenten ermordet und die Krone mit brutaler Gewalt an sich gerissen hatte.

Nicolai hatte gehört, wie Bedienstete im Palast über den Regierungswechsel tratschten. Gestern oder vor hundert Jahren, er wusste es nicht. Der Zeitzauber, den die Hexen auf den Palast gelegt hatten, sorgte dafür, dass die Minuten für alle Bewohner ewig lange andauerten und die Tage zu einer Masse ineinanderliefen, die niemand mehr zählen konnte.

Nicolai fragte sich, ob er den früheren Königen je begegnet war. Vielleicht hatte er sie ja bewacht. Während er sich die Personen nicht vorstellen konnte, sah er ihren Palast ohne Schwierigkeiten vor sich. Ein weit in den Himmel ragendes Monstrum, gebaut, um Angriffen zu widerstehen, nicht, um dem Auge zu schmeicheln. Ein fruchtbarer grüner Wald umgab einen See, und mitten in dem See stand das Gebäude. Es gab keinen erkennbaren Eingang, bis auf die Brücke der Wachen – eine Brücke, die er besser kannte als die Züge des eigenen Gesichts.

Er *sehnte* sich nach diesem Palast, diesem See, diesem Wald. Er wusste, das Land roch nach Meersalz und Pinie. Er glaubte, das Hallen seiner Schritte hören zu können, als er auf … etwas zurannte, vielleicht, um jemanden zu umarmen? Er glaubte, das tiefe Lachen einer Frau und das anerkennende Schnauben eines Mannes zu hören. Ein Stich aus Liebe und Heimweh durchfuhr ihn, gefolgt von einer Welle des Hasses.

Liebe? Heimweh? Hass? Warum? Er musste die Antworten finden. Er musste den neuen König umbringen.

Ein dumpfer Schmerz breitete sich in seinen Schläfen aus, und er brach den Gedankengang ab. Für den Augenblick.

Jane stellte sich humpelnd vor ihn und legte ihre Hände auf seine Schultern. Sobald sie ihn berührte, sprangen seine Fangzähne wieder hervor, und sein Zahnfleisch begann zu schmerzen. Nur ein kleiner Schluck …

Nein! Noch nicht. Stattdessen sonnte er sich in ihrer Schönheit und lenkte sich von seinem unnötigen Hunger ab, indem er sich auf ihre elektrisierende Ausstrahlung konzentrierte. Elektrisierend, weil sie ihn irgendwie zurück ins Leben geholt hatte.

Ihr honigblondes Haar, das ein Gesicht umrahmte, so rein und einzigartig wie eine Schneeflocke, schien sich nach den Fingern eines Mannes zu sehnen. Ihre ockerfarbenen Augen sahen nicht mehr gehetzt aus, sondern entschlossen. Ihre Wangen waren rosig – vor Verlangen, obwohl sie so geschwächt und misshandelt war –, und ein dünner Film aus Schweiß von der schwülen Nachtluft brachte sie zum Leuchten. Sie hatte den Stoff ihres Gewands zusammengebunden, und die Knoten an ihren Schultern schienen ihn zu verspotten. Mit nur einem Zug konnte er sie lösen, und dann …

Nein, dachte er noch einmal. Er würde sich solche lüsternen Gedanken erst gestatten, wenn sie geheilt war. Und dann … oh ja, dann.

Zu sehen, wie sie für seine Taten ausgepeitscht worden war, hatte nicht nur etwas in ihm zerbrochen, es hatte auch etwas anderes geweckt. Ganz zu schweigen von ihrem Lächeln … Sie hätte ihn nicht anlächeln dürfen.

„Der Schlüssel“, sagte er. „Befrei meinen Hals.“ Er benutzte seine Zunge, um sich den Schlüssel, den er im Mund hatte, zwischen die Zähne zu schieben.

„Ist mir ein Vergnügen.“ Sie schloss den Ring auf. Die schwere Fessel fiel mit einem lauten Aufprall zu Boden. „Wir sollten uns wahrscheinlich auf den Weg machen. Die Sonne geht bald auf.“ Auch wenn sie humpelte, ihre Stimme klang fest und kräftig. „Wenn ihr hier eine Sonne habt? Und wenn die Zeit für uns fortschreitet? Irgendwer hat gesagt, in Delfina gibt es keine Zeit.“

„Das stimmt nicht ganz. Für die Bewohner des Palasts verläuft sie nur sehr viel langsamer. Und ja, hier draußen gibt es eine Sonne, einen Tag und eine Nacht."

„Dann müssen wir dich verstecken. Wir wollen doch nicht, dass du in Flammen aufgehst."

Er runzelte die Stirn. „Ich bin kein Nachtwandler." Woher wusste sie von den Nachtwandlern und davon, dass sie in Flammen aufgingen?

„Oh, na dann ..." Sie wurde blass und schluckte. „Na ja, in meiner Welt gelten Vampire als Mythos. In Büchern und Filmen geht ihr immer in Flammen auf – oder glitzert –, wenn ihr mit Sonnenlicht in Berührung kommt."

Glitzern? „Vielleicht reagiere ich auf die Strahlen der Sonne empfindlicher als andere Bewohner des Reiches, aber ich bin nicht wie die Nachtwandler. Schlimmstenfalls bekomme ich einen Sonnenbrand, vielleicht ein paar Brandblasen."

„Oh. Gut." Ihre Erleichterung war spürbar.

So eine starke Reaktion, obwohl sie keinen Grund zur Sorge gehabt hatte. Und doch, ihre Sorge gefiel ihm. Er mochte es, dass sie sich Gedanken machte. Mochte, was es bedeutete. Er war ihr bereits wichtig.

„Ich habe nachgedacht", sagte sie und biss auf ihre Unterlippe.

Sein Magen zog sich zusammen beim Anblick ihrer Zähne, die taten, was er tun wollte, an ihren Lippen knabbern. „Das machst du ja gerne." Er legte seine pochende Hand auf ihre, damit sie sie nicht wegziehen konnte.

„Ja, schon." Ihre Zunge schnellte hervor und leckte über die Stelle, auf die sie gebissen hatte. „Wir sind im Kreis gegangen, also hat diese Harpyie Laila die Wahrheit gesagt. Du bist verflucht, in Delfina bleiben zu müssen."

Der Anblick ihrer Zunge fügte seiner Selbstkontrolle noch mehr Schaden zu als der ihrer Zähne. Wie einfach es wäre, sich vorzubeugen, sie zu lecken, zu kosten, zu genießen. *Erst wenn sie geheilt ist.* Noch eine Erinnerung. *Und erst wenn sie darum fleht. Das hast du versprochen.* „Ich weiß", sagte er schroffer als beabsichtigt.

„Oh." Sie rümpfte ihre zauberhafte Nase, und bei dem Anblick verflog seine Wut auf sich selbst. „Na ja, das hättest du mir sagen können. Ich habe mir Sorgen gemacht, dass du Einwände hast, und mir Argumente zurechtgelegt, falls wir streiten, in welche Richtung wir gehen sollen. Und überhaupt, du bist vielleicht verzaubert worden, zu denken, dass die gefährlichsten Orte die sichersten sind und andersherum. Wobei, das Vielleicht können wir streichen. Du bist auf jeden Fall verzaubert. Du bist sechs Mal am Wasser vorbeigelaufen!"

Wasser? „Du hast einen Fluss gesehen?" Das Königreich Elden war von einem See umgeben, einem See, der am Nordufer an Delfina grenzte. Darüber hatte er sich immer aufgeregt, während er in seiner Zelle verrottete. So nah an seinem Ziel, und doch so weit entfernt. Jetzt war er froh darüber.

„Nein", sagte Jane. „Ich habe nichts gesehen. Ich habe Wasser *gehört.*"

Er nicht. Das Einzige, was ihm an der Landschaft aufgefallen war, war der dunkle, zu dunkle Teil des Waldes, der ihm eine Gänsehaut bereitete. Wäre er allein gewesen, hätte er sich furchtlos in den Wald gewagt. Aber sein Verstand war darauf konzentriert, Jane zu beschützen, und er hatte sich entschlossen, nichts zu riskieren. Ein Fehler.

Seine geschwollenen Finger schlossen sich um ihre und drückten zu. „Warum hast du nichts gesagt?"

„Du hast einen auf furchterregendes Alphamännchen gemacht und die Führung übernommen, und, na ja, ich wollte keine schlafenden Hunde wecken. Außerdem war ich irgendwie abgelenkt von der Umgebung und vielleicht auch in Gedanken versunken. Also, wir werden Folgendes tun", fuhr sie fort. Wer machte jetzt einen auf Alpha und übernahm die Führung? „Du wirst uns an den gefährlichsten Ort hier im Wald führen. Und wenn du meinst, du solltest nach links abbiegen, gehst du nach rechts. Du machst das Gegenteil von allem, was sich für dich richtig anfühlt."

Klug war sie, seine Jane. Und so verdammt erregend, dass er bezweifelte, je genug von ihr bekommen zu können.

Er wollte sie behalten. In seinem Bett, seinen Armen, seine Fangzähne in ihrem Hals vergraben, seine Erektion zwischen ihren Beinen. Auch wenn es sein Schicksal war, eine andere zu heiraten, die ... Wieder fuhr ein scharfer Schmerz durch seinen Verstand, und er stöhnte.

„Was?", fragte Jane, wieder ganz besorgt. „Ist alles okay?"

Ihr Rücken war von Striemen überzogen, und sie fragte *ihn,* ob es ihm gut ging. Er presste seine Zunge gegen seinen Gaumen und nickte. „Geht es dir gut genug, um weiterzugehen?"

„Natürlich", sagte sie, als bestünde kein Zweifel daran.

„Also dann."

Auch wenn sein Körper protestierte, schleppte er sich weiter und ließ die Höhle hinter sich. Er folgte Janes Rat – ihrem Befehl – und tat das Gegenteil von dem, was seine „Instinkte" vorgaben. Er warf sich sogar in ein dorniges Dickicht, das den Pfad, der in den dunkleren Teil des Waldes führte, verdeckte. Er hatte erwartet, zerkratzt zu werden, aber die Blätter streichelten ihn nur und kitzelten ein wenig.

Ihm wurde klar, dass es dort keine Dornen gab. Auch wenn er sie sehen konnte, waren sie nicht dort. Laila – oder ihre Heilerin – war mächtiger, als er geglaubt hatte.

Das Lachen eines Mannes direkt vor ihnen zerschnitt die Nachtruhe. Nicolai blieb stehen und erstarrte. Jane prallte gegen ihn. Ihre Brüste schmiegten sich an seinen Rücken, und er musste seine Lippen zusammenpressen, um nicht zu stöhnen.

„Hast du das gehört?“, flüsterte er.

„Was gehört?“

Das reichte als Antwort. Trotzdem ging er nicht weiter, sondern blieb stehen, wartete und lauschte. Janes Brustwarzen wurden hart und rieben sich an seiner Haut, wenn sie atmete. Ihr Duft hüllte ihn ein. *Muss Weib kosten … bald.*

Dieses körperliche Begehren war neu für ihn. Oh, er hatte schon Sex gehabt. Vor Kurzem erst. Und oft, aber mit Laila, oder jemandem, den sie ausgesucht hatte, während die Prinzessin zusah und Anweisungen gab. Immer ans Bett gefesselt, im Maulkorb, und ihr Mund und ihre Hände zwangen ihn, auf sie zu reagieren, obwohl er sie hasste.

Manchmal, wenn selbst das ihn nicht erregte, hatte sie ihre Hexenmagie benutzt, um ihn hart zu machen. Im Gegensatz zu ihrer Schwester brauchte sie nicht die Schmerzen des anderen, um zu einem Orgasmus zu kommen. Sie hatte ihn ausgelassen geritten, während er in das Gesicht hinaufgestarrt hatte, das er hasste, keine Miene verzog und mit all seiner Kraft versucht hatte, sie – und sich selbst – davon abzuhalten, zum Höhepunkt zu kommen.

Manchmal war sie gekommen, manchmal nicht. Manchmal war er gekommen, manchmal nicht. Aber jedes Mal, egal wie es ausgegangen war, war sein Hass auf sie und sich selbst noch gewachsen.

Er konnte sich nicht erinnern, je bei einer anderen Frau gelegen zu haben – außer Odette –, auch wenn er sich sicher war, über die Jahre viele Geliebte gehabt zu haben. Denn wenn Laila sich auf ihm gewunden hatte, hatte er instinktiv gewusst, was sie in Ekstase versetzen würde. Seinen Daumen über das Nervenbündel zwischen ihren Beinen gleiten zu lassen. Dort mit seiner Zunge zu kreisen. Ihre Brüste zu kneten, an ihren Brustwarzen zu zupfen. All das zu tun hatte er sich geweigert, doch jetzt, bei Jane, wollte er genau das.

Er wollte in ihr ausdrucksvolles Gesicht sehen, wenn sie den Höhepunkt erreichte. Wollte spüren, wie sie sich an ihn klammerte. Wollte hören, wie sie seinen Namen rief. Lieber Himmel, sogar der Gedanke daran erregte ihn.

„Ernsthaft, worauf lauschen wir?", fragte Jane. Ihr warmer Atem lief seine Wirbelsäule hinab. „Ich höre überhaupt nichts."

Kosten …

Schon wieder abgelenkt, Nicki? Der Gedanke, der wie aus dem Nichts gekommen war, riss ihn mit einem Ruck zurück in die Gegenwart. Jemand hatte das schon einmal zu ihm gesagt, er wusste es einfach. Eine Frau. Er wollte wissen, wer, aber er hatte jetzt keine Zeit, seinen Erinnerungen nachzuhängen. Er musste aufmerksam bleiben.

„Komm", sagte er und führte Jane tiefer in den dunklen Teil des Waldes. Noch mehr Gelächter hallte um sie herum. Böses, das von Rache sprach. Wieder blieb er stehen. „Hast du *das* gehört?"

„Was?"

Wieder Gelächter, die Stimme eines weiteren Mannes. „*Das.*"

„Nein. Ich höre jetzt das Wasser rauschen, mehr nicht."

Verdammt. Das Gelächter musste ein weiterer von Lailas Tricks sein, der ihn in die Irre führen sollte. Nicolai setzte sich wieder in Bewegung. Fünf Minuten verstrichen, eine Ewigkeit. Er blieb aufmerksam, unbewaffnet – er hätte sich eine verdammte Waffe mitnehmen sollen –, aber gewillt, Jane mit dem eigenen Leib zu beschützen.

Weitere fünf Minuten verstrichen. Dann noch weitere. Er war sich nicht sicher, wie lange er noch weitergehen konnte, aber er fühlte sich, als sollte er anhalten, also tat er das Gegenteil. Er preschte vor. Wieder fünf Minuten. Noch einmal fünf.

„Warte. Nicolai. Du hast …“

Jane verstummte, als Nicolai spürte, wie kaltes Wasser seine Füße umschloss und gegen seine Waden spritzte. Er runzelte verwirrt die Stirn, blieb stehen und sah hinab. Das Wasser war ihm nicht aufgefallen, obwohl es die ganze Zeit direkt vor ihm gewesen war.

Die Steine waren schlüpfrig, als er den Weg zurück ans Ufer fand. Gefährlich, dachte er. Dieser Ort ist gefährlich. Ich sollte …

Bleiben. Endlich.

„Du hast es geschafft“, sagte Jane. „Du hast die Quelle gefunden.“ Sie lachte, warm und sorglos.

Ohne nachzudenken, wirbelte Nicolai herum, um einen Blick auf sie zu erhaschen. Ihr Gesicht leuchtete heller als die Sonne an einem strahlenden Morgen. Ihre vollen rosigen Lippen waren an den Mundwinkeln nach oben gebogen und verlockten ihn, daran zu lecken, sie endlich zu kosten. Zu verschlingen. Der Saum ihres Gewands war nass und klebte ihr an den Knöcheln.

Sie war in Sicherheit. Er konnte sie haben. Oder?

Seine Brust zog sich zusammen, und sein Bauch zuckte. Er streckte die Hand nach ihr aus. Eine Berührung nur. Bis sie geheilt war, würde er sich nur eine Berührung gestatten. Nur dass seine Knie unter ihm nachgaben, ehe er sie anfassen konnte, und er ins Wasser fiel. Sein Kinn sank auf seine Brust herab, er atmete schnell und schwach, versuchte seine Lungen zu füllen, aber es gelang ihm nicht.

Seine Energie schwand dahin, Erschöpfung überwältigte ihn.

„Oh nein, wage es nicht. Nicht hier. Du ertrinkst.“ Jane fasste unter seinen Arm, und irgendwie gelang es ihr, ihn ans Ufer zu zerren.

Als sie es geschafft hatten, stolperte er den Rest des Weges einfach irgendwie vorwärts, bis er unsanft auf dem moosbewachsenen Ufer ankam. Er versuchte aufzustehen, aber er fand nicht die Kraft dazu. Er musste nach Nahrung suchen. Jane musste am Verhungern sein. Er musste ihnen einen Unterschlupf bauen. Die Insekten fraßen diese Frau sonst bei lebendigem Leibe auf. Er musste Wache stehen. Ihr durfte nichts geschehen.

„Entspann dich", sagte sie.

„Schützen", murmelte er.

„Ja, ich beschütze dich." Sanfte Hände strichen ihm über die Stirn.

„Nein, ich ..." Er sank in eine tiefe Bewusstlosigkeit, ehe er ein weiteres Wort sagen konnte.

Nicolai ...

Die tiefe männliche Stimme, die nach ihm rief, kam ihm vertraut vor. Sie sprach immer in seinen Träumen zu ihm, wenn seine Verteidigung geschwächt war, aber jetzt war sie lauter als jemals zuvor. Und ... geliebt?

Nicolai ... Zeit ... Rette ...

Und weit entfernt vernahm er das *Tick, Tick, Tick* einer Uhr.

„Wer bist du?", verlangte er zu wissen.

Ein Bild blitzte in seinen Gedanken auf. Nicht vom Sprecher, sondern von riesigen grotesken Monstern, die auf ihn zukrochen. Jedes hatte acht Beine mit scharfen, tödlichen Krallen. Sie waren schwarz und behaart, ihre Augen groß und glänzend, ihre Schwänze spitz und auf ihn gerichtet. Sie starrten ihn an, als wäre er eine schmackhafte Zwischenmahlzeit. In seiner Kehle stieg Galle hoch, aber er ging weiter und ignorierte sie.

„Wo bist du? Was kann ich tun?"

Nicolai … Bruder … Werde gesund und komm. Zeit … Retten …

Bruder? Nicolai versuchte, sich einen Bruder vorzustellen. Nichts. Er konnte sich auch seine Mutter nicht vorstellen. Oder seinen Vater. Selbst in seinen Träumen explodierte der Schmerz in seinem Kopf und verschloss die Erinnerungen.

Tick, tick, tick.

Töte, sagte eine andere männliche Stimme, ebenso vertraut. Sie klang tiefer und härter.

Verdammt. Er musste herausfinden, wer mit ihm sprach. Musste es wissen. Musste, musste, musste. Leben – und Tod – ruhten auf seinen Schultern.

Während er darüber nachdachte, wer sie waren, warf er sich von einer Seite auf die andere, und seine Hand traf auf etwas Festes und Warmes.

Er hörte ein Keuchen. Aus irgendeinem Grund verstärkte der Schmerz der Frau seine Aufregung nur noch. Beschützen …

„Es ist alles in Ordnung. Du musst dir keine Sorgen machen", sagte sie beruhigend. „Ich bin hier. Du bist jetzt in Sicherheit."

Jane, dachte er und wurde ruhig. Seine Jane. So eine süße Stimme, so ein hübsches Gesicht. So eine autoritäre Persönlichkeit, einer Königin angemessen. Sie war in der Nähe.

Werde gesund … Zeit … Retten …

Ja, dachte er. Mit Jane an seiner Seite konnte er alles tun. Gesund werden und sogar die Macht auffüllen, die er verbraucht hatte. Er entspannte sich und versank freiwillig wieder in der Bewusstlosigkeit. Dieses Mal hatte er ein Ziel.

7. KAPITEL

Jane verbrachte zwei Tage damit, Vorräte zu sammeln und Waffen zu bauen. Dabei entfernte sie sich nie weit von Nicolai, der noch bewusstlos war, für den Fall, dass er sie brauchte oder sie unerwarteten Besuch bekamen, also waren ihre Vorräte beschränkt. Es war ihr allerdings gelungen, einige essbare Früchte und Nüsse zu finden. Aus kleinen dünnen Zweigen und Pfefferminzblättern hatte sie erstaunlich effektive Zahnbürsten gebastelt, die sie großzügig bei ihm und sich selbst verwendete.

Weil sie in der Nähe eines Flusses waren, fiel es leicht, den Patienten zu baden. Tatsächlich hatte es wohl noch nie zwei sauberere Menschen gegeben, die in der Wildnis gefangen saßen. Nicolai war nicht mehr eingeölt, seine Haut war rosig geschrubbt, und doch duftete er stärker nach Sandelholz als je zuvor. Jedes Mal, wenn sie seinen Duft einatmete, begann ihr Körper zu kribbeln, ihr Blut erhitzte sich, und ihr lief das Wasser im Mund zusammen.

Dazu kam, dass sie beim Waschen ihre Hände über seinen ganzen Körper gleiten lassen musste. Und so schmutzig, wie er gewesen war – hust, hust –, hatte sie ihn *oft* waschen müssen. Diese Muskeln – so hart, prall gespannt und mit Sehnen verwoben. Diese Spur aus Haaren, die von seinem Nabel hinabführte … verlockte sie immer dazu, ungezogen zu sein.

Und Gott, sie schämte sich immer mehr.

Nicolai begehrte sie vielleicht, aber er brauchte wohl kaum eine weitere Frau, die nach ihm lechzte, während er hilflos dalag. Und erst recht keine grapschende Frau, die ihn ohne Erlaubnis anfasste, und Jane hatte sein Vertrauen bereits bis an die Grenzen strapaziert, indem sie ihn gewaschen hatte (und dann auch noch so oft).

Von jetzt an Hände weg, beschloss sie. Und eines Tages

würde sie sich für ihr Verhalten entschuldigen. Vielleicht. Sie war sich nicht sicher, ob das glaubwürdig sein würde. Obwohl sie sich besser zurückhalten sollte – schließlich war er ein Missbrauchsopfer –, gefiel es ihr, ihn anzufassen. *Böse Jane.* Aber, na ja, ihm schien es auch zu gefallen, von ihr angefasst zu werden. Er warf sich immer herum und beruhigte sich erst, wenn sie in Reichweite war.

Nicolai sprach im Schlaf. Manchmal stellte er Fragen an einen Mann, der seine Hilfe brauchte, manchmal verfluchte er Laila für die schrecklichen Dinge, die sie ihm angetan hatte, und manchmal kämpfte er gegen hässliche Monster und zappelte mit Armen und Beinen. Nach den letzten beiden Vorfällen schwor er immer Rache. Schmerzhafte, langsame Rache.

Ein Schwur, den er jetzt mit Leichtigkeit in die Tat umsetzen konnte. Die Schwellungen in seinen Handgelenken und Fußknöcheln waren abgeklungen, seine Daumen hatten sich wieder eingerenkt, und seine Füße hatten sich vor ihren Augen wieder zusammengefügt. Selbst die Abschürfungen an seiner Haut waren verschwunden. Es war ein erstaunlicher Prozess, den sie da beobachtete.

Die Vampire, die sie erforscht hatte, waren auch schnell geheilt, aber nicht *so* schnell. Außerdem hatten sie auch nicht so lange am Stück geschlafen. Sie machte sich Sorgen um ihn.

Brauchte er Blut? Er hatte im Palast viel getrunken, und Überfütterung richtete genauso viel Schaden an wie Hunger. Vielleicht noch mehr, denn Überfütterung weckte einen unstillbaren Drang nach mehr, mehr, mehr. Nichts anderes zählte mehr, und Leiche um Leiche säumte den Weg von Vampiren, die es übertrieben hatten.

Sie dürfte so etwas nicht wissen. Sie hatte sich fast verraten, als sie zugegeben hatte, von der Sache mit dem In-Flammen-Aufgehen zu wissen. Und während sie sich selbst dafür hasste, an seinen Artgenossen Experimente durchgeführt zu haben, wünschte sie sich doch, sie hätte noch mehr geforscht, um jetzt mehr zu wissen. Alles, um Nicolai in diesem Augenblick zu helfen.

Jane seufzte. Sie würde ihm noch einen Tag geben. Und was dann? fragte sie sich.

Sie müsste eine Art Trage für ihn bauen und ihn durch den Wald bis zur nächsten Stadt schleifen, dort einen Heiler finden und ihn untersuchen lassen. *Wenn* es in der Nähe überhaupt eine andere Stadt als Delfina gab.

Das Problem – abgesehen von ihrer geringen Kraft und ihrer mangelnden Ortskenntnis – war ihr Gesicht. Ihre magische Maske. Als Odette konnte sie nicht einfach in der Menge untertauchen, wie die Reaktion der Menschen vor dem Palast bewiesen hatte. Vielleicht würde Laila bald davon erfahren, wohin sie geflohen waren. Jemand könnte versuchen, Nicolai gefangen zu nehmen.

In dem Fall würde Jane die Person töten müssen, und sie war nicht bereit, zum Mörder zu werden.

Ihr entfuhr ein weiterer Seufzer, dieses Mal ein müder. Während ein goldener Mond sich an den samtschwarzen Himmel hängte, legte sie ihre gebastelten Waffen – Zweige, die sie an Steinen geschärft hatte, bis sie zu Dolchen und Speeren geworden waren – neben Nicolai. Dann legte sie sich selbst neben ihn.

Sie hatte vor einer Stunde ihr Gewand gewaschen und es über einen Ast gehängt, der in der Nähe herabhing. Bis auf ihren Slip war sie nackt. Es ging also nicht anders. Sie würde sich keine Selbstvorwürfe machen, weil sie Nicolais Wärme brauchte. Na ja, jedenfalls nicht viele. Die Bäder waren vielleicht überflüssig gewesen, sich an ihn zu schmiegen war es nicht.

Neben ihm zu liegen erweckte in ihr eine Fülle von wundersamen Empfindungen. Frieden, nach so vielen Monaten der Angst und der Trauer. Seelentiefe Zufriedenheit. Hoffnung auf die Zukunft, vor der sie sich bisher stets gefürchtet hatte. Er sollte nicht in der Lage sein, sie so schnell und so heftig zu beeinflussen, selbst mit Magie nicht.

Nachdem sie eine Weile darüber nachgedacht hatte, wurde ihr klar, dass Magie die Gefühle eines Menschen nicht verändern konnte. Er hatte seine Entführer nie an sich herangelassen, und wenn sie die Möglichkeit gehabt hätten, ihn zu zwingen, hätten sie es getan.

Obwohl sie erschöpft war, fiel es ihr schwer, einzuschlafen. Ihr Rücken war verschorft, und der Schorf spannte und platzte bei jeder Bewegung wieder auf. Und ihre Beine – ohne ihr morgendliches Jogging und die Krankengymnastik verkrampften ihre Beine immer öfter, schmerzten und pochten. Sie konnte praktisch spüren, wie ihre Muskeln verkümmerten.

Was gäbe sie nicht für eine Handvoll Schmerzmittel.

Wenigstens musste sie sich nicht vor dem Sonnenaufgang fürchten. In ihrer ersten Nacht hatte sie über ihrem kleinen Lager ein großes Dach aus Blättern gebaut. Nicolai hatte zwar behauptet, nicht in Flammen aufzugehen, sobald ihn ultraviolettes Licht berührte, aber sie wollte es nicht riskieren. Zugegeben, die Sonne hier war trüb und immer von Wolken verhangen und lange nicht so heiß, wie sie es von zu Hause gewohnt war. Aber während ihrer Forschungen hatte sie gesehen, wie andere Vampire zu Asche verbrannten. Vielleicht war einer von ihnen sein Freund gewesen.

Ihr Magen verkrampfte sich. Darüber wollte sie lieber nicht nachdenken.

Außerdem tarnte das Dach sie auch vor dem Feind und verbarg sie vor neugierigen Blicken. So stolz sie auf ihre Bemühungen auch war, sie waren bisher alle unnötig gewesen. Laila und ihre Männer waren nicht vorbeigekommen.

Höchstwahrscheinlich suchten sie nicht einmal nach dem Flüchtigen, weil die Prinzessin erwartete, dass Nicolai direkt zurück in ihr Bett marschiert kam.

Bett. Auch Jane wollte Nicolai genau dort. Eine weiche Matratze unter ihm, Jane auf ihm, ihre Nägel in seiner Brust vergraben, während sie sich auf ihm bewegte. Ein verlockender Schwall der Erregung ergoss sich in ihr, und sie stöhnte.

Nicolai war direkt neben ihr. Er könnte jeden Augenblick aufwachen und merken, wonach sie sich sehnte. Aber … vielleicht würde ihr ein weiterer Tagtraum helfen. Ihm zuliebe. Schließlich musste es ihn stören, wie sie sich so herumrollte. Und beim letzten Mal war sie sofort eingeschlafen, nachdem sie ihren Höhepunkt erreicht hatte.

Ja, um Nicolais willen, dachte sie benommen, und ihre Hemmungen bröckelten, als sie sich vorstellte, wie er tief in sie eindrang …

Ein leises Stöhnen weckte Nicolai, und er setzte sich mit einem Ruck auf.

Aus Gewohnheit überprüfte er sofort seine Umgebung. Der Mond stand hoch am Himmel und schien golden, die Sterne waren hell und funkelten ihm zu. Gespenstisch schwarze Bäume wiegten sich in einer Brise, die die schwüle Luft abkühlte. Ein Fluss floss an einem Ufer voller Kieselsteine entlang.

Er runzelte verwirrt die Stirn. Er war eingehüllt in den süßen Duft der Leidenschaft … der verging … und den stechenden Geruch nach Schmerz … der sich verstärkte. Wer war …?

Ein weiteres tiefes weibliches Stöhnen erklang, abgebrochen und scharf. Seine Aufmerksamkeit richtete sich nach links und nach unten. Jane. Jane lag neben ihm. Und bei allen Göttern, sie war fast nackt, wurde lediglich von einem winzigen Fetzen weißen Stoffs zwischen ihren Oberschenkeln verhüllt.

Den sollte er ihr ausziehen. Mit den Zähnen.

Sofort fingen seine Fangzähne an zu schmerzen, wie schon so oft in ihrer Gegenwart. Für einen Augenblick konnte er nichts weiter tun, als ihren Anblick in sich aufnehmen und seinen Blick gierig über sie schweifen lassen. Ihre Brüste waren klein, die Spitzen so rot wie Beeren und prächtig aufgerichtet. Ihr Bauch wölbte sich nach innen, jede einzelne ihrer Rippen war zu sehen.

Sie war offensichtlich lange Zeit hungrig gewesen. Er würde sie füttern, überlegte er, und freute sich bei dem Gedanken daran. Es sollte ihr nie wieder an Nahrung mangeln. Sie würde ihm aus der Hand essen, und nur die besten Leckerbissen. Er sah vor sich, wie sie die Augen schloss, als sie den saftigen Geschmack erlebte, jeden Bissen genoss, vor Wonne stöhnte, wie er erst mit ihr eine Mahlzeit kostete, und dann von ihr …

Während Blut für ihn Quelle der Lebenskraft war, musste er auch essen. Vielleicht weil er nicht ganz und gar Vampir war. Seine Mutter war eine Hexe und …

Seine Mutter war eine Hexe?

Schmerz durchfuhr ihn, und er schlug fast mit der Faust auf den Boden. Nicht schon wieder. Die Frustration nagte an ihm.

Dann entdeckte er die Narben auf Janes Bauch, und sämtliche Gedanken, sie mit erlesenen Fleischstücken zu füttern, waren vergessen, genau wie die Gedanken an seine Familie. Hunger einer anderen Art bemächtigte sich seiner. Er sehnte sich danach, einen Mord zu begehen. Diese Narben … Beim dunklen Abgrund … Er hatte bereits von ihnen gewusst, aber nicht, wie viele es waren und wie tief sie einschnitten.

Vom Nabel abwärts sah es aus, als hätte man sie in Scheiben

geschnitten und von einem blinden Schneider zusammensetzen lassen. Breite rote Narben wucherten in jede Richtung, Male eines Schmerzes, den die meisten Menschen wahrscheinlich nie erfahren würden.

Was hatte man ihr angetan, und wie hatte sie es überlebt?

Wer auch immer ihr so wehgetan hatte, musste sterben, genau wie die Wachen, die sie angefasst hatten, gestorben waren.

Sie verdiente es, verwöhnt zu werden. Nicht nur das Essen von seiner Tafel sollte ihr gehören, auch Roben aus schwerem Samt und ein Bett aus weichsten Gänsedaunen. Sie sollte nie mehr arbeiten. Sie sollte sich entspannen, Spaß haben, ihre Tage vielleicht nackt verbringen, ausgestreckt in seinem Schlafzimmer, und ihre Nächte sollten sie schweißgebadet vor Leidenschaft zurücklassen.

Er wollte sich an ihrem Leib und an ihren Adern laben. Jeden Teil von ihr verkosten und zwischen ihren Beinen ein Festgelage abhalten. Sie hart und schnell reiten, sich von ihr langsam und hingebungsvoll reiten lassen. Sie in jeder Position nehmen, die ihm einfallen wollte, und dann vielleicht noch ein paar neue erfinden. Er wurde hart vor Sehnsucht nach ihr.

Sie braucht noch Zeit. Sie muss heilen. Tief einatmen, tief ausatmen. Aber bei allen Göttern, noch mehr von ihrem unglaublichen Duft, und er würde sie anfallen und vielleicht zu viel von ihrem Blut trinken. Sie war wie Morgentau auf den Blättern einer Rose, so schutzlos, und er würde immer auf sie achtgeben müssen.

Zitternd streckte er die Hand aus, um ihr das honigfarbene Haar aus der Stirn zu streichen … Als er seine Hand sah, erstarrte er. Drehte die Handfläche dem Mondlicht zu. Wackelte mit dem Daumen. Geheilt. Er war vollkommen geheilt; er spürte keine Schmerzen mehr.

Wie viel Zeit war vergangen?

Wie lange hatte er Jane schutzlos allein gelassen?

Er sah sich erneut um und war erstaunt über das, was er sah. Es war so viel Zeit vergangen, dass sie eine Hütte hatte bauen können, Waffen schnitzen, ihre Kleider und seinen Körper waschen. Er war der Mann, der Krieger, doch *sie* hatte sich um *ihn* gekümmert.

Mein. Würdig, eine Königin zu sein.

Sie hatte ihm gesagt, dass kein Mann auf sie wartete, und darüber war er froh. Gäbe es einen, hätte er ihn umgebracht. Nicht schmerzhaft, nicht solange der Mann ihr nicht wehgetan hatte, aber er hätte dennoch sterben müssen, sobald Nicolai einen Weg in ihre Welt gefunden hatte. Und er hätte ihn gefunden. Niemand außer ihm durfte diese Frau besitzen, zu keiner Zeit und an keinem Ort.

Und was, wenn auf dich jemand wartet? Jemand, den du vergessen hast? Er legte die Stirn in Falten. Der Gedanke gefiel ihm nicht. Treue war wichtig. Das hatte Jane gesagt. Er wusste nicht viel von sich selbst, doch er wusste, auch er glaubte daran.

Aber … er wollte Jane. In diesem Augenblick konnte er sich nicht einmal vorstellen, je eine andere zu wollen, je bei einer anderen zu liegen. Nie mehr. Es brannte wahrhaftig jede Zelle seines Körpers für Jane, und nur für Jane. Irgendwie war sie bereits ein Teil von ihm, war ihre Essenz tief in ihm verwurzelt. Er hegte den Verdacht, dass es immer ihr Schicksal gewesen war, sich zu begegnen und zusammen zu sein. Aber …

Wenn wirklich jemand auf ihn wartete, was dann? Trotz seiner schrecklichen Launen achtete er das Gesetz, und er nahm sein Wort niemals zurück. Oder doch?

Vielleicht. Aber … da war es wieder, dieses schreckliche, schreckliche Aber. Das Gesetz, seine Ehre, Treue, das alles spielte für ihn derzeit keine Rolle. Wenn er keine andere Frau wollte, würde er auch keine andere Frau akzeptieren. Er würde *Jane* nicht betrügen. So einfach war das.

Während er sich selbst, was das anging, für einigermaßen anständig hielt, glaubte er nicht, dass er auch ehrenhaft kämpfte. Er vermutete, dass er seine Schlachten gewann, auch wenn er zu unlauteren Mitteln greifen musste und seine Feinde ohne Gnade oder Reue bestrafte. Man brauchte sich ja nur einmal ansehen, was er mit den Wachen der Herzkönigin angestellt hatte.

Und vor vielen Jahren hatte er seine Armee durch das Reich Wolfyn geführt. Der Mond war hinter Wolken verborgen, die Bewohner des Königreichs schliefen friedlich in ihren Betten. Er und seine Männer hatten alles niedergemäht. Er hatte sich dafür gehasst, so etwas tun zu müssen, aber das hatte ihn nicht aufgehalten. Alles, um seinen Bruder zu retten …

Ein weiterer scharfer Schmerz beendete seinen Gedanken. Die Erinnerung war verloren. Zum größten Teil. Er hatte einst eine Armee geführt. Das hatte er schon früher vermutet, aber jetzt wusste er es. Er hatte. Er hatte sie geführt. Aber … was für eine Armee? Andere Vampire? Söldner? Oder war er im Auftrag des Königs unterwegs gewesen?

Die Antworten kamen nicht, und er knirschte mit den Zähnen, als seine Frustration ihn überwältigte.

Er konzentrierte sich auf das Hier und Jetzt. Auf Jane. Er war bereit, für sie zu kämpfen. Er wollte sie in seinem Leben, und sie könnte durchaus etwas dagegen haben. Wenn dem so war, könnte es zu einem Streit kommen, und er würde *alles* tun, um sie zu behalten.

Endlich strich er ihr das Haar aus dem Gesicht und …

Sie hatte ein blaues Auge.

Nicolai erstarrte, und in ihm stieg noch stärkere Wut auf.

Jemand hatte sie geschlagen. Wer hatte es gewagt, sie anzurühren?

Der animalische Instinkt in ihm kam brüllend an die Oberfläche, fauchte und lechzte nach Blut.

Ruhig, er musste ruhig bleiben. Vorerst. Hatte sie noch weitere Verletzungen? So sanft er konnte, rollte er sie auf den Rücken. In ihrem Gesicht waren keine weiteren Prellungen zu sehen. Ihre langen Wimpern warfen Schatten auf ihre Wangen, und er fuhr sie nach, nur um sicherzugehen. Sie waren zart, weich und warm. Ihre Lippen waren voll und rot, als hätte sie vor Sorge daraufgebissen.

Egal. Sie war wunderschön, ein unbezahlbares Kunstwerk.

An ihren Händen fand er mehrere Schnitte, aber die kamen vom Schärfen der Waffen. Er hatte selber oft solche Verletzungen gehabt. Noch eine Erinnerung, und dieses Mal ohne Schmerz. Er achtete nicht darauf. Jane war wichtiger.

Ihr ganzer Brustkorb war mit Prellungen überzogen, die von ihrem Rücken ausgingen, wo man sie ausgepeitscht hatte. Zum Glück trug sie keine weiteren Wunden aus der Schlacht davon. Wie also hatte sie das blaue Auge bekommen?

Sie bewegte sich im Schlaf und stieß noch ein schmerzerfülltes Stöhnen aus.

Ihr Rücken musste sie in dieser Stellung umbringen. Er hätte sie auf der Seite lassen sollen. Konnte er nie das Richtige tun, wenn es um diese Frau ging? Er schob ihr vorsichtig einen Arm unter die Schulter. Dann hob er sie hoch, bis sie fest an ihn geschmiegt lag und nichts mehr ihre Verletzungen berührte. Sie vergrub ihr Gesicht an seinem Hals, fügte sich an ihn wie eines der Puzzleteile, von denen sie so viel hielt.

Sie legte ihre Hand auf sein Herz, als würde sie sein unregelmäßiges Schlagen gegen ihres messen. Sie war so vertrauensvoll, so vertrauens*würdig*. Sie hatte ihn nicht verlassen, als sie die Gelegenheit dazu hatte. Und sie war so versöhnlich. Er hatte zugelassen, dass man sie auspeitschte, und doch kümmerte sie sich um ihn. Hatte sogar, bemerkte er erstaunt, seine Zähne gereinigt. Sein Mund schmeckte frisch, nach Minze.

Sie stöhnte wieder, aber dieses Mal, oh, dieses Mal war kein Schmerz in ihrer Stimme. Nur Verlangen. Ein so aufreizendes Geräusch. Sofort war er für sie bereit. Er biss sich auf die Zunge, und seine Fangzähne versanken tief in seinem Fleisch.

„Nicolai", hauchte Jane schläfrig.

„Es ist alles gut, Jane. Schlaf weiter."

„Nein, ich ..."

„In Ordnung. Du kannst schlafen, nachdem du mir gesagt hast, wer dich geschlagen hat", unterbrach er sie, ehe sie selbst etwas fordern konnte.

„Das warst du." Warmer Atem fuhr über seine Brust, kitzelte seine Haut.

„Was?", brüllte er. „Ich?"

„Unfall. Mach dir keine Gedanken. Ich wollte mich auch nicht an dich kuscheln. Tut mir leid."

Ihr tat es leid? „Jane. *Mir* tut es leid." Scham traf ihn, wie kein Gegner ihn je hätte treffen können. „Nenne mir eine Strafe, und ich werde sie sofort gegen mich anwenden."

„Keine Strafe nötig, du dummer Mann. Ich habe doch gesagt, es war ein Unfall."

Selbst das vergab sie ihm einfach so. Sie war so viel mehr wert als er. „Ich werde dir nie wieder wehtun, du hast mein Wort."

„Du warst bewusstlos. Du konntest nichts dafür. Ich bin nur froh, dass du endlich aufgewacht bist. Ich habe mir solche Sorgen gemacht."

Sie will sich von mir wegrollen, dachte er, als er spürte, wie ihre Muskeln sich anspannten und auf Bewegung vorbereiteten. Er hielt sie fester. „Nein. Ich habe dich so hingelegt."

Und du wirst so bleiben.

„Oh", sagte sie, und er konnte sich nicht entscheiden, ob sie zufrieden klang oder verärgert. „Bist du, äh, durstig? Nach Blut, meine ich."

Ja. „Nein." Sie war nicht dazu in der Lage, ihn zu füttern. Aber schon der Gedanke, sie zu kosten, ließ seine Fangzähne hervorschnellen, und sein Mund füllte sich mit Speichel.

„Okay. Gut, du fragst dich vielleicht, warum ich dich so oft gebadet habe, aber ich verspreche dir, ich habe dich nie mehr angefasst, als notwendig war. Okay, vielleicht schon, aber nicht viel. Und ich habe den Saum meines Kleides abgeschnitten, um daraus Waschlappen zu machen, damit du nicht ertragen musst, direkt von mir angefasst zu werden, während du bewusstlos bist."

Ertragen? Der Gedanke an ihre zarten kleinen Hände auf seinem Körper brachte ihn an den Rand einer Explosion. „Danke, dass du dich um mich gekümmert hast."

„War mir ein Vergn… ich meine, gern geschehen. Und, wie geht es dir jetzt?"

„Besser." Jetzt, da sie sich entspannt an ihn schmiegte. „Und dir?"

„Meine Beine tun weh."

Ihre Beine, nicht ihr Rücken. Das war die erste Beschwerde, die sie je ausgesprochen hatte, und sie gab ihm nicht die Schuld dafür. Plötzlich und vollkommen wurde er von Entschlossenheit übermannt, die sich mit einem Gefühl der Dringlichkeit mischte. „Schmerzen vom langen Gehen?"

„Eine alte Verletzung."

„Erzähl mir davon."

„Autounfall." Sie hielt inne. „Ein Auto ist ein Fahrzeug, das man benutzt, um mit hoher Geschwindigkeit auf Straßen entlangzufahren. Nun, jedenfalls, zwei davon sind ineinandergerast. In einem davon saß ich. Meine Familie auch.

Ich habe überlebt. Sie nicht."

Er konnte sich nicht vorstellen, was sie beschrieben hatte, aber er konnte ihren Schmerz nachempfinden. „Ich kümmere mich um dich." Er legte sie vorsichtig auf den Boden und setzte sich auf.

„Kannst du nicht. Das kann nur die Zeit. Ich habe erst vor ein paar Monaten wieder angefangen zu laufen."

„Du konntest nicht laufen?" Als er sich umdrehte und durch die Bewegung genau zwischen ihren Beinen saß, wurden ihre Wangen heiß vor Scham, und sie bedeckte rasch ihre Brüste und ihren Bauch mit den Händen. Sie hielt ihren Blick starr auf die großen smaragdgrünen und weißen Blätter gerichtet, die ihnen die Sicht auf den Himmel versperrten.

„Fast ein Jahr nicht. Also, hey, habe ich schon erwähnt, dass ich mein Kleid gewaschen habe und deshalb fast nackt bin? Der Stoff war noch nicht trocken, und ich wollte dich nicht aufwecken, indem ich dich aus Versehen berühre, solange das Kleid noch kalt und nass ist. Aber wahrscheinlich hätte ich es doch riskieren sollen", plapperte sie. „Meine Narben, ich weiß schon, sie sind hässlich, und so perfekt, wie du bist, bist du wahrscheinlich auch perfekte Frauen gewohnt. Ich meine, nicht dass du bei Laila eine Wahl gehabt hättest und nicht dass sie perfekt wäre. Aber vor ihr hattest du bestimmt …"

„Jane."

Sie leckte sich die Lippen. „Ja?"

„Eins nach dem anderen. Du glaubst, deine Nacktheit stört mich?"

„Na ja, schon. Nach dem, was Laila dir angetan hat, dachte ich …"

„Du bist nicht Laila." Und jeder Teil von ihm wusste das.

„Das weiß ich, aber du bist ein Opfer von sexuellem Missbrauch, und ich … ich wollte nicht an deine Grenzen stoßen und dich aufregen.“

Aufregen? *Ihn?* „Ich habe dir schon gesagt, wie sehr ich dich begehre, Jane.“

„Schon, aber du brauchtest mich, um dich zu retten. Du hast mir Honig ums Maul geschmiert, sozusagen.“ Als er sie verständnislos anstarrte, fügte sie hinzu: „Du weißt schon, mich weichgekocht, damit ich tue, was du willst.“

Das war tatsächlich der Plan gewesen. Allerdings hatte sich vom ersten Augenblick an, als er sie gesehen hatte, alles geändert. Er hatte sich nur noch auf seine Instinkte verlassen. „Du bist wirklich klüger, als dir guttut, und du redest dir die lächerlichsten Dinge ein.“

Sie kniff die Augen zusammen, aber nicht weit genug, um das Feuer in ihnen zu verbergen. „Noch was, worüber du dich beschweren willst, du fauler Vampir?“

Seine Lippen zuckten. Selbst wenn sie wütend war, machte es ihr nichts aus, wie nahe sie einander waren. Ihre Knie lagen neben seinen Hüften, und die Beule in seinem Lendenschurz berührte fast, was der süßeste Ort auf dieser und jeder anderen Welt sein musste. Trotz ihrer Unsicherheiten vertraute sie ihm vollkommen.

Ihre Nacktheit war ihr aus Gründen unangenehm, die nichts mit ihm zu tun hatten, und das konnte er nicht zulassen. „Du weißt, dass ich erst vor Kurzem ... gekommen bin“, sagte er.

„Na ja, jetzt weiß ich es“, sagte sie skeptisch.

„Zuletzt am Morgen deiner Ankunft. Wenige Stunden zuvor sogar. Nicht nur einmal, sondern zweimal. Und jetzt sieh mich an, Jane. Sieh *ihn* an.“

Ein leises Gurgeln war die Antwort.

„Sieh genau hin“, forderte er sie auf.

Dieses Mal gehorchte sie. Langsam, ganz langsam senkte sie ihren Blick. Sie keuchte auf, als sie entdeckte, in welchem

Winkel sein Lendenschurz abstand.

„Wenn ich dich nicht begehren würde, wäre ich nicht hart."

„Ich weiß." Ein heißes Seufzen.

„Jedes Mal, wenn du an deiner Anziehungskraft zweifelst, musst du einfach nur hersehen." Er legte eine Hand um seine Erektion und bewegte sie auf und ab, auf und ab. Der schmerzhafte, aber notwendige Druck entlockte ihm ein Zischen. „Dann wirst du daran erinnert, wie verlockend ich dich finde. So sehr, dass du dich in ständiger Gefahr befindest, verschlungen zu werden."

„Aber meine Narben …"

„Deine Narben beweisen nur, wie stark und fähig du bist. Sie beweisen, dass du einen schrecklichen Unfall überlebt hast. Sie sind bezaubernd."

„Wirklich?", quietschte sie, und ihre Wangen wurden noch röter.

„Wirklich. Und nur, damit du es weißt, zwischen uns gibt es keine Grenzen."

„Gibt es nicht?"

Er hörte auf, Hand an sich zu legen, ehe er aus Versehen abspritzte. „Nein."

„Aber … aber … es gibt immer Grenzen."

„Ach wirklich? Gibt es etwas, von dem du nicht willst, dass ich es mit dir tue? Eine Stelle an deinem Körper, die ich nicht berühren soll?" Er wartete angespannt auf ihre Antwort. Vielleicht irrte er sich. Er könnte falschliegen, was ihre Gefühle betraf.

Sie schluckte. „Nein."

Er entspannte sich. „Für mich gilt das Gleiche. Deshalb gibt es keine Grenzen."

„Okay, ich glaube dir. Aber ich … ich finde, wir haben noch nicht ausreichend über die möglichen Auswirkungen von dem hier nachgedacht.“

„Dem hier.“ Einer sexuellen Beziehung? „Und ich finde, du denkst und analysierst zu viel. Wir werden es tun. Eines Tages. Nicht heute, aber bald.“

Noch ein Seufzen, und ihr ganzer Körper sackte in sich zusammen. „Das weiß ich auch. Ich fühle mich zu sehr zu dir hingezogen, um nicht irgendwann nachzugeben.“

Es gefiel ihm, dass sie es so offen und ehrlich zugab. „Gut. Haben wir damit alles abgedeckt, was dir Sorgen bereitet hat?“

„Na ja.“ Sie biss sich auf die Unterlippe, bis sich dort ein kleiner Tropfen Blut bildete. „Ich habe nachgedacht.“

„Ich sagte bereits, dass du das viel zu oft tust.“ Ehe er merkte, was er tat, streckte er den Finger aus, nahm den Bluttropfen mit der Spitze auf und leckte ihn ab. Ihr Geschmack, so süß wie ihr Duft, prickelte auf seinen Geschmacksknospen, und er stöhnte.

Dunkler Abgrund, *nichts* hatte ihm je so gut geschmeckt. Das Bedürfnis nach mehr wuchs ... wuchs ... bis er schwitzte, keuchte, um seine Kontrolle rang.

Er würde sie nicht anfallen. Das würde er *nicht.*

Er hatte gewusst, dass sie ihm schmecken würde, aber wie sehr, damit hatte er nicht gerechnet.

„Ich könnte jederzeit nach Hause zurückkehren“, sagte sie, ohne die Veränderung in ihm zu bemerken. „Ich meine, du bist jetzt frei, und das war doch der Grund, aus dem du mich beschworen hast? Also kann es doch sein, dass die Magie, die mich hergebracht hat, bald nachlässt, ob du es willst oder nicht.“

„Nein“, brüllte er fast. Die Angst, sie zu verlieren, ließ ihn seinen Hunger vergessen.

Sie riss die Augen auf. „Nein?“

„Ich werde es nicht zulassen. Jetzt nicht und niemals.“

Niemals? Ja, er würde sie für immer behalten. Würde sie nie wieder gehen lassen.

„Einfach so?“ Sie schnippte mit den Fingern. „Du lässt es nicht zu, deshalb geschieht es nicht?“

Auf seiner Stirn bildeten sich Schweißperlen, als er sich zurücklehnte. „Ich bin noch nicht in Sicherheit. Also hast du noch nicht alle deine Pflichten erfüllt.“ Er würde sich einfach ständig in Gefahr begeben, wenn es sein musste. Er hatte schon zu viele Menschen, die er liebte, verloren. Den Schmerz konnte er einfach nicht ertragen. Den Schmerz. Den verdammten Schmerz, der seine Erinnerungen löschte. „Das Thema ist hiermit beendet.“

„Na schön“, schmollte sie. „Bist du morgens immer so grantig?“

Nur, wenn du davon sprichst, mich zu verlassen. „Würde ein grantiger Vampir dir sagen, dass du die schönste Frau bist, die er je gesehen hat?“, fragte er, entschlossen, sie beide zu beruhigen.

Ihre Augen und ihr Mund wirkten mit einem Mal weicher, sinnlich. „Nein.“

„Dann bin ich nicht grantig. Jetzt schließ die Augen und entspann dich.“ Wenn ihr Bernsteinblick seinem begegnete, würde er sich vergessen. Dann würde er sich hinabbeugen, sie küssen, bis sie nach Atem rang, und dann zu ihren Adern vorstoßen. Und wenn er seine Zähne in sie versenkte, würde er auch zwischen ihren Beinen versinken müssen. „Ich werde deinen Schmerz lindern.“

8. KAPITEL

Die schönste Frau, die er je gesehen hatte? Er musste wohl Odette sehen, vermutete Jane. Dünn zu sein war vielleicht in Mode, wenigstens dort, wo sie herkam, aber Jane war eindeutig *zu* dünn. Nach dem Unfall war sie ans Bett gefesselt gewesen und durch einen Schlauch ernährt worden. Als sie endlich aufgewacht und wieder in der Lage gewesen war, selbst zu essen, hatte die Nachricht vom Verlust ihrer Familie ihr den Appetit genommen.

Und jetzt, wo er wieder zurückgekehrt war, musste sie sich mit Früchten und Nüssen zufriedengeben.

Früchte … Nüsse … hmm … In dem Augenblick wurde ihr klar, dass sie vor Hunger fast umkam. Ein saftiges Steak, dazu Pommes frites … serviert auf einem zweiten Steak. Aber das Essen konnte warten. Viel mehr verzehrte sie sich nach der Berührung eines Mannes. Und Nicolai war sehr großzügig mit seinen Berührungen. Seine starken Finger massierten ihre Waden, tief und fest und genau richtig. Mit einem Stöhnen ließ sie sich in das Moos sinken, auf dem sie lag.

„Zu viel?“, fragte er mit heiserer Stimme.

„Perfekt“, presste sie heraus. Sie behielt die Augen geschlossen, wie er verlangt hatte. Nicht, weil er es befohlen hatte, sondern weil seine Fangzähne noch vorstanden. Seine Worte klangen undeutlich.

Diese Zähne machten ihr ebenso viel Angst, wie sie sie erregten. Sie hatte gesehen, welchen Schaden sie anrichten konnten, wie sie durch Fleisch und Knochen drangen, aber sie fragte sich auch, welche Lust sie einem bereiten konnten. Jedes Mal wenn sie sich das fragte, schauderte sie.

Zum Teufel, sogar jetzt zitterte sie. Sie beschloss, dass er von ihr trinken durfte, wenn er hungrig wurde. Nach dieser Massage schuldete sie ihm sowieso mindestens eine Niere.

Denn, oh Gott, nichts hatte sich je so gut angefühlt. Nicht einmal, auf ihm zu sitzen und sich an ihm zu reiben – weder in ihrer Vorstellung noch in der Realität –, und das war schon himmlisch gewesen.

Okay, vielleicht war das Reiben genauso gut gewesen.

Er bearbeitete ihre Waden über eine Stunde lang, und als er sich ihren Oberschenkeln zuwendete, versuchte sie nicht mehr, ihre Brüste und ihre Narben zu verbergen. Warum sollte sie? Er hatte sie bereits gesehen und behauptet, er fände sie schön. Ihre Arme fielen kraftlos zu Boden. Gott, die Hände dieses Mannes waren einfach magisch.

Magisch. Ja. Irgendwie musste er Magie benutzen. Wärme floss von seiner Haut in ihre, eine betäubende Wärme, die sie berauschte, die sich in ihre Muskeln stahl, in ihre Knochen, bis jeder Zentimeter von ihr kribbelte – und ihm gehörte. Oh ja. Was auch immer er berührte, wurde sofort sein und existierte ab da nur noch für ihn.

Als seine Knöchel den Rand ihres Slips streiften, schien jeder Nerv, den sie besaß, plötzlich zum Leben zu erwachen und sich nach ihm auszustrecken. Bald schon atmete sie schwer, stöhnte, versuchte, seine nächste Bewegung vorherzusehen. An ihrem Knie rieb er eine Weile, dann streichelte er aufwärts, ihren Oberschenkel hinauf, fuhr über – *ja, genau da, bitte da, fast, fast* – nur, um innezuhalten und nicht ganz zu berühren, wo sie ihn am meisten brauchte, ehe er sich dem anderen Oberschenkel zuwendete. Sie musste sich auf die Lippe beißen, um nicht laut um mehr zu flehen.

Wenn er sie nur länger anfasste, den Winkel ein wenig änderte, würde sie kommen. Oh Gott, wenn sie allein davon kam … wie peinlich.

Die Massage ging weiter. Und im Ernst, was machte es schon, wenn es peinlich war? Ihr war das egal. Wann würde er wieder ihren Slip berühren? Sie wartete angespannt, hoffte, war begierig darauf. Ihr ganzer Körper vibrierte. Selbst die Luft in ihren Lungen begann sich zu erhitzen. Aber die Zeit tickte dahin, und seine Bewegungen wurden ruckartiger, während er weiter die verspannten Muskeln knetete, und er kam die ganze Zeit nicht mehr in die Nähe.

„Lenk mich ab", sagte sie. Sonst würde sie ihn noch um einen Höhepunkt anflehen. Etwas, das sie sich nicht erlauben wollte. Er hatte gesagt, sie würden es bald tun. Das bedeutete, jetzt war die Zeit noch nicht gekommen.

Oder wollte er, dass sie flehte? Als sie im Schlafzimmer gewesen waren, hatte er gesagt: „Nicht, ehe du mich anflehst." Wollte er das jetzt? Erwartete er es? Wollte er sie in den Wahnsinn treiben und sie betteln hören? Na ja, bald würde sie …

„Wie soll ich dich ablenken?", fragte er und überraschte sie damit.

Okay, also stand Flehen nicht auf dem Speiseplan. Es erstaunte sie selbst, dass sie gegen die Enttäuschung ankämpfen musste. „Erzähl mir eine Geschichte."

Er hielt inne. „Eine Geschichte?"

„Ja." Sie öffnete ihre Augen einen Spalt und fügte hinzu: „Was auch immer du tust, hör nicht auf, mich zu massieren!"

Trotz seiner deutlich spürbaren Anspannung zuckten seine Lippen, was sie reizend fand. Höchstwahrscheinlich hatte er in seinem Leben schon lange nichts mehr zu lachen gehabt, und sie schien ihm Freude zu bereiten. So wie er sie erfreute.

„Eine Geschichte worüber?" Er blieb zwischen ihren gespreizten Beinen sitzen, ihre Knie angewinkelt, ihre Beine rahmten ihn ein.

„Ich weiß nicht. Deine Familie vielleicht." Kaum hatte sie die Worte ausgesprochen, wollte sie sie zurücknehmen. Sie erinnerte sich an den Abschnitt aus ihrem Buch. Er erinnerte sich nicht an seine Vergangenheit. Sein Gedächtnis …

„Ich habe zwei Brüder und eine Schwester", sagte er und hielt den Atem an.

Ein Augenblick verstrich, dann noch einer. Seine Fangzähne zogen sich in seinen Mund zurück und verschwanden. Schock und Schmerz ersetzten den Ausdruck von Lust und Freude auf seinem Gesicht.

„Was ist los?", fragte sie, auch wenn sie die Antwort bereits kannte. Zumindest glaubte sie, sie zu kennen. Er musste darüber reden, musste loslassen. Etwas, das sie in der Therapie gelernt – und gleich wieder verworfen – hatte. Aber nur weil sie es selbst nie versucht hatte, bedeutete das nicht, dass er es auch nicht tun sollte.

„Ich konnte mich bis eben nicht an meine Geschwister erinnern. Ich hatte eine Ahnung, aber ... Ich habe zwei Brüder und eine Schwester. Jetzt *weiß* ich es, ich weiß, sie sind echt." In seiner Stimme lag Herausforderung, als erwartete er, dass sie ihm widersprach.

„Sie sind echt", stimmte sie zu.

Er verzog das Gesicht, nickte. „Endlich kann ich sie in meinen Gedanken sehen. Ich erinnere mich nur nicht an ihre Namen. Wenn ich es versuche, explodiert mein Kopf fast vor Schmerzen."

„Schmerzen?"

„Eine *Aufmerksamkeit* der Heilerin."

„Oh Nicolai, das tut mir so leid." Zu wissen, dass man eine Familie hatte, und nicht in der Lage zu sein, sich an die Zeit miteinander zu erinnern, das musste die reine Folter sein, viel schlimmer, als überhaupt nicht zu wissen, dass es sie gab. Monatelang hatte Jane nur wegen ihrer Erinnerungen überlebt. „Löse dich davon, an ihre Namen zu denken, und beschreib nur, was du siehst." Vielleicht konnte sein Verstand sich, wenn er sich entspannte, auf einen Teil der Vergangenheit konzentrieren und andere Erinnerungen würden dann leichter folgen.

Der schmerzverzerrte Ausdruck wich aus seinen Augen, und seine Mundwinkel zuckten. Er grub seine Finger wieder fester in ihre Muskeln. „Mein jüngster Bruder, noch ein Junge, hat grüne Augen, und sein Haar ist heller als deines. Ich sehe, wie er mir nachläuft, und bin glücklich."

„Ich wette, er hat dich bewundert", sagte sie, um ihm Mut zu machen. „Ich hatte eine ältere Schwester, und ich bin ihr immer nachgelaufen und wollte mit ihr und ihren Freunden spielen."

„Ja." Nicolai riss die Augen auf, aber er sah an ihr vorbei, an einen Ort, den sie sich nicht vorstellen konnte. „Ja, er hat mich bewundert. Uns alle. Und wir haben ihn geliebt. Er war immer so süß und unschuldig, der kleine Frechdachs. Ich ... ich kann uns zusammen sehen. Wir lächeln, und ein Einhorn läuft vor uns auf und ab."

Ein *echtes* Einhorn. Jane wollte mehr erfahren – zum Beispiel, ob sie das Tier gesattelt hatten und darauf geritten waren –, aber sie wollte den Fluss von Nicolais Erinnerungen nicht unterbrechen. „Was ist mit deinem anderen Bruder?"

„Auch er ist jünger, aber wir liegen nicht weit auseinander." Er hielt inne, als suchte er in Gedanken nach einer Bestätigung. Dann nickte er. „Sie sind alle jünger als ich. Selbst meine liebste Schwester."

„Und wie sind deine anderen Geschwister?"

„Meine Schwester hat ihren goldenen Schopf über ein Zauberbuch gebeugt. Ich versuche, sie zu überreden, mit mir zu kommen, weil ich auf den Markt muss, aber sie weigert sich. Sie will bleiben, sie hat zu viel zu tun. Sie arbeitet zu hart, will es immer allen recht machen. Und er, mein anderer Bruder, hat schwarzes Haar wie ich, und er jagt im Wald, er rennt mit den Wölfen."

Eine Leseratte und ein Krieger, was? „Ich wette, du bist

der Diktator", sagte sie mit einem Lächeln. „Und der Jüngste ist der Liebling."

„Micah ist unser Liebling, ja." Nicolai riss die Augen auf, und ein Anflug von Schmerz kehrte zurück. „Micah. So heißt er. Ich frage mich, wo er ist, wo sie alle sind und was sie machen."

„Du wirst dich daran erinnern, genau wie du dich an Micahs Namen erinnert hast. Und vielleicht brauchst du dazu nicht einmal eine Heilerin. Diese Erinnerungen sind auch ohne sie zurückgekommen."

„Vielleicht sind sie deinetwegen zurückgekommen." Nicolais Blick richtete sich wieder auf sie. Er bemerkte ihr ermutigendes Lächeln und leckte sich die Lippen. Seine Miene veränderte sich noch einmal, von sehnsüchtig zu erhitzt. Seine Wangen röteten sich, und seine Fangzähne sprangen wieder hervor. Kleine Schweißperlen traten ihm auf die Stirn.

„Meinetwegen?" Die aufgehende Sonne warf zarte goldene Strahlen auf ihr Lager. Auch wenn er im Schatten blieb, schien seine bronzefarbene Haut zu leuchten. In seinen Augen wirbelte flüssiges Silber und hypnotisierte sie.

„Ja. Du bist die einzige Veränderung in meinem Leben." Seine Aufmerksamkeit richtete sich auf ihre Brüste, und sie streckten sich ihm entgegen, als wollten sie ihm gefallen. „Mein", fügte er hinzu und erinnerte sie an das Monster, das er im Palast geworden war.

Jetzt freute sie sich auf das Monster.

Das Kribbeln loderte wieder auf, intensiver dieses Mal, und es breitete sich rasend schnell aus. Vielleicht stöhnte sie. Vielleicht hob sie auch ihre Hüften, um mehr von seiner Hitze zu spüren. Sie wusste es nicht, denn ihre Gedanken waren zu sehr mit dem erfüllt, was sie von ihm wollte, was sie *brauchte.*

„Das sagst du immer." Und sie hoffte immer, dass es die

Wahrheit war. Aber sie hatten einander nichts versprochen, hatten einander nur ihr Begehren gestanden.

Und obwohl er aufbrausend darauf bestanden hatte, dass sie bei ihm bleiben würde, hatte sie keine Ahnung, wie lange sie noch zusammen sein konnten. Eine Stunde? Eine Woche? Ein Jahr? Sie kamen buchstäblich aus zwei verschiedenen Welten, und sie konnte jederzeit so schnell verschwinden, wie sie aufgetaucht war.

„Mein“, sagte er mit mehr Nachdruck, als würde er ihre Zweifel spüren.

„Was soll das bedeuten? Erklär es mir.“

„Will dich. Kein Geheimnis. Du mich auch.“

Lieber Gott, diese kurzen, abgehackten Sätze waren höllisch sexy. Als wäre sein Verstand auf einem einzigen Gedanken stehen geblieben – Lust – und nichts konnte ihn davon abbringen, sie zu erleben. Mit ihr, und nur mit ihr.

Aber … konnte sie ihn wirklich befriedigen? Sie kamen nicht nur aus zwei verschiedenen Welten, sie waren auch zwei vollkommen verschiedene Persönlichkeiten. Einerseits war da sein Missbrauch. Würden die Dinge, die sie von ihm wollte, ihn abschrecken? Vielleicht, vielleicht auch nicht. Bisher war ihm nichts zu viel gewesen. Andererseits kannte er sich eindeutig aus mit dem Körper einer Frau.

Odette und Laila waren gewillt gewesen, ihn zu versklaven, um sich an seinem Körper zu erfreuen. Jane kannte sich mit genau einem Mann aus. Sie wusste, was ihm gefallen hatte, aber sie hatte keine Ahnung, was ein anderer Mann sich wünschen würde.

Ihre vorherige Beziehung hatte drei Jahre gedauert und war mit ihrem Unfall zu Ende gegangen. Nicht seinetwegen. Spencer hatte ihr zur Seite stehen wollen. Sie hatte ihn weggestoßen, zu sehr von ihrer Trauer gelähmt, um sich mit ihm oder irgendwem sonst abzugeben. Und es war einfach so, dass sie ihn nicht mehr begehrte. Auf keine Weise. Sie hatte es versucht, sie hatte wirklich versucht, sich dazu zu bringen, ihn wieder zu begehren. Sie hatte einen ganzen Abend durchgeplant, um ihn zu verführen. Aber allein bei dem Gedanken daran, ihn zu küssen, war ihr übel geworden, und sie hatte ihn gleich nach dem Essen nach Hause geschickt.

Also, Fakt war, sie und Spencer hatten zwar alles getan, was man im Bett miteinander tun konnte, aber sie hatte keine weiteren Erfahrungen. Keine. In der Schule war sie viel jünger gewesen als alle ihre Mitschülerinnen, deswegen hatte niemand Interesse an ihr gehabt. Danach war sie zu beschäftigt gewesen. Spencer war der erste Mann gewesen, der sie genug abgelenkt hatte, um eine Beziehung zu beginnen.

Bisher hatte ihr Mangel an Erfahrung sie nicht gestört. Es war keine Zeit gewesen, darüber nachzudenken, nicht einmal, als sie auf Nicolai gesessen und sich an ihm gerieben hatte. Sie war zu sehr damit beschäftigt gewesen, herauszufinden, was mit ihr geschah, und damit, in dieser fremden Welt, in der sie plötzlich aufgetaucht war, zu überleben.

Jetzt allerdings wollte sie perfekt sein. Die Beste. Sie wollte Nicolai auf die gleiche Art befriedigen, auf die er sie in ihrer Fantasie befriedigt hatte.

Sie hatte gern Sex gehabt. Und sie vermisste ihn, obwohl sie all die Monate kein Verlangen gespürt hatte. Ehrlich gesagt war es fast ein Jahr. Am meisten liebte und vermisste sie das Nachglühen, in den Armen des Mannes zu liegen, seine Wärme zu spüren, sich zu unterhalten, zu lachen.

„Ich habe dich an deine Gedanken verloren." Nicolai fluchte leise, aber er klang belustigt. „Ich versuche dir zu widerstehen, Jane, und es gelingt mir nicht. Und dann forderst du mich auch noch ständig heraus, deine Aufmerksamkeit zu behalten."

„Warum?" Eine gehauchte Frage. „Ich meine, warum versuchst du zu widerstehen?“

„Du brauchst Zeit, um zu heilen. Und da ist noch etwas, das ich dir zuerst sagen muss. Etwas, das dir nicht gefallen wird.“

Ihr Magen verkrampfte sich. „Was denn?“

Ein Herzschlag, zwei. „Ohne meine Erinnerungen kann ich mir nicht sicher sein ... da wartet vielleicht eine Frau ...“

Noch ein Krampf. „Oh Gott. Du bist verheiratet.“

„Nein. Nein, das wenigstens weiß ich. Kurz bevor ich auf dem Sexmarkt aufgetaucht bin, habe ich bei einer Frau gelegen ... einem Dienstmädchen. Ja, daran erinnere ich mich noch. Ich hätte mich nicht mit einem Dienstmädchen eingelassen, wenn ich verheiratet wäre. Aber vielleicht habe ich mich einer anderen *versprochen.*“

Vielleicht ... Nein. Unmöglich. „Hast du nicht.“ Die Überzeugung überkam sie ganz plötzlich. Er war zu besitzergreifend, um mit einem Dienstmädchen zu schlafen, während eine Verlobte irgendwo auf ihn wartete.

Hoffnung schimmerte in seinen Augen auf. „Es ist nur eine Möglichkeit, ich kann nicht sicher sein. Aber ich könnte nie jemand anderen so sehr begehren, wie ich dich will.“ Eine Sekunde später hatte er sich über sie gebeugt, und seine Lippen schwebten über ihren. Er atmete flach, seine Hände lagen neben ihren Schläfen, und seine Erektion presste sich zwischen ihre Beine.

Endlich. Die Berührung, nach der sie sich gesehnt hatte. Er gehörte ihr, nur ihr allein. Etwas anderes konnte sie nicht glauben. „Du kennst dich selbst vielleicht nicht, aber *ich* kenne dich“, sagte sie. „Vertrau mir, auf dich wartet niemand.“

Sie war nicht stur oder blind, was das anging. Er hatte zwar eine äußerst besitzergreifende Art, und zudem war es eine Tatsache, dass sich jede Frau, der er sich zuwendete, seiner vollkommenen Aufmerksamkeit sicher sein konnte; trotzdem war er ein Vampir, und Vampire wählten sich nur einen Partner im Leben. Sie waren körperlich nicht in der Lage, zu betrügen. Das hatten ihre Forschungen bewiesen. Also würde er, ob sein Gedächtnis nun funktionierte oder nicht, auf Jane nicht reagieren, wenn sein Herz schon einer anderen gehörte.

„Vielleicht bin ich ein schlechter Mensch, weil mir eine gesichtslose Fremde egal ist", sagte er. „Aber ich kann dir nicht widerstehen. Ich werde dir nicht widerstehen. Weise mich nicht zurück, Jane. Ich muss dich kosten, überall. Bitte." Er wartete nicht auf ihre Antwort, sondern überbrückte den Abstand zwischen ihren Lippen.

„Nicolai …" Sie wollte ihm sagen, dass auch sie ihm nicht widerstehen konnte und ihn niemals zurückweisen würde, dass er kein schrecklicher Mensch war, aber die Worte verloren sich in dem brennenden Kuss, der ihre Lippen miteinander verschmelzen ließ.

Seine Zunge schob sich an ihren Zähnen vorbei und spielte mit ihrer, heiß, so heiß.

Er schmeckte nach Pfefferminz und … Bonbons. Mmm. Ja, Bonbons. Zuckersüß, und doch war es sein Geschmack, nach dem sie sich verzehrte.

Sie konnte sich nicht davon abhalten, ihre Finger in seinem Haar zu vergraben.

„Ja. Bitte. Bitte", flehte sie ihn endlich an.

Sie krallte ihre Nägel in seine Kopfhaut und hielt ihn fest. Sie brauchte mehr, musste mehr haben, alles andere war vergessen. Mit den Knien klammerte sie sich an seine Hüften, hob sich ihm entgegen. Ein Keuchen hungriger Freude entkam ihr. Lieber Gott! Das Gefühl, wie er sich an ihrer Mitte rieb, raubte ihr den Verstand, ließ sie zerspringen, war unglaublich, besser als alles, was sie je gekannt hatte. Vielleicht weil sie so verdammt feucht und bereit für ihn war. Also tat sie es noch einmal, sie wiegte sich, rieb sich an ihm, keuchte auf.

Mit einem zustimmenden Knurren trieb er seine Zunge tiefer in sie hinein. Ihre Zähne stießen aneinander. Schwindelerregende Reibung, nötig, aber auch eine Folter, denn ihr Verlangen stieg noch mehr an. Dann neigte er seinen Kopf, um noch tiefer mit ihr zu verschmelzen, und sie spürte seine Fangzähne an ihren Lippen.

Nein, *das* war Verlangen. Wahres, unverdünntes Verlangen. Sie *wollte* gebissen werden, wieder und immer wieder. Sie wollte alles für ihn sein. Geliebte, Nahrung, Atem.

Ihr Blut erhitzte sich bis zur Unerträglichkeit, in ihrem Bauch flatterte es. Der Kuss ging immer weiter, bis in ihren Lungen kein Sauerstoff mehr war. Bis Nicolai ihre einzige Verbindung zum Leben war.

„Bitte“, sagte sie krächzend. „Tu es.“

„Bei allen Göttern, Jane. Du … du bist wie Feuer. Ich will verbrennen.“

„Ja.“

Er leckte einen Pfad bis dorthin, wo ihr Puls am Ansatz ihres Halses pochte. Würde er sie endlich beißen? Aber nein, er leckte nur weiter an ihrem Puls und saugte daran, während er eine Hand auf eine ihrer Brüste legte und sie massierte. Er zwickte die pochende Spitze, und ein köstliches Gefühl schoss durch ihren ganzen Körper.

Himmel und Hölle, so köstlich dargeboten … Wie nahe sie schon daran war, über den Rand in den Abgrund zu fallen. Aber wenn sie es tat, falls sie es tat – *bitte, lass mich* –, wo würde sie landen? In den Wolken oder der flammenden Schlucht?

Es gab nur einen Weg, das herauszufinden …

„Nicolai?“

„Ja, Liebste.“

Liebste. Seine Liebste. „Beiß mich."

„Jane." Ein Stöhnen. „Du verlockst mich. Ich sollte nicht …"

Sollte nicht, weil er immer noch glaubte, dass sie erst heilen musste? Oder weil ein Teil von ihm noch glaubte, dass es eine andere Frau gab, die irgendwo da draußen auf ihn wartete? Wenn das Unmögliche geschah und er schon vergeben war … Warum unmöglich? fragte sie sich als Nächstes. Sie selbst war schließlich hier. *Nichts* war unmöglich.

Diese Erkenntnis ließ die ersten Zweifel in Jane aufsteigen. Sie hasste Betrüger, aber sie hasste auch Geschichten, in denen zwei Menschen gezwungen waren, zusammenzubleiben, weil sie sich verpflichtet fühlten, und nicht, weil sie sich liebten. Nicolai war nicht verliebt. Und wenn er eine Frau hatte, warum hatte sie dann nicht nach ihm gesucht? Ihn gerettet? Auch das brachte Jane wieder zu der Überzeugung, dass er auf keinen Fall jemandem versprochen sein konnte. Keine Frau würde diesen Kerl gehen lassen. Deshalb konnte Jane ihn immer noch haben.

Aber sie wollte auch nicht, dass er sie verachtete. Oder sich unter Druck gesetzt fühlte. Oder bereute, was sie taten. „In Ordnung. Wir werden nicht …"

„Werden wir. Ich will dir nur nicht wehtun."

Erleichterung. So viel Erleichterung, am Rand schon das Leuchten der Ekstase, die in Reichweite gerückt war. „Du könntest mir niemals wehtun. Nicolai, bitte. Tu es."

„Ja, ja, bitte. *Ich* werde dich anflehen, wenn es nötig ist. Ich muss mehr haben …" Seine Fangzähne kehrten an ihren Hals zurück und kratzten über ihre brennende Haut. „Muss dich kosten, sterbe, wenn nicht."

„Tu es." Sie atmete zischend aus und erstarrte, als sie sich in Gedanken auf seinen Angriff vorbereitete. Ob er ihr Lust bringen würde oder Schmerz, wusste sie nicht mit Sicherheit. Sie wusste nur, dass auch sie es brauchte.

Er atmete bebend ein. „Bist du sicher? Ich muss nicht. Ich kann noch aufhören."

„Hör nicht auf. Bitte, hör nicht auf. Ich fürchte mich nur vor dem Unbekannten."

Er leckte eine lange Spur an ihrem Hals entlang. „Keine Angst, meine kleine Jane. Ich passe auf dich auf. Nehme mich zusammen." Und dann, quälend langsam, versenkte er seine Fangzähne in ihrem Hals, saugte an ihr, trank ihr Blut.

Nicht ein einziges Mal empfand sie dabei Schmerzen, aber die Lust, oh, die Lust ... genau wie sie es sich vorgestellt hatte, wunderschön, auf die erotischste Art. Das fehlende Teil im Puzzle ihres Lebens.

Das Brennen seiner Lippen und das Reiben seiner Zunge entlockten ihrem Körper stürmische Reaktionen. Sie krallte sich in seinen Rücken, zog an seinen Haaren, verlor sich in einer Wonne, die sie nie für möglich gehalten hätte. Bald schon wand sie sich unter ihm, verzweifelt danach, den Höhepunkt zu erreichen.

Er schnurrte an ihrer Haut, sein warmer Atem strich über sie. Dann drang etwas Heißes, köstlich Heißes in ihren Kreislauf ein. Bisher hatte sie wirklich nicht gewusst, was Lust sein konnte. *Das* war Lust. Lust in ihrer reinsten Form. Kraft, Hitze, Macht. All das spürte sie.

Sie wand sich auf der Suche nach Befriedigung, die so nah und doch so fern war. Sie rieb sich wieder und wieder an ihm, und kleine Schauer fuhren jedes Mal, wenn er schluckte, durch ihren ganzen Körper. Lieber Gott. Sie könnte ihn wie einen Berg besteigen. Könnte ihn vernaschen, einen leckeren Bissen nach dem anderen. Könnte für immer in seinen Armen liegen.

Er löste sich von ihrer Ader. „Muss ... aufhören. Kann nicht ... zu viel nehmen."

Zu viel gab es nicht. „Nimm mehr."

„Versprochen, aufzupassen." Er leckte über die Einstiche und schickte dabei noch mehr dieser flüssigen Hitze in ihren Kreislauf. Er knurrte. „Jetzt bist du gezeichnet. Mein."

Sein, genau wie er zu ihr gehörte. Zu ihr und zu niemandem sonst.

„So gut. Noch nie etwas so … Süßes gekannt. Schon … süchtig …"

Ja. Süchtig. Er war eine Droge. Ihre Droge, und sie bezweifelte, dass sie je davon loskommen würde.

Mit ihren Schmerzmitteln hatte sie den kalten Entzug machen müssen. Die Entzugserscheinungen waren ein Albtraum gewesen. Und doch wusste sie, mit einer plötzlichen, schockierenden Klarheit, dass die Schmerzen damals nichts gegen das waren, was sie ohne Nicolai würde durchleiden müssen.

Er nahm die Hand von ihrer Brust, nahm sie stattdessen in den Mund, fuhr mit seiner lodernd heißen Zunge über ihre Spitze und schickte mehr dieser befriedigenden Schauer durch ihren ganzen Körper. Er biss aber nicht zu, nicht noch einmal.

Sie wollte überall von ihm gebissen werden. „Bitte, Nicolai."

„Alles, was du willst, werde ich dir geben."

Sie hob sich ihm entgegen, verschränkte ihre Füße in seinem Kreuz. Seine Erektion traf sie an genau der richtigen Stelle, und ihr Slip wurde noch weiter durchfeuchtet. „Ich will alles."

Er trug noch seinen Lendenschurz, aber das Leder musste verrutscht sein und ihn befreit haben, denn sie spürte die Hitze seiner seidigen Haut, zart und doch so hart, wie sie gegen die Baumwolle presste, die ihr im Weg war. Nur ein wenig mehr, und sie wären Haut an Haut. Hart an feucht.

Danach sehnte sie sich. Wollte es mit jeder Faser ihres Körpers. Aber Nicolai hatte andere Pläne. Er setzte seine Reise nach unten fort, fuhr ihre Narben mit der Zunge nach, leckte ihren Nabel. Seine dekadente Zuneigung hätte sie beschämt, wäre sie nicht so erregt gewesen. Eine Gänsehaut überzog ihren Körper und machte ihre Haut fast unerträglich empfindlich.

„Mein", knurrte er.

Ja. *Ja!* Für immer. Sie runzelte die Stirn. Nein, nicht für immer. Die Auswirkungen ihres berauschten Liebesspiels trafen sie wie ein Hammerschlag auf den Kopf. Sie könnte jeden Augenblick wieder zu Hause sein. Das hier war nicht von Dauer, und das durfte sie nie vergessen. Sie durfte sich nicht an ihn gewöhnen. Nicht an das alles.

Hast du schon.

Ja, hatte sie.

Wie konnte sie jetzt noch in ihr früheres Leben zurückkehren? Sie hatte die verbotene Frucht gekostet, war danach süchtig, genau wie sie vermutet hatte, und sie wollte mehr. Mehr von seinen Händen und seinem Mund und seinen Zähnen und seinen Fingern. Mehr von seiner Hitze und seiner Süße und seiner Wildheit. Aber wenn sie es jetzt nicht zu Ende brachte, wenn sie versuchte zu gehen, dann würde sie sich immer fragen, was geschehen wäre.

Also würde sie sich über die Folgen später Gedanken machen. Im Augenblick wollte sie es einfach genießen.

„Mein", wiederholte er.

„Ja", hörte sie sich zustimmen.

„Du willst mich."

„Dich und nur dich."

„Du bist so feucht für mich. Ich kann dich fühlen, fühlen, wie bereit du bist."

„Bereit für dich und nur für dich." Sie wiederholte sich,

aber das war ihr egal. Die Worte stimmten.

„Du bist so heiß für mich."

„Ja."

„Du wirst mir alles geben."

„Ja, ich …" Janes Gedanken verabschiedeten sich vollkommen. Endlich war er zwischen ihren Beinen und schob ihren Slip ganz zur Seite. Ihre Waden sanken auf seine Schultern herab, als seine Zunge sie berührte.

Beim ersten Kontakt schrie sie auf. So gut, so verdammt gut. Er leckte, saugte und knabberte an ihr und ließ ihr Begehren zu einer Stichflamme auflodern. So nah, näher als jemals zuvor.

„Gut?"

„Sehr gut!"

Seine Finger schlossen sich dem Spiel an. Erst einer, der in sie eindrang, dann zwei, vor und zurück, vor und zurück, er weitete sie, bereitete sie darauf vor, von ihm in Besitz genommen zu werden. „Könnte immer hierbleiben", krächzte er.

Sie war nicht in der Lage, zu antworten, der wenige Atem, der ihr blieb, steckte in ihrer Kehle fest.

„Schmeckst auch dort süß."

Ein Laut entkam dem Knoten. Ein Seufzen.

„Komm für mich, Liebste." Der Befehl kam von dem Monster, das sie im Palast von der Leine gelassen hatte, aufgebracht bis an den Rand des Wahnsinns, verzweifelt, ein Eroberer. „Lass mich dein schönes Gesicht aufleuchten sehen." Damit biss er sie, genau dort, zwischen ihren Beinen.

Er saugte das Blut, das dort perlte, und dann, Gott sei Dank, schoss er, was auch immer seine Fangzähne produzierten, direkt in ihre Mitte.

Funken vollkommener Glückseligkeit entzündeten sich in ihr, breiteten sich aus und verzehrten sie von unten her. Jeder Muskel, den sie besaß, zog sich zusammen, zuckte und transportierte sie zu den Sternen. Noch ein Schrei entkam ihr, und dieser durchdrang das Licht des heranrückenden Tages.

Der Höhepunkt war so intensiv, dass sie glaubte, ihre Seele müsse zerspringen. Und dann war Nicolai über ihr. Er riss mit einer Hand ihren Slip auf und stieß gegen sie. Seine Augen waren so hell, dass sie funkelten, seine Fangzähne zu einem entschlossenen Fauchen entblößt – nicht aus Wut, sondern aus quälender Lust.

„Mehr“, sagte er mit kehliger Härte.

„Nimm mich.“

„Jetzt“, knurrte er.

Kurz bevor er in sie eindringen konnte, raschelten die Büsche zu ihrer Linken, als die Blätter gegeneinandertanzten. Seine Aufmerksamkeit richtete sich mit einem Ruck dorthin, und ein drohendes Knurren entfuhr seiner Kehle.

Jane war noch zu verloren in ihrer Leidenschaft, um sich darum zu kümmern. „Nicolai! Bitte. Worauf wartest du noch?“ *Mach mich wahrhaftig zu deiner Frau.*

„Beschützen.“ Er fuhr auf, und der Körperkontakt zwischen ihnen brach ab. Sie streckte die Hand nach ihm aus, aber er stellte sich vor sie, um sie mit seinem Körper abzuschirmen.

Die Zeit der Leidenschaft war vorüber. Jetzt war es an der Zeit, zu kämpfen.

9. KAPITEL

Nicolais Verwandlung vom zärtlichen Liebhaber zum blutrünstigen Vampirkrieger brachte Jane mit einem Ruck in die Wirklichkeit zurück. Sie war nackt – der zerrissene Schlüpfer zählte nicht –, und gerade war jemand in ihr Lager eingedrungen. Riesen. Vier davon.

Alle vier starrten sie von oben bis unten an, als wäre sie eine Portion Grillfleisch – und die vier ausgehungerte Vegetarier.

Einer nach dem anderen bestätigten sie ihre Befürchtungen.

„Hässlich", sagte der Größte, mit lang gezogenem Ä.

„Scheußlich."

„Fett."

„Frau", sagte der Kleinste. Er war knapp zwei Meter groß.

Die anderen drei zuckten mit den Schultern, das allgemein verständliche Zeichen für „wird schon gehen". Anscheinend sahen Odette und Laila sich sehr ähnlich, aber Sex war Sex. Die Riesen fanden sie vielleicht abstoßend, aber sie würden es trotzdem mit ihr tun. Ihre Blicke richteten sich starr auf ihre Brustwarzen, und Sabber tropfte ihnen aus den Mundwinkeln.

Vegetarier, die zu Fleischfressern konvertiert waren.

Jane schauderte. Das Beste an ihrem Gewand, beschloss sie, war, wie einfach man es anziehen konnte. Sie schnappte sich den Stoff, der immer noch an dem Ast hing, auf dem sie ihn drapiert hatte, und zog ihn ruckartig über den Kopf. Im Handumdrehen war sie angezogen und bereit, sich der neuesten Bedrohung zu stellen.

Sie hatte schon damit gerechnet, irgendwann gegen Lailas Wachen kämpfen zu müssen, aber als sie sich zwei ihrer hölzernen Dolche schnappte, wurde ihr klar, dass die Riesen nicht so menschenähnlich waren wie die Wachen. Ihre

Augen leuchteten scharlachrot wie zwei Fenster zur Hölle. Scharfe Zähne, wie Fangzähne, waren entblößt, und sie troffen, troffen; gespaltene Zungen schossen hervor und leckten über reptiliendünne Lippen. Über breite Schultern streckten sich schwarze Flügel. Statt Nägeln hatten die Riesen Krallen.

Irgendwie erkannte sie diese Kreaturen, wie sie auch den Wald erkannt hatte. Sie kamen direkt aus ihren finstersten Albträumen, und tief in sich wusste sie, dass diese Kreaturen wild waren und keinen Verstand besaßen. Und Nicolai würde gegen sie kämpfen? *Er hat von dir getrunken. Er ist stark genug.*

Bitte sei stark genug.

Er fauchte drohend. Seine erschreckende, animalische Seite kam rasend schnell wieder zum Vorschein. „Mein." Er blieb direkt vor ihnen stehen und forderte sie heraus, ihn anzugreifen.

Er hatte keine Waffe, und sein Oberkörper war nackt. Sein armer Rücken war genauso vernarbt wie ihre Vorderseite. Aber nicht von einer Peitsche oder einem Unfall, wie es schien. In der Mitte seines Rückens befand sich ein breiter Kreis aus Narbengewebe, aufgeworfen und faltig, als hätte ihm jemand ein Stück Haut herausgeschnitten.

Er hatte schon so manches durchgemacht und überlebt. Genau wie sie selbst. Er *konnte* es mit diesen Ungeheuern aufnehmen – und gewinnen.

„Wir wollen Frau", sagte der Größte von ihnen. Er war eindeutig der Anführer. Außerdem war er offenbar dumm wie Brot, denn er fügte hinzu: „Gib uns. Jetzt", und erwartete, dass Nicolai ihm gehorchte.

„Nein", sagte sie gemeinsam mit Nicolai.

„Du, geh", sagte ein anderer mit gerunzelter Stirn. Er begriff anscheinend nicht, warum Jane ihnen nicht überreicht wurde. „Wir nehmen sie. Du lebst."

„Nein." Jane schüttelte den Kopf. „*Ihr* verschwindet." Einfache Worte verstanden sie vielleicht. „Und *ihr* lebt."

Die Riesen ignorierten sie.

„Geh", sagte einer von ihnen zu Nicolai. „Letzte Chance."

Ein anderer sagte: „Du siehst aus wie jemand. Wer?" Er schüttelte den Kopf und hatte schon das Interesse an der Frage verloren. „Egal. Gib die Frau. Wir behalten sie."

So war das also. Ihre Meinung zählte nicht. Vergewaltigung stand auf dem Plan. „Reiß sie in Stücke", sagte sie zu Nicolai.

Er antwortete nicht. Er sprang einfach vor und fuhr mit seinen Klauen – Klauen, länger und schärfer als die der Riesen! – über das Gesicht des Stärksten von ihnen, der die größte Bedrohung darstellte, sodass er rückwärts stolperte.

Das schmerzerfüllte Grunzen des Riesen war wie die Glocke vor einem Wrestling-Match. Keine Regeln, nur Schmerz.

Die fünf Männer verschmolzen zu einem Bündel aus Gliedmaßen, Fangzähnen, Blut und Adrenalin. Und das Blut machte Nicolai nur noch wilder. Er fauchte wie ein Panther, biss zu wie ein Hai und ließ nicht los, wenn er einmal seine Zähne versenkt hatte.

Jane wusste, dass es besser war, sich nicht einzumischen. Nachdem sie ihren Forschungsschwerpunkt auf den menschlichen Körper verlagert hatte, um vielleicht ein Heilmittel für ihre Mutter zu finden, hatte sie eine ganze Menge über körperliche Reaktionen gelernt. Ein Mann, der sich in seine Tobsucht hineingesteigert hatte, nahm von seiner Umgebung überhaupt nichts mehr wahr. Die Chemikalien, die durch seine Adern flossen, machten Nicolai blind für alles außer den Riesen. Nichts anderes zählte, nur noch zu töten.

Also stand sie einfach da, sah zu und feuerte ihren Mann im Stillen an.

Er ist nicht *dein* Mann, zwang sie sich hinzuzufügen. *Nicht vollkommen, und noch nicht jetzt.* Sie durfte ihren Körper mit ihm teilen und ihren Verstand, aber ihr Herz und ihre Seele? Nein. Nicht solange die Möglichkeit bestand, dass die Magie nachließ und sie nach Hause zurückkehrte. Schlimmer noch, wenn er sich in sie verliebte, würde er verkümmern und sterben, wenn sie ihn verließ.

Oh … verdammt. Das hatte sie ganz vergessen. Dieses schreckliche Schicksal hatte einige der Vampire ereilt, die man in ihr Labor gebracht hatte. Sie konnte nicht zulassen, dass auch Nicolai so etwas geschah.

Sie wischte den deprimierenden Gedanken beiseite. Jetzt konnte sie keine Ablenkungen gebrauchen. Der Kampf war kurz davor, zu eskalieren. So viel Gewalt hatte sie noch nie erlebt. Ein Arm flog an ihrem Kopf vorbei – und er hing nicht mehr an einem Körper fest.

Im Augenblick war Nicolai nichts weiter als der wandelnde Tod. Die wenigen Blicke, die sie trotz seiner schnellen Bewegungen auf seine Miene erhaschen konnte, zeigten, dass sie kalt und unnachgiebig war. Er zeigte keine Gnade, nahm sich nicht zurück. Er zielte auf die Kehle, lebenswichtige Organe und die empfindlichsten Teile. Wären die Riesen Menschen gewesen, seine überlegene Kraft hätte sie in Sekunden niedergestreckt. Doch jedes Mal, wenn er einen zu Boden warf oder Gliedmaßen abriss, stand der Bastard auf und kämpfte weiter.

Das feuerte Nicolai nur noch mehr an. Seine tödliche Eleganz … Jane war gebannt, sogar schockiert. Oh, sie hatte gewusst, wozu er in der Lage war. Im Palast hatte er nichts als Hass und Entschlossenheit ausgestrahlt. Und es waren Eingeweide über den Boden geflossen. Hätte er sie nicht retten wollen, wäre er geblieben, bis jedes lebendige Wesen dort durch seine Hände gestorben wäre. Oder seine Zähne. Dessen war sie sich ganz sicher.

Aber dieser Mann, dieser Krieger, hatte ihr auch prickelnde Lust bereitet. Er hatte zwischen ihren Beinen ein Festgelage abgehalten, und er hatte es geliebt. Es schien ihm sogar ebenso gut gefallen zu haben wie ihr. Und, oh, wie er ihr Blut zum Kochen gebracht hatte, er hatte sie bis auf den Grund ihrer Seele erregt und dafür gesorgt, dass sie beide nur noch für die Leidenschaft existierten. Das war erst wenige Minuten her. Jetzt konnte er plötzlich nur noch Schmerzen austeilen.

Schon lernten die Riesen, seine Bewegungen vorauszusehen. Sie bissen ihn mit ihren viel zu scharfen Säbelzähnen, hieben mit ihren Klauen nach ihm und fügten ihm tiefe Wunden zu. Sie wirbelten um ihn herum, flatterten über ihm, benutzten ihre Flügel auch, um nach ihm zu schlagen. Nicolai war gezwungen, zwischen ihnen hin und her zu springen und die Kraft seiner Bewegung zu nutzen, um nach ihnen zu treten. Sie stolperten, aber auch jetzt standen sie immer wieder auf.

Sie musste eingreifen. Nicolai würde sicher bald müde werden. Er verlor Blut, seine Brust war mit roten Striemen überzogen, wo sie ihn verletzt hatten. Wie konnte sie …

Im Bruchteil einer Sekunde hatten sich Arme, stark wie Baumstämme, um ihre Taille geschlossen und sie gegen einen schweren Körper gezogen. Angst brandete in ihr auf, bis sie fast gelähmt war. Dann setzte der Urinstinkt ein, es galt, zu fliehen oder zu kämpfen – und sie erinnerte sich, dass sie zwei Dolche in den Händen hielt. Kämpfen also.

Sie hieb ihrem Angreifer den Ellenbogen in die Rippen und wollte sich dann nach ihm umdrehen und zustechen. Er grunzte, aber er hielt sie so fest, dass sie sich nicht bewegen konnte. Sie öffnete den Mund, um zu schreien. Doch noch ehe das leiseste Geräusch aus ihrem Mund gekommen war, rief ihr Verstand: *Du darfst Nicolai nicht ablenken.*

Dieser Riese, der sie festhielt, schleifte sie rückwärts hinter sich her, aber sie wagte noch nicht, sich gegen ihn zu wehren.

Vielleicht waren die nicht so dumm, wie sie am Anfang gedacht hatte. Dieser hier hatte gewusst, dass es sich lohnen würde, sich zurückzuhalten, zu warten, zuzusehen und sie dann zu packen, während alle anderen abgelenkt waren. Warteten in den Schatten noch Weitere?

Wie sollte sie gegen alle ankämpfen?

Kalte Wut packte Jane. Zum Glück war niemand sonst zu sehen, und sobald sie hinter Blättern und Zweigen verborgen und Nicolai und seine Gegner nicht mehr in Sichtweite waren, explodierte sie. *Kämpfen.* Sie winkelte ihre Arme an, hob dieses Mal beide Ellenbogen und rammte sie ihm in den Bauch. Er grunzte noch einmal, und endlich lockerte sich sein Griff.

Noch einmal änderte sie den Winkel ihrer Arme und rammte die improvisierten Dolche abwärts. Die Spitzen schnitten ihm tief in die Oberschenkel.

Aufheulend stieß er sie von sich. Einer der Dolche steckte fest, aber der andere löste sich, als sie vorwärts stolperte. Jane richtete sich auf, wirbelte herum und stellte sich ihm. Der Riese starrte sie wütend an, und von seinen Fangzähnen tropfte Speichel. Seine roten Augen glühten bedrohlich.

„Dich bestrafen“, fauchte er, als er den anderen Dolch mit einem Ruck herauszog. Eine kurze Handbewegung, und das angespitzte Holz fiel nutzlos zu Boden.

Kämpfen. „Falsch. *Ich* werde *dich* bestrafen.“

Das verwirrte ihn einen Augenblick. Er blinzelte und zog die Augenbrauen zusammen. Dann schüttelte er den Kopf. „Nein. Ich dich.“

Okay. Ihre erste Einschätzung war doch richtig gewesen. Diese Viecher dumm wie Brot zu nennen war eine Beleidigung für das Brot. „Komm schon, mein Großer.“ Sechs Monate Selbstverteidigungstraining würden sich bezahlt machen.

Oder auch nicht. Sie hatte ihre „Fähigkeiten" noch nie in einer Situation anwenden müssen, in der es wirklich um Leben und Tod ging.

Er trampelte auf sie zu, und seine schweren Stiefel warfen bei jedem Schritt Erde auf und brachten den Boden zum Beben. Blut floss unten aus seinen Hosenbeinen heraus, aber er humpelte nicht, er schien seine Verletzungen nicht einmal zu bemerken.

Sobald er nah genug war, versuchte er sie zu packen. Sie duckte sich, und als seine Klauen nur auf Luft trafen, drehte sie sich um und stach zu. Dieses Mal versank der Dolch tief in seinem Bauch. Sein Heulen durchriss die Luft. Ehe sie dieses Mal aus dem Weg springen konnte, krallte er seine Finger in ihr Haar und drückte sie mit dem Gesicht voran in den Dreck.

Sollte es wirklich so schnell vorbei sein? Oh nein, verdammt noch mal! Sie rollte sich zu einem Ball zusammen, ehe er sie mit seinem massiven Gewicht erdrücken konnte, drehte sich auf den Rücken und schob ihre Beine unter seine Brust. Dann drückte sie zu. Er bewegte sich kein Stück. Verdammt!

Denk nach, Parker. Sie hatte immer noch den Dolch in der Hand. Sie stach wieder zu, dieses Mal nach seinem Hals. Er wich zurück. Zu spät. Sie traf ihn, aber nicht dort, wo sie gehofft hatte. Seine Wange klaffte offen, und Blut quoll aus der Wunde hervor.

Er ließ seine Säbelzähne aufblitzen und fauchte.

„Strafe." Dann beugte er sich vor, und seine Säbelzähne sanken in ihren Hals. Sein Biss brachte ihr weder die Lust noch die Hitze, die sie bei Nicolai empfunden hatte. Er bereitete ihr nur Schmerz. So viel Schmerz.

Er wollte sie aussaugen und damit schwächen. Sein Fehler, dachte sie düster und stählte sich in Gedanken gegen das schmerzhafte Pochen. Er hatte damit jede Deckung aufgegeben. Ehe der Blutverlust ihr den Verstand vernebelte, ließ sie sich in den Boden sinken. Entweder nahm er an, dass er sie übermannt hatte oder dass sie bewusstlos geworden war. Er zog seine Finger aus ihren Haaren und packte eine ihrer Brüste.

Sie schlug zu, und endlich gelang es ihr, den Dolch in seine Halsschlagader zu rammen, bis er auf der anderen Seite wieder herauskam. Sein ganzer Körper bäumte sich auf, und seine Zähne vergruben sich noch tiefer in ihr.

Okay. Noch mal von vorn. *Das hier* war echter Schmerz. Sie schrie fast auf, so sehr tat es weh.

Sie konnte sich nicht von ihm befreien, auch nicht, nachdem er auf ihr zusammengesackt war. Sein Gewicht presste ihr die Luft aus den Lungen. Sie lag einfach da, versuchte nach Atem zu schnappen, und sein Blut ergoss sich auf sie.

Einen Augenblick lang befand sie sich wieder im Auto. Ihre Mutter lag im Sterben, ihr Blut tropfte auf Jane. Beide weinten, weil sie wussten, dass die anderen bereits tot waren. Man konnte sie nicht mehr retten.

Ich liebe dich, Janie.

Ich dich auch, Mom.

Etwas Scharfes grub sich in ihre Kopfhaut und riss ihr einige Haare aus. Ihr Körper wurde unter dem Riesen hervorgezerrt. Seine Zähne waren immer noch tief in ihr vergaben gewesen, und die Bewegung sorgte dafür, dass sie sich durch Haut und Schlagader rissen und eine Spur über Hals, Brust und Bauch hinab zogen.

Sie unterdrückte einen weiteren Schrei. *Darf Nicolai immer noch nicht ablenken.* Seine Schlacht war noch nicht vorüber. Sonst wäre er hier bei ihr. Und sie wusste, dass es nicht Nicolai war, der sie gepackt hatte, noch bevor sie die leuchtend roten Augen sah, die auf sie hinabblickten. Nicolai wäre sanft gewesen und hätte versucht, sie zu beruhigen.

„Frau. Hässlich. Will trotzdem."

Prächtig. Ihre Sicht verschwamm. War dieser Kerl Nicolai entkommen, oder war er neu? Selbst wenn sie ihn deutlich hätte erkennen können, sie bezweifelte, dass sie die Antwort wüsste. Ein furchterregendes Monster sah aus wie das andere.

„Ich bin eine … Prinzessin", sagte sie in dem Versuch, ihn zu einzuschüchtern. „Prinzessin … Odette. Von Delfina. Du musst … mich loslassen."

Höhlenmensch, der er war, schleifte er sie wieder durch den Dreck. Zweige und Steine zerkratzten ihr den verschorften Rücken, und sie zuckte vor Schmerzen zusammen. Schon bald war ihr Gewand nur noch Fetzen, und in ihren Augen brannten Tränen.

Sie versuchte es noch einmal, selbst, als ihre Gedanken sich zu vernebeln begannen. „Meine Mutter … Königin … bringt euch um …"

„Hexenkönigin nicht meine Königin. Keine Königin. Nur König." Er bog um die Ecke, und der neue Winkel tat noch mehr weh. „Er dich nehmen."

Ganz prächtig. „Du bringst mich zu … eurem König?"

„Danach."

Danach. Das gleiche Wort hatte sie einst Nicolai an den Kopf geworfen, als er angekettet und hilflos gewesen war. Nie wieder. „Danach" war ab sofort aus ihrem Wortschatz gestrichen. „Mach so weiter … und ich bin tot … ehe wir ankommen."

Ein verwirrtes Schweigen. Dann ein triumphierendes „Nicht tot. Du lebst."

Dumm. Wie. Brot. „Heb mich hoch … Vollidiot. Trag mich."

Der einfache Befehl funktionierte. Er blieb stehen, bückte sich und hievte sie hoch – über die Schulter wie einen Sack, und er quetschte ihren Magen in ihre Nieren, aber hey, alles war besser, als eine Spur aus Schorf und Blut hinter sich herzuziehen. Eine Spur, die Nicolai nicht brauchte. Wo auch immer dieser Wüstling sie hinschleppte, Nicolai würde sie finden. Er hatte sie gezeichnet. Und dafür war sie dankbar.

Sie und ihr Entführer trafen auf dem Weg einen weiteren Riesen und blieben stehen. Ein wütendes Gespräch folgte. Sie verstand ein paar Worte wie „König“ und „sofort“ und Flüche, so düster, dass ihre Ohren davon wahrscheinlich anfingen zu bluten. Schließlich blutete sie bereits überall sonst.

Man musste kein Genie sein, um zu merken, was das Problem war. Die Nachricht von der Gefangennahme einer Frau war bereits bis zum König vorgedrungen. Ugga-Ugga hier sollte sie nicht zuerst bekommen. Er sollte sie zum König bringen, der über ihr Schicksal entscheiden würde und der Erste sein durfte, der sie vergewaltigte.

Komm schon, Nicolai. Wo bleibst du?

Ugga-Ugga setzte sich wieder in Bewegung, und der andere blieb dicht an seiner Seite. Anscheinend vertraute er nicht auf dessen Gehorsam. Oder vielleicht war es etwas anderes. Vielleicht folgte er ihnen auch, um in ihrer Nähe zu bleiben. Ein paarmal streckte der Bastard seine Hand aus und tätschelte ihr den Hintern. Das machte Ugga-Ugga immer so wahnsinnig wütend, dass er nach dem anderen schlug und sie dabei durchschüttelte.

Tatsächlich waren seine Schritte so schwer, dass es sie auf und ab warf und ihr immer wieder der Atem nahm. Als sie endlich ein verschlungenes Labyrinth aus Höhlen erreichten, war sie überzeugt, ihre Lungen müssten flach wie Pfannkuchen sein und ihre Eingeweide sich um ihre Wirbelsäule gewickelt haben.

Ihre Augen wurden langsam immer schwächer, dennoch hielt sie nach Nicolai Ausschau und hoffte, einen Blick auf ihn zu erhaschen, wie er den Monstern nachstellte und sich zum Angriff bereit machte. Sie entdeckte andere Dinge, die ihrem Entführer folgten – kleine Dinge mit Flügeln, die durch die Luft schwirrten, und wolfsartige Wesen, die sich im Schatten der Bäume herumtrieben. Nichts davon glich einem Vampir.

Und als sie ein Brüllen aus allen Richtungen widerhallen hörte, gebrochen und voller Schmerz, wollte sie sich übergeben. Das war Nicolais Stimme gewesen. Was in aller Welt taten die Riesen ihm an?

Dann verstummte der Laut plötzlich, und sie fand das Schweigen noch verstörender als das Brüllen. Hatten die Riesen ihn einfach … umgebracht? *Nein!* Nein, nein, nein. Aber was, wenn …

Oh Gott. Ein Schluchzen fing sich in ihrer Kehle. Wenn er noch lebte, wäre er ihr zu Hilfe gekommen.

Sie war sein, das hatte er gesagt. Oft. Und irgendwie gehörte er auch ihr. Sie kannte den Mann kaum, aber sie empfand etwas Tiefes und Unauslöschliches für ihn.

Nur Minuten zuvor hatte sie geglaubt, ihr Herz und ihre Seele seien vor seinen Verlockungen sicher und ihr Verstand zu sehr mit der Gefahr, in der er sich befand, beschäftigt. Doch jetzt, da sie ins Unbekannte verschleppt wurde, sich in Todesgefahr befand und glauben musste, *er* wäre tot, wurde ihr mit einem Schlag die Wahrheit klar.

Ihr Herz und ihre Seele waren nie in Sicherheit gewesen.

Nicolai faszinierte sie. Er war herrisch und arrogant, aber er beschützte sie, wenn es darauf ankam. Er war ein Killer mit den Händen eines Liebhabers. In seinen Armen war sie zum Leben erwacht und in Stücke gesprungen. Er war bereits ein Teil von ihr. In ihrem Blut, ihrem Herzen, in allem. Darum, nein. Nein, nein, nein. Er konnte nicht tot sein. Das ging einfach nicht.

Was auch immer man ihm angetan hatte, er würde heilen. Er musste heilen. Wahrscheinlich war sein Brüllen verstummt, weil er ohnmächtig geworden war oder so etwas. Ja, das musste es sein. Und weil er heilte, während er schlief, war das eine gute Sache.

Richtig?

Das Monster musste sich ducken, um eine der Höhlen zu betreten, und sie zwang sich dazu, sich zu konzentrieren. Die Gänge waren eng und stickig. Seine Schritte hallten von den Wänden wider, und in ihren Ohren klangen sie wie eine Symphonie des Terrors. Sie versuchte sich den Weg zu merken, den er einschlug, aber es war schwierig. So viele Abzweigungen, ihr wurde schwindelig davon. Alices Kaninchenbau, dachte sie mit einem freudlosen Lachen.

Endlich erreichten sie eine große Kammer, die vor geflügelten Riesen überquoll. Anerkennendes Gemurmel erhob sich, sobald man sie entdeckte, und steigerte sich schnell zu lustvollem Gejaule. Knurrend und starr vor Wut warf Ugga-Ugga sie auf eine Pritsche in der Mitte der Höhle.

Jane stand auf, so schnell sie konnte. Davon wurde ihr noch schwindeliger, und sie begann zu schwanken. Als ihr Blick sich wieder klärte, drehte sie sich einmal um sich selbst und sah sich ihre neue Umgebung an. Ein Thron aus glitzerndem Kristall wuchs aus einer Wand. Er wäre ein majestätischer Anblick gewesen, hätte nicht ein Irrer mit nackter Brust darauf gesessen.

Seine Nase war so schief, dass die linke Seite auf seiner Wange auflag. Ihm fehlte ein Auge, und in seiner Unterlippe war ein Loch, als hätte er sie mit einem seiner Säbelzähne glatt durchgebissen. Seine Brust war ein Haufen Narben, als hätte man sie aus Roastbeefscheiben zusammengeklebt – und der Kleber hatte nicht gehalten.

Mindestens zwanzig weitere Riesen standen neben ihm

und schienen ihn zu bewachen. Alle Blicke waren auf sie gerichtet, wie leuchtend rote Laser, denen sie nicht entkommen konnte. Zwischen ihren Brüsten tropfte der Schweiß, obwohl ihr kalt war. Keine dieser Kreaturen würde ihr helfen. Sie alle wollten, erwarteten sogar, eine Runde mit ihr.

Tatsächlich gab es im ganzen Raum nur zwei Personen, die sich nicht für Janes Anwesenheit interessierten: die zwei anderen Frauen. Beide waren nackt, alt und faltig, ungewaschen, mit strähnigen Haaren und toten Augen. Man hatte sie benutzt, viele Male, und sie waren mit Bissspuren und Quetschungen übersät. Kein Wunder, dass diese Kerle so heiß auf die abstoßende „Odette" waren.

Schritte hinter ihr ließen sie herumwirbeln. Noch mehr Schwindel, hartnäckiger diesmal. Erst als er endlich verging, merkte sie, dass dies die Männer waren, die Nicolai angegriffen hatten. Sie waren blutbeschmiert, humpelten, einigen fehlten Körperteile, und sie atmeten kaum, aber sie waren hier.

„Wo ist mein Vampir?", schrie sie.

Die Monster ignorierten sie und fielen vor ihrem König auf die Knie. „Vampir ist verschwunden."

Er war verschwunden. Das bedeutete, er war am Leben. Gott sei Dank. Oh, Gott sei Dank.

„Kein frisches Fleisch?" Zum ersten Mal erhob der König die Stimme.

„Kein frisches Fleisch."

Ein wütendes Grollen entfuhr dem Herrscher, und er winkte mit den Fingern in Richtung der Männer. Vier weitere Riesen traten vor, griffen nach ihren Schwertern und hatten sie geschwungen, ehe Jane begriff, was vor sich ging. Köpfe rollten und blieben vor ihren Füßen liegen.

Sie krümmte sich zusammen und übergab sich endlich. Nein, nicht übergeben. Sie würgte nur trocken. Ihr Magen war leer. Gelächter und Applaus erhoben sich, während man die Leichen einsammelte.

„Jetzt frisches Fleisch. Kochen", sagte der König mit einem anerkennenden Nicken. „Wir essen."

Sie wollten die eigene Art essen. Oh Gott, oh Gott, oh Gott. Sie richtete sich auf und machte sich bereit zu rennen.

Ugga-Ugga legte ihr eine schwere Hand auf die Schulter und verhinderte ihre Flucht, ehe sie auch nur einen Schritt getan hatte. „Ich gefunden. Ich nehme."

Dem König verging die gute Laune, und er legte die Stirn in Falten. „Du bekommst meine Alte." Er deutete auf eine der alten Frauen. Die Frau trat automatisch vor und verbeugte sich. „Jetzt gib mir deins."

„Nein. Will die Fette."

Zischen wurde laut.

Sie nahm an, dem König zu widersprechen war ein schlimmes Vergehen. „Kämpft", schlug sie vor, und ihre Stimme zitterte so stark wie ihr Körper. „Kämpft um mich. Der Gewinner bekommt mich." Wenn sie Glück hatte, brachten sie sich gegenseitig um.

Mit finsterem Stirnrunzeln wandte er sich ihr zu. „Kämpfen, ja. Danach." Er krümmte seinen Finger in ihre Richtung und erwartete, dass sie zu ihm kam.

Danach. Wieder dieses Wort. Mit einem Schlucken schüttelte sie den Kopf. Ugga-Ugga quetschte ihre Schulter fester und noch fester, und sie zuckte zusammen.

„Komm", verlangte der König, dieses Mal schärfer. Er winkte sie zu sich, und wenn sie sich nicht irrte, winkte er danach zwischen seine Beine. Als erwartete er, dass sie ihn hier und jetzt besprang.

Wahrscheinlich tat er das wirklich. Sie hatte das unausgesprochene „Sonst setzt es was" gehört, und sie zerbrach sich den Kopf, wie sie aus dieser Situation wieder herauskommen sollte. *Komm schon. Ich kann das.* „Bring mich in dein Schlafzimmer.“ Noch nie im Leben hatte Jane versucht, jemanden zu verführen, den sie abstoßend fand, und sie krümmte sich, als sie hörte, wie rauchig ihre Stimme klang. Besser, gegen den Mann allein zu kämpfen, als sich von all diesen Leuten zusehen zu lassen – die danach mitmachen wollten. „Ich mache mit dir Dinge, von denen du bisher nur geträumt hast.“ *Wenn deine Träume je damit zu tun hatten, dass du mit deinen eigenen Eingeweiden erwürgt wirst.*

„Will deinen Mund an meinem Schwanz.“

Lieber sterbe ich. „Und ich will dich in meinen Mund nehmen.“ *Bitte, lass mich vom Blitz erschlagen werden. Jetzt sofort.* „Also, gehen wir in dein Schlafzimmer. Denn, und jetzt kommt's, ich leiste meine beste Arbeit, wenn wir unter vier Augen sind.“

Er stand sofort auf und stakste auf sie zu.

10. KAPITEL

In Nicolais Kopf brodelten die Gedanken, und sein Körper vibrierte vor Sinnesreizen. In einem Augenblick hatte er gegen die Riesen gekämpft, um Jane zu beschützen, und im nächsten brüllte er vor Schmerzen, und in seinem Verstand war unkontrollierbares Chaos ausgebrochen. Gesichter, so viele Gesichter. Stimmen, so viele Stimmen.

Er legte die Hände über seine Ohren und fiel auf die Knie. Die Erschütterung half. Die Gesichter verblassten, und die Stimmen verstummten, bis er wieder klare Gedanken fassen konnte. Muss … Jane … beschützen … immer noch – aber als er seine Augenlider endlich aufriss, sah er, dass die Riesen verschwunden waren.

Und Jane mit ihnen.

Er war nicht länger am Fluss, nicht mehr im Wald. Ihn umgab nur karge Steppe. Die wenigen Bäume, die er sehen konnte, waren verdorrt und ihre Blätter welk. Asche wurde von einem sauren Wind herangeweht wie schwarzer Schnee, der nach Tod und Zerstörung roch. Und er roch … Verwesung.

Nichts kam ihm bekannt vor.

Er drehte sich um und sah eine schlangengleiche Liane aus einem der Bäume kriechen, dann noch eine, und beide kamen auf ihn zu. Sie sprangen ihn an, bissen nach ihm, und als sie sein Blut geschmeckt hatten, schienen sie vor Freude zu kichern. Als sie ein zweites Mal zuschlagen wollten, sprang er aus dem Weg – und landete auf einem Haufen Knochen.

Der Drang, den Blutmagier, den neuen König von Elden, zu töten, erfüllte und verschlang ihn vollkommen. War dieser Bastard in der Nähe? Wenn ja, dann war dieses Ödland Elden. Es musste so sein.

Elden. *Elden.* Das Wort hallte in seinem Kopf wider. Und

auf einmal kehrten die Gesichter in seine Gedanken zurück, drängten sich in sein Bewusstsein, das nicht auf sie vorbereitet war. Die Gesichter verschwammen ineinander, wurden zu einem. Eine Szene entstand vor seinen Augen.

Eine blonde Frau hockte vor ihm und betrachtete sein aufgeschürftes Knie mit milder Sorge in ihren grünen Augen. Er war noch ein Junge, ein kleiner Junge, und als sie einen Zauber sang und ihren warmen Atem über die Wunde blies, wurde er von Frieden und Liebe erfüllt. Das aufgeschürfte Fleisch fügte sich wieder zusammen, und das Blut versiegte.

Als die Heilung vollzogen war, lächelte sie ihn an. „Siehst du? Schon besser, nicht?“ Eine solch süße Stimme, zärtlich und sorgenfrei. Sie wischte ihm die wütenden, frustrierten Tränen von der Wange. Die Tränen waren nicht gefallen, weil er Schmerzen empfand, sondern weil er seinem Gegner weiteren Schaden zufügen wollte, nein, musste. „Du musst aufhören, dich zu schlagen, Liebling. Besonders mit Jungen, die doppelt so alt sind wie du und viel größer.“

„Warum? Ich habe gewonnen.“ Und er hätte ihnen noch viel mehr wehtun können!

„Ich weiß, aber je mehr du ihren Stolz verletzt, desto mehr werden sie dich hassen.“

„Sie können nicht hassen, wenn sie nicht überleben.“

„Außerdem“, fuhr seine Mutter streng fort, „bist du der Mächtigere. Du musst vernünftig sein, nicht gewalttätig.“

Er verschränkte die Arme. „Sie haben verdient, was ich ihnen angetan habe.“

„Und was genau haben sie getan, um deine Klauen in ihrem Hals zu verdienen?“

„Sie haben einem Mädchen wehgetan. Sie im Kreis herumgeschubst und versucht, ihr unter den Rock zu sehen. Sie haben ihr so viel Angst gemacht, dass sie geweint hat. Und dann haben sie sie angefasst. Hier.“ Er legte eine flache Hand auf seine Brust. „Und sie hat geschrien.“

Die Frau seufzte. „Na gut. Sie haben deinen Zorn verdient. Aber Nicolai, mein Liebling, es gibt andere Möglichkeiten, jemanden zu bestrafen. Erlaubte Wege.“

„Zum Beispiel?“ Er konnte sich nicht vorstellen, etwas anderes zu tun. Gleiches mit Gleichem, Schmerz mit Schmerz.

„Sag deinem Vater, was sie getan haben, und er lässt sie einsperren, oder er verbannt sie aus dem Königreich.“

„Damit sie woanders noch mehr Schaden anrichten können? Oder eines Tages Rache nehmen?“, schnaubte er. „Nein.“

„Und was, wenn du verletzt wirst, während du sie bestrafst?“, verlangte sie zu wissen.

„Ich komme zu dir. Du bist die mächtigste Hexe auf der ganzen Welt.“

Noch ein Seufzen, und ein Teil ihres Ärgers verflog. „Du bist unverbesserlich. Und es ist sehr lieb, dass du so an mich glaubst, auch wenn du nicht ganz recht hast. Ja, ich bin mächtig, aber nicht so mächtig, wie du es eines Tages sein wirst. Deshalb möchte ich, dass du aufpasst. Eines Tages könnten deine Launen dafür sorgen, dass du aus Versehen mehr als nur ein paar Leben zerstörst.“

„In Ordnung, Mutter. Ich versuche aufzupassen, aber ich kann es nicht versprechen.“

„Oh, deine Ehrlichkeit …“ Sie ließ ein sanftes Lächeln aufblitzen. „Geh schon. Nachdem du mir die Gebühr für meinen Zauber bezahlt hast.“

Er schürzte die Lippen, beugte sich vor und küsste ihre weiche Wange. „Ich bin ein Prinz. Ich sollte nichts zahlen müssen.“

„Und ich bin eine Königin, deshalb musst du *immer* bezahlen. Geh jetzt. Such deinen Bruder und *lern* mit ihm, mein Schatz. Ich will nicht, dass du deinen Lehrern wieder davonläufst, um die Welt zu rächen.“

Winkend rannte er davon – aber nicht in sein Studierzimmer. Er hatte zu viel Energie und musste schwimmen. Schwimmen beruhigte ihn immer.

Im Hier und Jetzt senkte sich Dunkelheit hinab und schaltete Nicolais Verstand aus. Noch eine Gnadenfrist. Er fiel vollends zu Boden. Eine der Lianen riss ihm die Wange auf, aber er bemerkte es kaum. Er erinnerte sich an seine Vergangenheit.

Warum erinnerte er sich? Warum kamen die Erinnerungen so plötzlich auf ihn eingeflutet?

Die Heilerin, die seine Kräfte gefesselt hatte, konnte sie nicht befreit haben. Vielleicht hatten sich weitere von Nicolais Fähigkeiten selbst befreit. Das würde auch erklären, warum er von einer Sekunde zur nächsten den Ort gewechselt hatte. Vielleicht hatten diese Fähigkeiten seinen Glaskäfig zerstört.

Allerdings bewies eine schnelle Überprüfung, dass der Käfig noch da war und seine Fähigkeiten und Erinnerungen darin immer noch waberten, schneller und immer schneller. Doch jetzt tropften rote Striemen aus seinem Deckel und zerfraßen das Glas.

Rotes … Blut?

Die Wachen aus Delfina? Nein. Seitdem waren Tage vergangen, und er hatte auf nichts, was er im Palast getrunken hatte, reagiert. Und auch wenn er die Oger gebissen hatte, ihr Blut hatte er nicht getrunken, denn instinktiv war er sicher gewesen, es würde ihn vergiften.

Der letzte Mensch, von dem er getrunken hatte, war Jane gewesen. Er hatte an ihrem Hals gesaugt, und ihr Geschmack war so köstlich gewesen, dass er immer dortbleiben wollte. Und vielleicht wäre er das. Vielleicht hätte er sie leer getrunken, wenn der Gedanke, sie zu verlieren, ihn nicht aufgehalten hätte. Das, gefolgt von dem Gedanken, den Himmel zwischen ihren Beinen zu kosten, hatte ihn dazu getrieben, von ihrem Hals abzulassen und tiefer hinabzutauchen. Und er war noch nie so froh gewesen, eine Mahlzeit zu beenden. Zwischen ihren Beinen war sie süßer als der Nektar der Honigblume.

Er wollte sie noch einmal dort kosten. Wollte endlich in ihr versinken, sie vollkommen besitzen, ein Teil von ihr werden. Wollte hören, wie sie vor Leidenschaft aufschrie, wollte von ihr vollkommen umschlungen werden. Wollte ihre Nägel in seinem Fleisch spüren, wie sie ihn zeichneten.

Wo war sie? Hatte sie …

Noch eine Erinnerung überkam ihn, dieses Mal mit so viel Macht, dass er vor Schmerz nur noch aufstöhnen konnte. Bilder und Stimmen liefen ineinander und formten sich vor seinen Augen wieder zu einer Szene.

„Halt fester, Junge. Du verlierst dein Schwert innerhalb von Sekunden mit einem so kümmerlichen Griff."

Er war immer noch ein Junge, nur wenig älter, und stand vor einem großen muskulösen Mann, sein Haar schwarz wie die Nacht, die Augen aus poliertem Silber. Er trug ein Hemd aus feinster Seide und dazu Lederhosen, seine Stiefel waren makellos und unter den Knien geschnürt. Ein reicher Mann, keine Frage. Ein Mann, der weise war und gewohnt, zu befehlen.

Ein Krieger.

Sie befanden sich in der Mitte eines Hofes, und um sie herum standen Pflanzen und Blumen in voller Blüte. Die Luft war lieblich und der Boden unter ihren Füßen weiches smaragdgrünes Gras. Glatte Marmorwände schlossen den Bereich ein, aber es gab kein Dach, sodass das Licht der Morgensonne zu ihnen hereinschien und sich an den goldenen Adern der Steine brach. Und direkt über ihnen erstreckten sich die Balkone der königlichen Schlafgemächer, wie gemacht für Zuschauer.

Ein dunkelhaariger Junge hockte auf der Brüstung des Balkons rechts von Nicolai, drehte einen Dolch in seiner Hand und sah ihnen zu. Nicolai wollte seine Brust vorstrecken und darauf trommeln. Er würde seinen jüngeren Bruder gleich auf alle möglichen Arten beeindrucken. Er würde mit tödlicher Sicherheit zustechen, mit mörderischer Kraft und, wenn er sich gut konzentrierte, mit zwei Schwertern auf einmal.

„Nicolai", sagte der Mann vor ihm ungeduldig. „Hörst du mir zu?"

„Natürlich nicht. Sonst hätte ich gehört, was du gesagt hast, und du würdest es nicht gleich wiederholen."

Dayn lachte leise.

Vater war nicht amüsiert, und er belohnte Nicolai nicht für seine Ehrlichkeit. „Ich habe Verhandlungen, an denen ich teilnehmen muss, mein Sohn. Verhandlungen in einem anderen Königreich, was bedeutet, *du* hast die Verantwortung, während ich fort bin. Ich muss wissen, dass du dich und die, für die du verantwortlich bist, verteidigen kannst. Pass auf. Sofort."

„Ja, Sir." Er konzentrierte sich auf das, was vor ihm geschah, und wog das Metall in seinen Händen. „Warum müssen wir immer wieder üben? Ich bin gut."

„Du bist gut, aber du musst ausgezeichnet werden. Letztes Mal habe ich dich so schlimm verletzen können, dass du eine Narbe bekommen hast!" In den Worten seines Vaters lag ein scharfer Vorwurf. „Du musst lernen, mit all deinen Waffen zu arbeiten, zu jeder Zeit, Tag und Nacht. Du musst mit einer Hand arbeiten, mit beiden, im Stehen, im Sitzen oder verletzt. *Ohne* dich ablenken zu lassen."

Nicolai hob sein Kinn. „Warum kann ich meinen Gegner nicht einfach mit meinen Fangzähnen umbringen?" Das hatte er schon getan. Viele Male. Bis die Vorhersage seiner

Mutter eingetreten war und er ein ganzes Dorf hingerichtet hatte, weil ein einziger Mann dort seine Frau schlug.

Da hatte er endlich seine Gefühle zu kontrollieren gelernt und seitdem nicht mehr die Beherrschung verloren. Das bedeutete allerdings nicht, dass seine Fangzähne nutzlos waren.

„Und wenn man dir die Fangzähne aus dem Mund reißt?", wollte sein Vater wissen.

„Niemand wäre je so dumm, meinen Zähnen zu nahe zu kommen. Mutter sagt, ich bin der mächtigste Vampir auf der Welt. Ich kann im Licht stehen, und ich kann jedem die Macht stehlen, wenn ich will."

„Nein, sie sagt, du *wirst einmal der Mächtigste sein.*" Die Miene seines Vaters verhärtete sich. „Du bist ein Prinz, Nicolai. Der *Kronprinz.* Viele Bewohner dieser Welt und der anderen begehren dein direktes Anrecht auf meinen Thron. Viele werden versuchen, dich zu verletzen, nur um mich dadurch zu verletzen. Du musst wissen, wie du dich verteidigen kannst, jederzeit und in jeder Situation."

Nicolai sah sich sein Schwert noch einmal genau an. Lang, schmal und auf Hochglanz poliert. Er war noch nicht an das Gewicht gewöhnt, und auch nicht an die Breite des Griffes. „Na gut. Ich übe noch weiter, aber warum bringst du nicht auch Dayn etwas bei?"

„So viele Fragen." Sein Vater seufzte.

„Warum muss er zusehen? Er ist auch ein Prinz, weißt du." Und er war so begierig darauf, zu lernen. Jeden Tag, nachdem Nicolai seine Lektion erhalten hatte, bettelte Dayn darum, dass er ihm auch etwas beibrachte. Nicolai konnte ihm nie widerstehen.

Er liebte seinen Bruder und würde für ihn sterben. Für einen Jungen, der von den meisten Palastbewohnern gefürchtet wurde. Dayn verstand sich gut mit den Tieren, die über das Gelände streiften, und lieber rannte er mit ihnen, statt sich mit der eigenen Art abzugeben.

Nicolai verstand die Bedürfnisse seines Bruders. Manchmal fühlte auch er seine animalische Seite, besonders wenn sein Temperament mit ihm durchging, er die Kontrolle verlor und nur noch den Drang spürte, zu zerstören und anderen zu schaden.

„Seine Zeit wird kommen", sagte der König. „Schon bald."

„Aber für die neue Prinzessin nicht, richtig? Sie wird immer zu zart sein." Er verzog das Gesicht.

„Breena ist gerade erst geboren worden, und sie ist keine Bluttrinkerin wie du und Dayn. Sie ist eine Hexe, wie eure Mutter. Du und Dayn müsst sie immer beschützen. Und im Gegenzug wird sie eure Männer nach der Schlacht heilen, wie eure Mutter es einst getan hat."

Nicolai sah beschämt auf seine schmutzigen Stiefel hinab. Er war der Grund dafür, dass seine Mutter die Wunden anderer nicht mehr heilen konnte. Er hatte es nicht gewollt, aber er hatte ihr die Gabe gestohlen. Sie machte ihm keine Vorwürfe deswegen, hatte ihn nicht einmal angeschrien.

Er würde alles tun, um ihr die Gabe zurückzugeben. Aber er konnte es nicht. Was er einmal genommen hatte, konnte er nie wieder zurückgeben. Nie. Er hatte es versucht, wieder und wieder. Das Einzige, was er tun konnte, hatte seine Mutter gesagt, war, zu lernen, wie man dieses neu entdeckte Talent, anderen ihre Magie zu rauben, kontrollierte. Und das hatte er. Er war wochenlang in seinem Zimmer geblieben, hatte gelesen, gelernt und geübt.

„Glaubst du, ich werde ein großer Anführer werden, wie du?", fragte er.

„Ich glaube, du und deine Fragen bringen mich eines Tages ins Grab, Junge." Der König streckte sein Schwert aus und berührte damit das Metall in Nicolais Händen. „Fangen wir an."

Dunkelheit.

Nicolai atmete schwer und schwitzte unaufhörlich. Zitterte. Seine Hände schmerzten. Er sah sie an. Er musste sich die Schläfen aufgekratzt haben, um den Schmerz aufzuhalten, der in ihm explodierte, denn seine Nagelbetten waren blutig und seine Klauen nur noch Stümpfe.

Sein Vater hatte ihn gewarnt.

Sein Vater. Der König.

Sein Name war wirklich Nicolai. Was das anging, hatte Odette nicht gelogen. Sie hatte gewusst, wer und was er war. Sie alle hatten es gewusst. „Von so edler Geburt", hatte Laila gern gesagt, und jetzt wusste er, warum. Er war ein Prinz, ein Kronprinz, und eines Tages würde er König sein.

Bruder von Breena. Seine Schwester. Seine wunderschöne kleine Schwester mit ihren goldenen Locken. Sie war zu einer bezaubernden jungen Frau mit einem brennenden Herzen herangewachsen, obwohl man sie immer behütet, immer beschützt hatte. Nicolai hatte sie ein paarmal aus dem Palast geschmuggelt, damit sie erfuhr, wie sich die Freiheit anfühlte, die für ihn selbstverständlich war. Wo war sie jetzt?

Dayn, der Bruder, der ihm am nächsten war, so dunkel und gefährlich wie die Nacht und genauso geliebt. Wo war er?

Sein Vater, stolz und stark. Ehrenhaft, entschlossen. Niemals bereit, einer Herausforderung auszuweichen. Wo war er?

Seine Mutter, sanft und zärtlich, so fürsorglich, selbst im Angesicht seiner schlimmsten Launen. Wo war sie?

Micah, der jüngste Sohn, so voller Leben. Wo war er?

Nicolai zog sich hoch in die Hocke. Irgendwie hatte er es geschafft, den Wald zu verlassen. Er befand sich jetzt an einem See. Nicht an dem See, an dem er mit Jane gewesen war. Dieses Wasser war zäh und rot. Alle paar Sekunden kam ein zischender schnappender fleischfarbener Fisch an die Oberfläche, beschrieb in der Luft einen Bogen und fiel wieder zurück.

Die Steine um ihn herum waren rasiermesserscharf. Hundert Meter entfernt, in der Mitte des dunkelroten Wassers, stand eine Burg. Die Pflanzen, die in der Einöde in alle Richtungen krochen, klebten wie dunkler Schimmel an den Mauern. Es gab eine Brücke, und auf ihr liefen Monster Patrouille.

Sie hatten ihn noch nicht bemerkt, aber das würden sie bald. Er war ungeschützt, er musste ein Versteck finden. Vielleicht trinken, um sich zu stärken. Dann musste er Jane finden. Sie war da draußen, irgendwo. Wenn sie verletzt war …

Sie durfte einfach nicht verletzt sein. Er musste sie um jeden Preis beschützen. Doch so entschlossen er auch war, es gelang ihm nur, wenige Schritte zu kriechen, ehe die nächste Erinnerung ihn überkam und ihn festnagelte.

In dieser neuen Szene war er bereits ein erwachsener Mann, und sein dunkles Haar hing ihm unordentlich bis auf die Schultern. Sein Oberkörper war nackt, und er saß an einem steinigen Ufer, fast wie das, an dem er sich gerade befand. Nur waren die Steine hier glatt und das Wasser klar. Er hatte seine Stiefel ausgezogen, ehe er sich hingesetzt hatte, und sie warteten trocken am Strand auf ihn, aber seine Hosen waren durchweicht und mit Salz verklebt.

Der Mond stand hoch und golden am Himmel, und am Himmel verstreute Sterne leuchteten auf ihn herab. Sie zwinkerten ihm zu und verspotteten ihn mit ihrer Gelassenheit. In seinen Gedanken war mehr Chaos, als er ertragen konnte.

Sein Vater, König Aelfric, war krank.

Die Heiler wussten nicht, ob er sich wieder erholen würde. Nicolais Mutter, Königin Alvina, war außer sich vor Sorge. Sie hatte unzählige Zauber und Beschwörungen versucht, aber nichts hatte geholfen. *Nicolai* selbst hatte unzählige Zauber versucht und die Gabe der Heilung eingesetzt, die er ihr geraubt hatte. Nicht einmal das war erfolgreich gewesen. Alvina hatte dunkle Mächte im Verdacht, aber solange sie nicht wusste, welche Magie da am Werk war, waren ihr praktisch die Hände gebunden.

Nicolai liebte seinen Vater, egal wie raubeinig der König sein konnte. Außerdem war er noch nicht bereit, auf den Thron zu steigen. Er war sich nicht sicher, ob er jemals bereit sein würde. Wenn er König wurde, bedeutete das, sein Vater war tot, und er wollte, dass sein Vater ewig lebte.

Und um ehrlich zu sein, obwohl Nicolai sich wirklich Mühe gab und obwohl mehrere Jahre ohne einen Anfall vergangen waren, ging manchmal immer noch sein Temperament mit ihm durch. Wenn das geschah, mussten darunter ganze Dörfer leiden. Er war einfach zu aufbrausend, um ein ganzes Königreich zu regieren.

Sein Vater mochte rau sein, aber er war fair. Fair, außer wenn es um Nicolais Hochzeit ging. Obwohl sein Vater gefordert, geflucht, geschrien hatte, Nicolai weigerte sich, sesshaft zu werden. Er war noch nicht bereit, sich eine Königin zu nehmen.

Für immer an dieselbe Frau gefesselt sein? Das konnte eine Hölle, so düster wie der Abgrund, bedeuten. Er verbrachte jede Nacht mit einer neuen Frau. Manchmal zwei neuen Frauen. Und einmal dreien.

Gut, in Ordnung. Vielleicht war er dieses Lebensstils müde geworden. Vielleicht war die Beute nie die Jagd wert gewesen. Aber einige seiner Freunde hatten geheiratet, und auch wenn ein paar von ihnen glücklich waren, anderen ging es elend – und es gab nichts, was ihr Schicksal ändern konnte. Eine Heirat war für immer.

Sein Vater wollte, dass Nicolai eine Prinzessin aus einem der benachbarten Königreiche heiratete, aber er hatte noch keine gefunden, die ihm gefiel. Einer solchen Kreatur seinen

Namen zu geben, sein Königreich mit ihr zu teilen würde ihm jede Stunde seines Lebens verleiden.

„Nicki!“, rief eine junge Stimme. „Nicki!“

Nicolai sprang auf und balancierte auf den Steinen seinem jüngsten Bruder entgegen. Der jüngste der Prinzen stand am Strand, neben Nicolais Stiefeln, und es ging ihm gut. Erleichterung machte sich in ihm breit.

„Micah, verdammt. Was machst du hier draußen? Bis du älter bist, sollst du nicht allein ans Wasser gehen.“

Der kleine Junge schürzte die Lippen, ganz Entschlossenheit und Mut. „Ich bin nicht allein. Du bist ja hier!“ In seinen Augen stand ein neckisches Funkeln.

„Verdammt.“ Einfach so war Nicolais Ärger wieder verflogen. Wie immer konnte er diesem Schlingel einfach nicht böse sein. Micah sah zu ihm auf, wollte Zeit mit ihm verbringen, und Nicolai liebte das. Liebte ihn. Auch wenn der Junge seinen Namen verstümmelt hatte, als er zu sprechen lernte, und seine Familie ihn manchmal immer noch mit dem Spitznamen aufzog. „O-lai.“

Wenigstens hatte er sich später zu „Nicki“ entschlossen.

Die Frauen, die ihren Weg in Nicolais Bett fanden, nannten ihn oft bei diesem Kosenamen, aber das war eine Vertraulichkeit, die er ihnen nicht gestattete, und sie taten es nie ein zweites Mal.

Fast fürchtete er, dass etwas mit ihm nicht stimmte. Er liebte seine Familie von ganzem Herzen, aber niemand sonst konnte die Barriere durchdringen, die er, ohne es zu wollen, um sich errichtet hatte.

„Bist du zum Schwimmen hergekommen?“, fragte Micah, als Nicolai neben ihm stand.

„Nein, um nachzudenken.“

„Kann ich helfen?“, fragte der Junge eifrig. Goldenes Haar leuchtete im Mondlicht. Er lächelte. Zwei seiner Zähne fehlten. Er war kein Vampir wie Nicolai und Dayn, aber er war dennoch mächtig. Auch wenn er das Herz eines Kriegers hatte, war er doch auf viele Arten seiner Mutter und seiner Schwester ähnlich.

„Natürlich kannst du." Nicolai setzte sich hin und klopfte auf den Sand an seiner Seite.

Micah ließ sich neben ihn fallen. Einige Sekunden lang atmeten sie die feuchte salzhaltige Luft ein und schwiegen. Natürlich saß Micah dabei nicht still. Er rutschte hin und her, trat mit seinen Beinen aus, versuchte es sich bequem zu machen, schaffte es aber nicht richtig.

„Nachdenken ist anstrengend", sagte Micah schließlich. „Nicht wie spielen."

Nicolai verkniff sich ein Lächeln. „Was willst du spielen?"

Die Szene veränderte sich innerhalb eines Herzschlags, ohne einen einzigen Augenblick der Dunkelheit. Nicolai lag plötzlich im Bett neben seinem Vater. Irgendwie wusste er, dass seit jener Nacht am Strand einige Tage vergangen waren.

Der König erholte sich. Die Heiler hatten ihn zur Ader gelassen, und Nicolai hatte ihm Blut direkt aus seinem Körper gegeben. Jeden Tropfen, den er geben konnte, hatte Nicolai geopfert ... und noch mehr. Endlich Erfolg. Das Gift war besiegt, und jetzt genasen die zwei Männer gemeinsam.

„Wähle dir eine Frau und heirate sie", sagte sein Vater. „Wenn nicht eine der Prinzessinnen, dann irgendeine andere. Bitte, Nicolai. Ich wäre fast gestorben. Das könnte immer noch geschehen, auch wenn ich mich mit jeder Stunde kräftiger fühle. Bitte. Du brauchst einen Anker, wie deine Mutter es für mich ist. Jemanden, der dich vor dem Wahnsinn zurückhält. *Bitte.*"

Sein Vater hatte ihn noch nie um irgendetwas gebeten. Dass er es jetzt tat, und aus diesem Grund ... Nicolai hatte nicht mehr die Kraft, sich ihm zu widersetzen. Er war ohnehin längst selbst zu dem Schluss gekommen, dass dies die beste Lösung war.

„Wie du willst, Vater. Es wird geschehen. Eine Prinzessin aus einem der Nachbarreiche, wie du es bereits gebilligt hast."

Die Erleichterung war im Raum spürbar. „Danke. Ich danke dir, mein Sohn."

Dunkelheit, schon wieder. Undurchdringlich.

Nicolai hörte eine Frau schreien und erschrak.

Als er dieses Mal wieder zu sich kam, hockte er auf einem flachen Stein inmitten des roten Sees. Näher an den moosbewachsenen Mauern des Schlosses. Die Monster hatten ihn gewittert und spähten mit ihren glänzenden Augen zu ihm herüber. Ihre Schwänze peitschten hinter ihnen, zum Angriff bereit, sollte er es wagen, noch näher zu kommen.

Der Mond stand noch hoch am Himmel, die Spitzen seiner Sichel verschwammen hinter einer Aschewolke, die alle Sterne verbarg.

Die heimtückischen Fische sprangen um ihn herum, und ihre Zähne schnappten nach ihm, näher, immer näher. Er war schweißgebadet, sein Herz hämmerte gegen seine Rippen, und seine Muskeln zitterten. Sein Verstand war immer noch verwirrt. Aelfric. Alvina. Namen.

Jedes Mitglied seiner Familie hatte jetzt einen Namen.

Verdammt, wo waren sie? Lebten sie noch? Wie lange war er von ihnen getrennt gewesen?

Eine ganze Weile, wenn man die Landschaft um ihn herum betrachtete.

Er musste nach ihnen suchen, aber dieser Schrei … eine Frau … Ihm wurde klar, dass es seine Frau gewesen war. Jane war es, die schrie.

Jane!

Sein Blut brannte in seinen Adern, versengte ihn, warf

Blasen auf. Diese Blasen fingen Feuer, wurden kleine Feuerstürme, die sich rasend schnell ausbreiteten. Mit einem Knurren richtete er sich auf. Er rutschte auf den schleimigen Felsen aus, aber es gelang ihm, sein Gleichgewicht zu halten.

Die Monster erstarrten. Er würde sie herausfordern. Die Burgmauern mit ihren Eingeweiden bedecken. Ja … Sein Herzschlag verlangsamte sich, bis er nur noch eine bleiern hämmernde Faust in seiner Brust war. Nein, beschloss er als Nächstes. Er würde Rache nehmen, würde seine Familie finden – danach. Jetzt brauchte ihn Jane.

Sein Blick wanderte über das besudelte Wasser zu den zerklüfteten Klippen am anderen Ufer. Zu dem schrecklichen Schloss, das direkt aus einem Albtraum zu stammen schien. Er war kraft seiner Erinnerungen hierhergereist. Deshalb schien es nur logisch, dass er auch Jane durch seine Erinnerungen erreichen konnte.

Er schloss die Augen und stellte sie sich vor, so wie er sie zuletzt gesehen hatte. Unter ihm. Ihr nackter Körper zu seinem Vergnügen vor ihm ausgebreitet.

Ihr Gesichtsausdruck war weich und erhitzt, ihre Zähne knabberten an ihrer prallen Unterlippe. Ihre Augen waren halb geschlossen, und ihre langen Wimpern warfen Schatten auf ihre geröteten Wangen. Ihre prächtige Mähne aus honigblondem Haar war um ihre Schultern ausgebreitet, die Spitzen lockten sich.

Ihre Brüste waren klein, aber fest, ihre Brustwarzen rosig und hart. Er hatte sie geküsst, an ihnen gelutscht. Ihr Bauch war flach, ihr Nabel ein Kunstwerk. Er leckte hinab, weiter hinab … Zwischen ihren Beinen ein flaumiges Kissen aus honigfarbenen Locken, das seinen neuen Lieblingsort auf dieser Welt und der anderen unter sich verbarg.

Ihre Beine waren lang und schlank, und sie legten sich auf genau die richtige Art um ihn.

Nicolai, glaubte er sie flüstern zu hören.

Von ihr wollte er sich gern Nicki nennen lassen. Alles, was sie einander näher brachte. Er wollte sie an sich gebunden wissen, auf jede nur denkbare Art, für immer. Eine Ewigkeit, die Jane ihm vielleicht verweigerte. Wenn er einer Prinzessin aus dem Nachbarreich einen Antrag gemacht hatte – und er versuchte gar nicht erst, sich einzureden, dass es sich bei dieser Prinzessin vielleicht um Odette handelte, um sein Leben zu vereinfachen –, dann wartete tatsächlich jemand auf ihn.

Sie hatten aber nicht geheiratet. Heirat bedeutete bei seinem Volk für immer, und sein Körper würde auf niemanden reagieren, der nicht seine Frau war. Aber. Ja, aber. Er könnte seinen Namen und sein Leben bereits verschworen haben. Es war einfach, so etwas nicht ernst zu nehmen, wenn man sich nicht daran erinnern konnte. Jetzt war es nicht mehr so einfach, aber das würde ihn auch nicht abhalten.

Nicolai wollte nicht ohne Jane sein. Er *würde* nicht ohne sie sein. Er würde sie finden und nach Elden bringen. *Sie* sollte seine Königin sein.

Elden. Dieses vernichtete Land sollte wirklich Elden sein?

Der blutige See war so sehr Teil seines Königreiches wie das Ödland, in dem er zunächst aufgetaucht war. Sein Königreich. Nicht das des Blutmagiers. Ein Mann, von dessen Zerstörung Nicolai geträumt hatte. Den er zerstören würde.

Ihm wurde schlecht, als ihm klar wurde, was das bedeutete. Der Blutmagier hatte seine Eltern hingerichtet. Aelfric und Alvina hätten nie zugelassen, dass ihr Land so verödete.

In Nicolai erwachte das schmerzliche Verlangen, es ihm heimzuzahlen.

Denk jetzt nicht daran. Finde Jane.

Er öffnete die Augen und merkte, dass er sich selbst zurück in die Einöde transportiert hatte. Die schlängelnden Lianen kamen auf ihn zu ... er schloss fest die Augen, stellte sich Jane vor, spürte, wie sein Körper sich auflöste und wie der Boden unter seinen Füßen verschwand. Als er das nächste Mal die Augen öffnete, umgab ihn der fruchtbare Wald von Delfina. Er sah allerdings weder ihr Lager noch Jane.

Er atmete tief ein und nahm ihren Duft wahr. Dann setzte er sich in Bewegung, rannte schneller und immer schneller, um die Entfernung zwischen ihnen so schnell es ging zu verringern. Die ganze Zeit stellte er sie sich weiter vor, ebenso wie die Bäume, unter denen sie gelegen hatten, bis er sich endlich in dem Lager wiederfand, das sie ihnen gebaut hatte.

Weil er nicht schnell genug anhalten konnte, prallte er gegen einen Baumstamm und stolperte rückwärts ins Wasser.

Noch ein Schrei hallte in seinen Gedanken wider, während er zurück ans Ufer ging, dieses Mal lauter und viel verzweifelter. Seine Fangzähne verlängerten sich und schnitten ihm in die Unterlippe. Seine Hände ballten sich zu Fäusten, doch seine Klauen, die noch nicht nachgewachsen waren, kitzelten nur an seiner Haut. Die Dolche, die Jane gemacht hatte, lagen ihm zu Füßen. Er schnallte sich so viele er konnte an Arme und Beine.

Dann setzte er sich mit entschlossenen Schritten in Bewegung. Ihr Duft war jetzt stärker … mit Angst vermischt … Jeder Schritt näher brachte sein Blut vor Wut zum Kochen. Sie war gezeichnet, sein, und der Pfad, den sie genommen hatte, wurde für ihn zu einem Leuchtfeuer in der Nacht.

Jeder, der sie anfasste, musste leiden. Es war Zeit, dass das ganze Königreich Delfina – und alle Königreiche in seinem Land – die Wahrheit erfuhren. Selbst wenn das bedeutete, die tödliche Kraft seiner Launen zu entfesseln.

Ich komme, meine kleine Jane.

11. KAPITEL

Die Feier in die Schlafgemächer des Königs zu verlegen hatte Jane für eine kluge Idee gehalten. Theoretisch. Aber sie hatte nicht alle Variablen gekannt oder alle Fallstricke, wie sie im Labor gesagt hatten, was sich während ihrer Experimente oft als fatal erwiesen hatte. Und der größte Fallstrick dieses Mal? Im Thronsaal hätte sie dem König der Monster zu Willen sein müssen, und ihm allein, während alle anderen zusahen und ihn vielleicht anfeuerten. In seinen „privaten" Gemächern dagegen erwartete er von ihr, nicht nur ihm, sondern auch seinen Freunden zu dienen. Gleichzeitig.

Das erklärte man ihr, während man sie zwang, den Korridor entlangzumarschieren.

Obwohl sie also den Ort gewechselt hatten und obwohl seine Leibwache bei den alten Frauen geblieben war, um ihnen Gesellschaft zu leisten, warteten jetzt vier Männer darauf, von Jane in Fahrt gebracht zu werden.

Nicht dass sie geplant hätte, die vereinbarte Leistung zu erbringen. Lieber starb sie. Und vielleicht musste sie das.

Sobald die neuesten Riesen sie entdeckten, erglühten ihre Augen in diesem eigenartig dunklen, furchterregenden Rot. Ihre Körper spannten sich an in Erwartung der Lust, die sie ihnen bereiten sollte. Wie Nicolai trugen auch sie Lendenschurze. Diese standen ab wie Zelte.

Der König schob sie vor sich her, und sie wirbelte herum, um ihn im Auge zu behalten. Er zog sich bereits aus. Die Dolche an seinen Hüften behielt er allerdings an. Angst und Panik verschmolzen miteinander und füllten Jane vollkommen aus.

Okay. Denk nach, Parker. Denk nach.

Er deutete auf die Stelle vor seinen Füßen. „Auf Knie.

Lutsch mich. Mach's Männern mit Händen. Orlof nimmt dich."

Die Freunde des Königs leckten sich die Lippen, jeder einzelne von ihnen. Okay. Okay. Sie zog verschiedene Möglichkeiten in Betracht und verwarf sie sofort wieder – alle waren gleichermaßen zum Scheitern verurteilt. Sie konnte tun, was ihr befohlen wurde, und den König so fest beißen, dass er seinen Penis lange Zeit nicht mehr benutzen konnte. Wenn überhaupt. Er würde ihr dann sicher die Zähne ausschlagen. Mindestens so fest, dass ihr Kiefer gebrochen wäre. Und danach konnte er ihr in den Mund schieben, was er wollte, und sie konnte ihn nicht mehr davon abhalten.

Sie könnte davonrennen. Es gab keine Türen, die sie aufhielten. Tatsächlich waren die Eingänge und Ausgänge hier alle offen und luftig. Aber so gut das für sie war, es war auch gut für die Männer. Die vier in diesem Raum, dazu noch zwanzig oder so im Thronsaal. Man würde sie jagen. Nichts stünde ihnen im Weg, und sie würde vermutlich schnell wieder eingefangen. Die Monster kannten diese Höhlen besser als Jane. Wahrscheinlich vergewaltigten sie dann alle.

Sie könnte gegen den König und seine Wachen kämpfen, hier und jetzt. Die würden gewinnen, keine Frage, aber sie hätte es wenigstens versucht. Und sie starb vielleicht, bevor jemand in sie eindrang, das war ein Vorteil. Wenn Nicolai da draußen war, gab ihm das vielleicht Zeit, sie zu finden.

Er war da draußen.

Na gut. Sie hatte einen Plan. Jetzt brauchte sie noch eine Waffe.

Die Höhle war recht karg eingerichtet. In einer Ecke stand eine Pritsche. In einer anderen Ecke lag ein riesiger Haufen Knochen. Knochen. Okay. Nicht die beste Waffe aller Zeiten, aber man konnte es sich nicht immer aussuchen. Sie könnte einen davon als Keule verwenden.

„Frau. Knie. Mund. Jetzt."

Jane versuchte es auf die einfachste Weise: Sie ging direkt auf den Haufen zu. Nach wenigen Schritten verstellte der König ihr den Weg. Na schön. Die einfache Lösung war damit gestrichen. Sie tat so, als würde sie nach links springen. Er folgte. Sie wechselte schnell die Richtung und rannte rechts an ihm vorbei. Die vier Riesen, die zugesehen und abgewartet hatten, stellten sich direkt vor den Haufen und verschränkten die Arme vor der Brust. Na gut. Dann also auch nicht auf Umwegen.

Es gab nur noch eine Möglichkeit. Sie stellte sich breitbeinig hin und machte sich für einen Angriff bereit. „Meine Antwort lautet Nein."

Der König runzelte die Stirn und sah sich mit ausgebreiteten Armen zu seinen Männern um, als wollte er sagen: „Frauen. Dämlich, aber was soll man machen?", ehe er wieder auf seine Füße zeigte. „Du. Knie. Jetzt."

„Ich verstehe schon, was du sagst." Idiot. Manche Leute hatten die Weisheit mit Löffeln gefressen. Er hatte anscheinend nur einen winzigen Teelöffel abbekommen. Vermutlich nicht einmal das. „Deshalb sage ich Nein."

Er zeigte ihr seine Säbelzähne. „Aber du versprochen ..."

„Ich habe gelogen. Du bist hässlich und gemein, und ich würde mich selbst dann nicht mit dir einlassen, wenn die Welt von fleischfressenden Bakterien verzehrt würde und dein Schwanz die einzige Heilung enthielte."

Die Verwirrung auf seinen monströsen Gesichtszügen wurde von Erleichterung abgelöst. „Schwanz. Du. Ja."

Natürlich war das das einzige Wort, das er verstand. *„Nein."*

Er kniff die Augen zu engen Schlitzen zusammen, und es hätte sie nicht erstaunt, einen kleinen roten Lichtpunkt mitten auf ihrer Stirn zu finden. „Ich zwing dich."

„Ich hatte schon erwartet, dass du so etwas sagst.“ Sie hob ihr Kinn. „Du bist ziemlich vorhersehbar. Also, Schluss mit dem Geplauder, fangen wir an.“

Mit einem Knurren tief in seiner Kehle trat er auf sie zu. Er streckte die Hand aus, um nach ihr zu greifen. Sie duckte sich, wirbelte herum und stieß ihm den Ellenbogen in den Magen. Er grunzte und beugte sich vor, um nach Luft zu schnappen. Die anderen lachten und feixten. Ihre Ausgelassenheit überraschte Jane. Sie hatte mit Wut gerechnet.

Der König richtete sich auf, ehe sie einen weiteren Schlag austeilen konnte, fixierte sie mit seinem Blick und näherte sich. Wieder duckte sie sich und wirbelte herum, wieder stieß sie ihn mit ihrem Ellenbogen. Wieder beugte er sich nach Atem ringend vor.

Dieses Mal applaudierten die anderen Riesen. Sie mussten es für das Vorspiel halten.

Sie rannte hinter den König, bevor er sich wieder fangen konnte, und trat zu. Er stolperte vorwärts. Sie sprang, und auf dem Weg nach unten rammte sie ihm den Ellenbogen an den Kopf. Er fiel mit dem Gesicht voran zu Boden. Der Erfolg ihrer Angriffe gab ihr Kraft und pumpte Adrenalin durch ihre Adern. Noch ein Schlag gegen den König, nur um sicherzugehen, dann wollte sie sich seinen Freunden zuwenden.

Doch als sie ihr rechtes Bein anhob, um ihm in den Magen zu treten, rollte er sich auf den Rücken und packte ihren linken Knöchel. Ein kurzer Ruck, und sie landete auf ihrem Hintern. Die Luft explodierte aus ihren Lungen. Schwarz und weiß blitzte es vor ihren Augen auf, kleine Spinnweben aus Explosionen.

Ehe sie Zeit hatte, zu reagieren, schwang der König seine fleischige Faust. *Treffer.* Ihr Wangenknochen brach. Haut platzte auf. Ihr Gehirn rasselte in ihrem Schädel, und das

Schwarz in ihrem Blickfeld verdrängte das Weiß.

Einfach so war ihr Vorteil dahin. Nicht dass sie je wirklich einen gehabt hätte.

Kriech davon. Roll dich zu einem Ball zusammen. Irgendwas!

Zu spät. Noch ein Schlag traf sie, dieses Mal an ihrem Kiefer. Für eine endlose Zeitspanne leisteten ihr nur Schmerz, Schwindel und Übelkeit Gesellschaft. Dann breitete sich das schwarze Spinnennetz aus und hüllte sie ein. *Wage es nicht, ohnmächtig zu werden!*

Noch ein Schlag.

So. Viel. Schmerz. *Okay, jetzt kannst du ohnmächtig werden.*

Natürlich wurde in dem Augenblick die Schwärze von einem weiteren Adrenalinschub unterbrochen, der ihre Sinne wieder schärfte. Jane wollte um Hilfe schreien, aber sie glaubte nicht, dass einer der Anwesenden ihr helfen würde. Die würden ihr höchstens noch mehr wehtun. Außerdem *konnte* sie einfach nicht schreien. Wie sie befürchtet hatte, war ihr Kiefer gebrochen.

Noch ein Schlag.

Noch mehr Schmerz. Nein, Schmerz war nicht das richtige Wort für das, was sie durchlitt. „Qualen" vielleicht, aber selbst das schien noch zu harmlos ausgedrückt.

Harte Finger legten sich um ihren Oberarm und schüttelten sie, wodurch die Qualen sich in ihrem ganzen Körper ausbreiteten. „Sieh mich an."

Sie öffnete blinzelnd ihre Augen. Oder ein Auge. Eines war bereits zugeschwollen, das untere und obere Lid verklebt über etwas, das sich wie ein Golfball anfühlte. Sie lag auf dem Rücken, und der König beugte sich bedrohlich über sie. Sobald er merkte, dass sie am Leben war, begann er an ihrem Kleid zu reißen.

Dann gefiel es ihm also, mit seinen Eroberungen zu kämpfen. Na ja, sie würde ihm immerhin in Erinnerung bleiben. Sie biss die Zähne gegen die erneuten Qualen zusammen und trat ihm mitten ins Gesicht. Der Tritt kam unerwartet, und ihr Gegner stolperte rückwärts, ehe er endlich zu Boden fiel. Irgendwie gelang es ihr, sich aufrecht hinzusetzen. Die Schwärze kam zurück und entlockte ihr ein Stöhnen.

„Haltet sie", sagte der König mit einem bösen Grinsen. Er rieb sein bestes Stück. Den Lendenschurz hatte er bereits abgelegt.

Eifrig, ihm zu gefallen – und wohl auch, sie anfassen zu können –, gehorchten die Männer. Innerhalb von Sekunden lag sie flach auf dem Rücken, die Hände über ihrem Kopf verankert, die Beine festgehalten und weit gespreizt.

Einfach so.

Noch eine Sekunde, und ihre Brüste wurden gequetscht und ihre Brustwarzen gezwickt. Und alle vier Riesen starrten ihr zwischen die Beine und warteten darauf, sie ganz entblößt zu sehen.

„Nein", fuhr sie sie an, aber das Wort war nicht zu verstehen. „Nein!" Hatte Nicolai auch so gelitten?

Sie lachten. Der König umfasste den zerfetzten Saum ihres Kleides. Der Rest des Stoffes riss entzwei.

Vor der Höhle hallte ein Schrei wider. Ihre Angreifer hielten inne, runzelten die Stirn und sahen einander an. Noch ein Schrei folgte, dann ein weiterer. Und noch einer. Jeder war schmerzerfüllt und panisch. Kämpften die Monster miteinander, vielleicht um die Alten? Oder war Nicolai gekommen?

Neue Hoffnung keimte in ihr auf.

Der König zuckte mit den Schultern und widmete seine Aufmerksamkeit wieder ihrem Körper. Sie trug nur noch ihren Slip, und der war schon im Schritt gerissen und deshalb als

Barriere nutzlos. Er leckte sich die Lippen und rieb sich einmal, zweimal, bereitete sich darauf vor, in sie einzudringen.

„Groß", sagte er, wie um sich selbst zu loben. Damit hatte er recht. Er war groß, zu groß, und lang wie ein Rammbock. Er würde sie in zwei Teile reißen.

Ihre Hoffnung schwand. Tränen verschleierten den Blick aus ihrem guten Auge, und sie schluchzte, das Geräusch so gebrochen wie ihr Kiefer. Jede Sekunde war es so weit, und dann ...

Ein tiefes, bedrohliches Fauchen hallte durch den Raum. Näher, so nah.

Weder die Wachen noch der König wendeten sich von ihr ab, um zu sehen, wer diese empörte Warnung ausgestoßen hatte. Aber auf einmal wusste Jane es, sie spürte es. Nicolai war wirklich hier.

„Ihr seid so was von tot", sagte sie flach. Wieder machten ihre Verletzungen ihre Worte unverständlich, aber es war ihr egal. Sie auszusprechen verschaffte ihr ein geringes Maß an Befriedigung.

„Nicht tot." Immer noch grinsend ging der König in die Knie. Die Wachen beugten sich vor, und ihre Hände glitten Janes Arme und Beine hinauf. Und dann, als der König seinen Schwanz auf sie richtete, schlug irgendetwas schneller zu, als ihr Auge es sehen konnte. Blut spritzte in alle Richtungen. Der König schrie auf vor Schreck und Schmerz.

Der Gegenstand – ein richtiger Dolch, den Nicolai einem der Riesen gestohlen haben musste – richtete sich gegen die Wachen und traf zwei auf einmal. Mehr Blut, mehr Gebrüll. Die Männer ließen von ihr ab, und endlich war sie frei. Sie lag einfach da, atmete schwer und zitterte. Dann schoben sich sanfte Arme unter sie und hoben sie hoch. Sie wurde zu der Pritsche getragen und abgelegt. Fingerspitzen fuhren behutsam über ihre geschwollene Wange. Nicolais Gesicht wurde erkennbar. Er war blutbespritzt, jeder Teil von ihm dunkelrot getränkt.

Flammen loderten in seinen Augen. „Vergewaltigt?"

Sie schüttelte kaum merklich den Kopf.

Die Flammen verloschen und machten Raum für etwas viel Schrecklicheres: kalte, gnadenlose Wut. Dann war er verschwunden.

Er griff zuerst die Wachen an, die ihre Füße festgehalten hatten, riss ihnen die Luftröhre mit den Zähnen heraus und spuckte sie auf den Boden. Aber das war ihm nicht genug, und er trennte ihnen noch mit dem Dolch die Köpfe vom Leib. Ein Berg aus Leichen versperrte den Eingang und schloss den König mit ihm im Raum ein.

Die zwei Männer umkreisten einander.

„Leide", sagte Nicolai, und durch die langen scharfen Fangzähne klang das Wort undeutlich.

„Ja. Leide du."

„Sie ist mein. Mein! Du wirst sterben, weil du angefasst hast, was mein ist."

Der König blinzelte und legte den Kopf zur Seite. „Kenne dich. Vampir … Prinz?" Er keuchte auf, als ihm die Wahrheit klar wurde. „Ja. Prinz. Dunkler Prinz. Majestät, verzeiht. Tot, dachte ich. Wir alle."

Nicolai, der Sklave, war ein Prinz?

Der König fiel auf ein Knie, um seine Ergebenheit zu beweisen. „Bitte Gnade. So viel Reue. Majestät. Wollte nichts Böses. Nehmt Frau. Sie ist Euer."

Nichts, was Jane getan hatte, hatte den König erniedrigt. Nichts hatte ihm Angst gemacht. Jetzt, bei dem Gedanken, gegen seinen Prinzen zu kämpfen, war er auf den Knien und flehte um Gnade.

„Du stirbst", sagte Nicolai einfach. Der König hatte keine Chance. Ihr Mann riss ihm sämtliche Gliedmaßen aus, eine nach der anderen. Und auch wenn der König brüllte und brüllte und brüllte, er wehrte sich kein einziges Mal. Als wüsste er, dass ihn dann nur ein noch schrecklicheres Schicksal ereilen würde.

Als Nächstes waren seine Augen dran. Dann sein Schwanz. Danach wurden seine Schreie zu einem Flehen um Gnade. Doch Nicolai zeigte keine Gnade. Schon hatte er die Zunge des Königs herausgerissen. Kein Flehen mehr, kein Schreien. Nur noch Wimmern.

„Nicolai", presste Jane endlich hervor, ihre Stimme so schwach, dass sie selbst kaum hörte, was sie sagte. Müdigkeit bemächtigte sich ihrer, und sie wusste, sie konnte nicht mehr lange wach bleiben.

Nicolai sah sich zu ihr um, mühsam nach Luft ringend. Das Bedürfnis, Schmerz zu bereiten, umgab ihn wie eine zweite Haut, für alle sichtbar. Noch nie hatte sie einen primitiveren Mann gesehen, wild und unkontrollierbar, ein Krieger mitten in der Schlacht. Ein Anblick, den die meisten Menschen nur aus ihren Albträumen kannten.

„Brauche dich", sagte sie.

„Ja." Er wirbelte wieder zu dem sterbenden König herum. Mit einer schnellen Handbewegung trennte er den Kopf des Mannes ab, wie er es bei den anderen getan hatte. Dann beugte er sich über Jane und streichelte sie zärtlich. „Es tut mir leid, mein Liebes. So leid."

„Komme … zurecht. Schon … Schlimmeres erlebt. Brauche dich … einfach."

Die Worte hatten ihn trösten sollen. Es funktionierte nicht. Vollkommene Verzweiflung legte sich auf seine Miene. Er wischte sich den Arm an einem Stück Stoff ab, biss sich ins Handgelenk und hielt ihr die blutende Wunde an den Mund. „Trink."

Während Nicolai Worte sang, die sie nicht verstand,

strömte eine warme Flüssigkeit ihre Kehle hinunter. Zuerst erlebte sie ein köstliches Kribbeln, das in ihrem Magen begann und sich durch ihre Adern fortsetzte bis zu ihrem Kiefer, ihren Armen, ihren Beinen. Das Kribbeln verstärkte sich, bis sie sich fühlte, als würden geschmolzene Dolche auf sie einstechen.

Was zur Hölle machte sein Blut mit ihr?

„Nicolai", rief sie. „Das tut weh."

„Du heilst, mein Liebes. Es tut mir leid. Es tut mir so leid. Es sind gute Schmerzen."

Noch während er sprach, richtete sich ihr Kiefer. Sie schrie auf, und das schrille Geräusch hallte an den Höhlenwänden wider. Die Lider ihres geschwollenen Auges rissen auseinander, und sie stöhnte. Zunächst sah sie alles verschwommen, als hätte man ihr Vaseline auf die Hornhaut geschmiert, aber als die Dolche und die Hitze sich ihren Weg durch sie bahnten, war es, als wären Scheibenwischer am Werk, und sie konnte wieder sehen. Klar und deutlich.

Als der Heilungsprozess abgeschlossen war, lag sie einfach da, atmete noch schwer, schwitzte und zitterte, aber sie war wie neugeboren. Sie streckte ihren Kiefer, und obwohl sie noch einen dumpfen Schmerz verspürte, konnte sie ihn uneingeschränkt bewegen.

„Danke", sagte sie, und Tränen der Erleichterung stiegen ihr in die Augen.

Nicolai streckte sich neben ihr aus und nahm sie in seine Arme. Er hielt sie eine lange Zeit einfach fest, ehe die Barriere in ihr aufbrach und sie gegen seine Brust schluchzte und ihn fest an sich zog. Trotz ihres ganzen Wissens war sie hilflos gewesen.

„Ich habe sie umgebracht, Liebes. Ich habe sie alle umgebracht. Sie werden dir nie wieder etwas tun. Das schwöre ich dir."

Die Bosheit des Königs machte sie sprachlos. Die vollkommene Missachtung ihres Willens, die Gewaltbereitschaft ... Oh, sie hatte gewusst, dass es Leute gab, die zu so bösen Taten fähig waren, aber sie hatte es noch nie zuvor am eigenen Leib erfahren. Es war Angst einflößend, und es brach ihr das Herz.

„So ist es gut. Lass alles raus. Ich bin bei dir", sagte Nicolai tröstend.

„Ich hatte solche Angst."

„Nie wieder. *Nie wieder*", schwor er ihr. „Außer ... hattest du Angst vor mir?"

Sie schüttelte den Kopf.

„Gut, das ist gut. Ich würde dir nie wehtun. Selbst wenn ich in einer meiner Launen gefangen bin, könnte ich dir nie wehtun."

Bald schon versiegten ihre Tränen. Die Verletzungen und die Schmerzen der Heilung hatten sie geschwächt, und sie ließ sich mit einem Seufzen und einem Schaudern gegen ihn fallen. „Was hast du gesungen, als du mir dein Blut gegeben hast?"

„Meine Vampirmagie. Ich habe einen Heilzauber auf dich gelegt, um die Macht meines Blutes zu unterstützen."

Sie schniefte, ihre Nase war geschwollen. „Besser als Morphium."

„Morphium?"

„Ein Schmerzstiller aus meiner Welt."

„Ein Stiller der Schmerzen. Hast du ihn geliebt?" Er knurrte fast.

Die plötzliche Belustigung gab ihr Kraft. „Nein. Ehrlich gesagt war es schwer, ihn wieder loszuwerden. Er, äh, hat mich verfolgt, so was in der Art. Ich musste so tun, als gäbe es ihn nicht."

Nicolai küsste sie auf die Schläfe und entspannte sich neben ihr. „Soll ich ihn jagen und für dich zerstören, Liebste? Es wäre mir ein Vergnügen, glaube mir.“

„Du hast schon genug Feinde. Außerdem bin ich ihn schon vor einer Weile losgeworden.“

Er küsste sie nochmals. „Weil du stark bist.“

Ein schönes Kompliment, aber sie hatte es nicht verdient, und sie konnte auch nicht so tun. „Heute war ich nicht stark genug, mich selbst zu retten.“ Die Tränen kehrten zurück. Sie wischte sie mit zitternder Hand beiseite. „Ich habe eine Weile lang Unterricht in Selbstverteidigung genommen, aber das hat nicht geholfen. Nicht wirklich. Er hätte … Er wollte …“

„Nie wieder“, wiederholte Nicolai und zog sie fester an sich. „Ich werde dich weiter ausbilden. Wenn ich damit fertig bin, kann nicht einmal ich dich mehr besiegen.“

„Wirklich?“

„Oh ja. Deine Sicherheit liegt mir am Herzen. Bei dieser Mission werde ich nicht versagen.“

Vielleicht hatten die Aufregungen des Tages sie emotional werden lassen, aber ihr stiegen schon wieder Tränen in die Augen. Das war das Liebste, was je ein Mann zu ihr gesagt hatte. „Genug von mir. Ich hatte Angst, die Riesen hätten *dich* umgebracht.“

„Ich bezweifle, dass der Tod mich von dir fernhalten könnte.“

Okay. Sie hatte falschgelegen. *Das* war das Liebste. Sie küsste seinen Halsansatz. „Was … was waren diese Dinger?“

„Oger.“

Müdigkeit übermannte sie, und ihre Lider senkten sich schwer herab. „Der König schien dich zu kennen.“

Er erstarrte. „Ja.“

Und er wollte nicht darüber reden. Zu müde, um einen Vorwand zu finden, ihn zu Antworten zu drängen, wechselte sie das Thema. „Du hast mich gefunden, weil du mich gezeichnet hast, richtig?"

„Ja", sagte er wieder und fuhr mit den Fingerspitzen ihre Wirbelsäule entlang. „Und noch nie hat mich etwas mehr gefreut."

„Hast du schon andere Frauen gezeichnet?" Oh Gott. Das hätte sie nicht fragen sollen. Sie war nicht bereit für die Antwort. Nicht hier, nicht so. Nicht nach allem, was geschehen war. Er musste nicht verheiratet oder verlobt sein, um eine Frau zu zeichnen, also könnte es da draußen *Tausende* geben. Sie hätte …

„Nicht dass ich wüsste", sagte er zögernd.

Sie seufzte erleichtert. Sie könnte wetten, dass „Zeichnen" mehr als eine Erinnerung war, ein Instinkt, reinste Biologie, ein angeborenes Wissen. Schließlich taten es auch Hunde. Natürlich pinkelten die nur auf alles, was sie markieren wollten, und hinterließen ihren Duft. Aber sie mussten sich nicht daran erinnern, es getan zu haben, sie mussten einfach nur schnuppern, um den Duft wiederzufinden.

Nicolai hatte sich auf keine andere Frau eingeschworen. So einfach, wie er Jane gefunden hätte, hätte er auch ohne Schwierigkeit jede andere gefunden. *Falls* es da draußen jemanden gab. Also musste sie logischerweise glauben, sie war die einzige.

Ja, logischerweise. Er war frei.

Oder vielleicht bist du diejenige, die dumm wie Brot ist. Eine gute Wissenschaftlerin prüft immer beide Seiten einer Theorie. Na gut. Dann also Argumente für die andere Seite. Nicolai konnte sehr gut verlobt sein, wie er befürchtet hatte und wie sie zu leugnen versuchte. Und vielleicht hatte er die Frau noch nicht gezeichnet, weil er auf die Zeremonie warten wollte, um ihre Verbindung zu untermauern.

Oder er hatte, wie die Oger, einen ganzen Harem an Frauen. Vielleicht konnte ihn eine einzige Frau nicht lange befriedigen, also hatte er sie benutzt wie Taschentücher bei einer Erkältung. Vielleicht waren es zu viele gewesen, um sie alle zu zeichnen. Oder vielleicht waren sie ihm nie wichtig genug gewesen.

Das würde jedenfalls zum Bild des verwöhnten Prinzen passen. *War* er wirklich ein Prinz? *War* er verwöhnt? Ein Mann, dem man alles gegeben hatte, was er wollte, und der trotzdem nie zufrieden war?

Manchmal hasste sie ihr Gehirn. Und Theorien auch.

Der Nicolai, den sie kannte, war launisch und besitzergreifend. Er vertrug sich nicht mit anderen, und er wusste nicht, wie man teilte. Und doch war er so wenig verwöhnt, wie ein Mann nur sein konnte. Und er gehört mir, dachte sie und vergrub ihr Gesicht tiefer in den harten Konturen seines Körpers. Seines starken, warmen Körpers.

Er kannte sie, und ihn störten ihre Plapperei und ihre Abschweifungen nicht. Er machte sich genug aus ihr, um zurückzukommen – zwei Mal – und ihr das Leben zu retten. Das musste etwas bedeuten.

„Hör auf nachzudenken und schlaf, Jane", sagte er.

„In Ordnung." Während sie zusammen waren, konnte ihr nichts geschehen. Sie wusste es einfach. Er würde sie mit seinem Leben beschützen. „Halt mich und lass mich nicht los."

„Immer", schwor er ihr.

Oh ja. Er machte sich etwas aus ihr. Sie schlief mit einem Lächeln auf den Lippen ein.

12. KAPITEL

Als Jane aufwachte, lag sie immer noch in der Höhle. Sie war sich nicht sicher, wie viel Zeit vergangen war. Sie wusste nur, dass sie sich noch nie so ausgeruht gefühlt hatte. Sie streckte sich wie eine zufriedene Katze, ihr war warm, obwohl sie nackt war, ihre Muskeln waren so entspannt, dass sie fast flüssig waren, und sie sah sich um.

Erstaunt von dem, was sie erblickte, setzte sie sich auf. Sie hatte so lange geschlafen, dass Nicolai Zeit gehabt hatte, jede Blutspur von Boden und Wänden zu entfernen. Er hatte auch die Leichen und die Leichenteile fortgeschafft. Wäre da nicht dieser Rest Bosheit, der in der Luft lag, sie hätte sich in einem unterirdischen Hotel befinden können.

Es hatte keinen Grund für Nicolai gegeben, sich solche Mühe zu machen. Sie würden hier nicht leben. Nicht einmal den Tag hier verbringen. Höchstens vielleicht, dass er vermeiden wollte, dass sie sich aufregte. Sie riss die Augen auf. Genau deswegen, wurde ihr klar, hatte er es getan. Was für ein lieber Mann.

Und da war sie wieder, die Gefühlsachterbahn. Sie schniefte, und ihr Kinn zitterte.

„Weine nicht, Liebes. Bitte, nicht weinen." Er hockte neben ihr, ohne sie anzusehen, und hielt ein Bündel aus zerknittertem Stoff in den Händen. Und Gott, sein Profil war atemberaubend. Immer noch blutbeschmiert, auch wenn er sich notdürftig gewaschen hatte. Seine Wangen waren kantig, seine Lippen sinnlich und seine Miene entspannt. Der Kampf hatte ihm nichts anhaben können. „Es bringt mich um, dich weinen zu sehen."

Nach allem, was er für sie getan hatte, würde sie tun, was immer er verlangte. Außerdem sah sie, trotz seiner entspannten Miene, Sorgenfalten, die von seinen Augen ausgingen, als wären sie dort eingebrannt. Da war noch etwas anderes, das ihm Sorgen bereitete, und sie wollte ihn nicht zusätzlich belasten.

„Ich weine nicht." Sie benutzte den Rand des Stofffetzens, den er ihr reichte, um ihr Gesicht abzuwischen.

Seine Sorgen schienen für den Augenblick vergessen, und seine Mundwinkel zuckten. Was war so lustig?

„Hast du gut geschlafen?", fragte er.

„Ja, danke."

„Gut. Und jetzt. Wirst du dir für mich etwas anziehen?" Eine Frage voller Befürchtungen.

Sie glaubte zu wissen, warum. Ihre Nacktheit erregte ihn – zumindest hoffte sie das –, aber er wollte nichts deswegen unternehmen. Nicht nach dem, was hier geschehen war. Dafür war sie dankbar.

Sie kannte den Ratschlag, Schlechtes mit Gutem auszugleichen. Sie wusste auch, dass es nichts Besseres geben konnte als Nicolais Berührung. Er spielte auf ihr wie auf einem Klavier, schlug genau die richtigen Tasten an, um eine Symphonie zu erschaffen. Aber sie wollte, dass ihr erstes Mal einzig aus dem Bedürfnis heraus geschah, zusammen zu sein.

„Jane?", fragte Nicolai vorsichtig.

Sie sollte sich anziehen. Richtig. „Was denn?" Ihr Kleid war nicht mehr zu retten.

„Dein ‚Taschentuch'."

„Oh." Sie biss sich auf die Unterlippe, als sie ihr „Taschentuch" genauer betrachtete. Ein verblichenes gelbes Baumwollkleid, sauber und ohne Risse. Perfekt. „Wo hast du das her?"

Er deutete hinter sich und neigte den Kopf. „Die beiden anderen Frauen waren so dankbar, von ihren Oger-Herren befreit zu werden, dass sie noch geblieben sind, um mir beim Aufräumen zu helfen, und dir alle ihre Besitztümer geschenkt haben."

„Das war sehr nett von ihnen."

„Sie haben mir auch ihre Körper angeboten."

„Ich wisch den Boden mit ihrem Blut!" Sie zog sich das Kleid mit ruckartigen Bewegungen über den Kopf.

Als sie Nicolai wieder sehen konnte, merkte sie, dass er grinste. Sein Grinsen war … dekadent und schamlos. Ihr Blut brodelte. Blut, das ihm gehörte, das einst Teil von ihm gewesen war.

„Ich habe sie fortgeschickt", sagte er. „*Ohne* ihr Angebot anzunehmen."

„Als würde es mich interessieren, was du tust", schmollte sie. Dieses Gespräch, kurz nachdem sie sich gefragt hatte, ob er wohl einen Harem besaß, brachte *ihre* Laune zum Überkochen.

Seine Belustigung erlosch auf der Stelle. „Es sollte dich aber interessieren."

Sie seufzte. Ehrlichkeit war wichtig, wenn sie irgendeine Art von Beziehung miteinander eingehen wollten. Und sie wollte eine Beziehung mit ihm, egal wie lange sie noch zusammen sein konnten. Einen Tag, eine Woche, einen Monat? Oder würde sie für immer hierbleiben?

Darüber wollte sie sich jetzt keine Gedanken machen.

„Schon gut", sagte sie mit einem Seufzen. „Es interessiert mich." Ihr Magen knurrte vor Hunger, und in der Ruhe der Höhle hallte das Geräusch laut von den Wänden wider. Sie wurde rot. „Und was ist mit dir?"

„Mehr als ich sagen kann."

„Ich will nur nicht … dass du verletzt wirst, wenn ich verschwinde."

„Du wirst nicht verschwinden. Komm jetzt." Er stand auf und bot ihr seinen Arm. „Ich besorge dir was zu essen."

Sie interessierte ihn! Aber wie konnte er sich so sicher sein, dass sie bleiben würde? „Wie spät ist es?", fragte sie und nahm seine Hilfe mit einem zärtlichen Lächeln an. Ein Lächeln, das schnell wieder verblasste. Beim Aufstehen knirschten und schmerzten ihre Knochen.

„Kurz vor Mitternacht."

Zu Hause würde sie jetzt im Bett liegen, sich von einer Seite auf die andere wälzen und sich vor dem nächsten Morgen fürchten.

Sie bahnten sich ihren Weg zurück zum Fluss. Zuerst humpelte sie, aber ihre Muskeln entspannten sich mit der Bewegung. Sie sammelte Pfefferminzblätter und Zweige, mit denen sie sich im Gehen die Zähne putzten. Danach sammelte Nicolai Früchte und Nüsse, um ihren ersten Hunger zu stillen. Während sie daran knabberte, erwartete sie fast, dass Kreaturen aus ihren Märchenbüchern hervorgesprungen kamen, um sie zu packen, oder dass Laila erschien und sie kreischend verfluchte, aber die halbstündige Wanderung verlief ohne Zwischenfälle.

Nicolai trat ins Wasser, tauchte unter, kam nass und prustend wieder hoch und bedeutete ihr, das Gleiche zu tun. „Bade, und ich sammle die Fische, die du dabei aufschreckst."

„Ha, ha. Da sieht man, wie wenig du weißt. Fische lieben mich. Sei nicht überrascht, wenn sie zu meinen Füßen tanzen."

„Willst du etwa, dass ich die Fische vor Eifersucht ermorde, damit du mehr zu essen hast?", neckte er sie.

„Vielleicht." Er sah mehr als nur gut aus, er war sexy. Belustigt, verspielt, und sein nasses dunkles Haar lag eng an seinem Kopf an und tropfte auf sein Gesicht. Die Tropfen liefen in kristallklaren Bächen seine verlockenden Brustmuskeln hinab, seinen festen Bauch – lieber Himmel, das war wirklich ein Waschbrettbauch – und sammelten sich schließlich am Saum seines Lendenschurzes.

Ohne den faden Beigeschmack der Höhle gab es nichts, das ihr Verlangen beeinträchtigen konnte. Jane begehrte ihren Mann mehr als alles andere.

Du musst sauber werden, wenn du mit ihm schmutzige Dinge anstellen willst.

„Mach dich bereit, zu staunen“, sagte er und drehte ihr den Rücken zu.

Tue ich schon. Sie zog ihr neues Kleid aus und sprang ins Wasser – kaltes, erfrischendes Wasser –, ehe er sich umdrehen und ihre aufgestellten Brustwarzen sehen konnte. Sie schrubbte sich ab, bis ihre Haut kribbelte; nun, vor etwas anderem als Begehren kribbelte.

Die ganze Zeit sah sie sich heimlich nach Nicolai um. Er fing einige Fische und warf sie ans Ufer. Mit der Zeit wurde er immer angespannter, seine Bewegungen ruckartiger. Und er achtete gar nicht darauf, dass sie ihn beobachtete. Nicht ein einziges Mal sah er sich zu ihr um.

Der Mond beschien ihn wie ein Scheinwerfer, silbern und magisch. Er war so stark, so fähig. Sie biss sich auf die Unterlippe und trat im Wasser auf der Stelle. Das Wasser war vielleicht kühl, aber zwischen ihren Beinen wurde es warm.

Vielleicht hätte sie verängstigt sein sollen oder Symptome von posttraumatischem Stress zeigen. Wenigstens Flashbacks. Immerhin war sie fast vergewaltigt worden, und man hatte sie verprügelt. Aber da war Nicolai. Ihr Beschützer. Nicht einmal schlechte Erinnerungen wagten es, sie zu überfallen, während er in der Nähe war.

„Nicolai.“ Ihre Stimme klang belegt. Sie hatte ihn nicht rufen wollen, aber sein Name war ihr einfach so über die Lippen gekommen.

Endlich drehte er sich zu ihr um. Ihr stockte der Atem. Seine Augen waren heller, als sie es je gesehen hatte, die goldenen Flecken darin glitzerten und verschmolzen verführerisch mit dem Silber. Seine Wangen waren gerötet, seine Fangzähne lang und scharf.

„Staunst du schon?“, wollte er wissen.

„Ja.“ Oh ja. War er deshalb so unruhig und abweisend? Hatte sie seine Fähigkeiten nicht genug gelobt? „Du bist der beste Fischer, dem ich je begegnet bin. Zugegeben, du bist auch der einzige …“

Kein Anzeichen eines Lächelns. „Du bekommst etwas zu essen“, sagte er und fügte düster hinzu: „Danach.“

„Danach?“

„Ich kann dein Begehren riechen, kleine Jane, und ich habe dir Zeit gelassen, dich an den Gedanken zu gewöhnen, bei mir zu liegen. Die Zeit ist vorbei. Komm her.“ Er lockte sie mit dem Finger. „Ich will dich.“

Auf einmal war „danach“ kein so schlimmes Wort mehr. „Wird auch Zeit.“ Ohne zu zögern, schwamm sie zu ihm, und das Wasser streichelte ihre Haut. Als sie nur noch eine Haaresbreite von ihm entfernt war, stemmte sie die Füße auf den Grund des Flusses und richtete sich auf. Das Wasser reichte ihr gerade bis unter die Brüste.

„Ich werde dich nehmen“, sagte er eindringlich.

„Ja.“

„Ganz und gar.“

„Ja.“ Bitte.

Er trat näher. Jedes Mal, wenn sie einatmeten, berührten ihre Brüste seinen Körper und rieben sich auf atemberaubende Weise daran.

„Nichts kann mich aufhalten“, sagte er.

„Nicht einmal der Gedanke an eine andere Frau, die vielleicht auf dich wartet?“ Sie hasste sich in dem Augenblick, als die Worte ihre Lippen verlassen hatten, aber sie war dennoch froh darum. Wegen einer anderen Frau hatte er beim letzten Mal widerstanden.

Schatten legten sich über seine Züge und verwandelten ihn wieder in den Krieger, der er in der Nacht zuvor gewesen war. „Da ... ist jemand. Eine Frau. Wahrscheinlich."

Oh Gott. „Wer?" Es war, als hätte jemand den Stöpsel gezogen, und ihr Begehren schwand, bis sie kalt und leer war. „Bist du ... Hast du sie geliebt?"

„Nein. Mein Vater hat die Ehe arrangiert. Ich erinnere mich nicht an das Gesicht meiner Zukünftigen oder an ihren Namen, nicht einmal an meinen Antrag. Ich erinnere mich nur, dass ich meinem Vater versprochen habe, sie zu heiraten."

Nicht weinen. Wage es nicht, zu weinen. Wenigstens gehörte sein Herz keiner anderen. Das sollte helfen.

Es half nicht. Sie wollte ihn ganz. Nur für sich.

„Du erinnerst dich?", krächzte sie.

„Nicht an alles, nur an Bruchstücke. Ich sage dir das nicht, um dich aufzuregen, Jane, sondern um dich zu warnen. Egal was passiert, ich behalte dich. Du gehörst mir. Daran wird sich nichts ändern."

Egal, was passiert – selbst wenn er eine andere Frau heiratete? „Nein."

Die Möglichkeit, dass er vielleicht eine andere hatte, hatte sie bisher einfach abstreiten können, und sie konnte auch jetzt noch leicht die Augen davor verschließen, obwohl sie wusste, dass es die Wahrheit war. Vielleicht hatte er sich entschieden, die Verlobung zu lösen.

Sie würde nicht diejenige sein, die einer anderen Frau den Mann wegnahm. Das würde sie nicht! Dazu war sie zu stolz. Oder nicht? Liebe Güte, dass sie überhaupt zweifelte, bedeutete, dass sie es schon in Betracht zog.

Nein. Nein, nein, nein. Ihre Eltern hatten sich geliebt, einander respektiert, und das wollte sie auch für sich selbst. Eine tiefe, fortwährende Liebe, bei der sie selbst an erster Stelle stand. Sie wollte nicht Nächte damit zubringen, sich zu fragen, ob ihr Mann im Bett mit seiner Frau war. Sie zur Ekstase brachte und Kinder mit ihr zeugte. Sie wollte nicht an den Rand seines Lebens gedrängt werden. Sie wollte nicht diejenige sein, die für alle Schwierigkeiten verantwortlich gemacht wurde.

Sie hatte etwas Besseres verdient.

Wenn sie nach Hause zurückkehrte und sich an ihre Zeit hier erinnerte – sie wusste jetzt, dass sie nicht bleiben konnte, denn irgendwie, auf irgendeine Art, würde sie den Weg nach Hause finden –, war dies die Nacht, die sie heimsuchen würde. Nicht die schmerzerfüllten Stunden bei den Ogern. Nicht einmal die Scham, ausgepeitscht zu werden. *Das* hier tat am meisten weh.

Sie wollte vor ihm zurückweichen. Er ließ es nicht zu und griff nach ihren Schultern, um sie an sich zu ziehen. Noch näher dieses Mal, bis nicht einmal ein Flüstern sie noch trennte. Sie waren eng aneinandergeschmiegt, und seine Erektion drückte sich gegen ihren Bauch.

„Ich weiß, was du denkst, Jane."

„Was, jetzt bist du nicht nur verlobt, sondern auch ein Gedankenleser?" Sie warf ihre Worte wie Waffen nach ihm, musste ihn irgendwie verletzen.

„Nein, aber ich kenne dich. Du wirst mich nicht verlassen." Der Befehl kam nicht von dem zärtlichen Retter, der sie gehalten hatte, während sie schlief, sondern von dem gefährlichen Raubtier, das einem Mann den Arm abgerissen hatte, nur um ihn schreien zu hören. „Ich habe dir das nicht gesagt, um dich zu beunruhigen, sondern um dich zu beruhigen. Verlobungen kann man lösen. Und genau das werde ich tun. Ich werde dich nehmen, keine andere."

„Ich … ich …" War das eine Liebeserklärung? Ein Antrag? Die widersprüchlichsten Gefühle stürmten auf sie ein. Sie wusste nicht, ob sie die Verzweiflung loslassen und sich den plötzlichen Glücksgefühlen ergeben oder beides festhalten sollte. „Ich weiß, du glaubst nicht, dass das passiert, aber was, wenn ich deine Welt doch verlasse? Du würdest …“ Sterben. Das durfte sie nicht wissen, und sie durfte nicht zugeben, dass sie es wusste. Andererseits hatte er sie auch nicht gebeten, sich für immer an ihn zu binden, oder?

Wenn er das tat, könnte die Bindung sie sehr wohl für immer in dieser Welt festhalten. Wusste er deshalb, dass sie bleiben würde?

„Du wirst nicht gehen“, sagte er. „Dafür werde ich sorgen, egal was ich tun muss. Und jetzt Schluss damit, Jane. Hier. Jetzt.“ Er wartete nicht auf ihre Antwort, sondern beugte sich über sie und stieß seine Zunge tief in ihren Mund.

Die Glücksgefühle überwogen.

Sie konnte nicht anders. Sie zog ihn an sich. Er schmeckte noch nach Minze, warmer feuchter Minze, und sie konnte nicht genug bekommen. Als er ihren Kopf neigte, mehr von ihr nahm, tiefer von ihr kostete, erreichten ihre Empfindungen eine nie gekannte Intensität. So sollte ein Kuss sein, man sollte davon übermannt und in Besitz genommen werden. Er sollte jeden Sinn zum Leben erwecken.

Sie legte ihm die Hände in den Nacken und schob die Finger in sein Haar. Später. Später würde sie ihn fragen, was „egal was ich tun muss“ bedeutete. Im Augenblick war nur eines wichtig. Er gehörte keiner anderen. Hier und jetzt konnte sie ihn genießen.

Sie standen einfach da, küssten sich, rieben sich aneinander, eine ewig lange Zeit. Und jeder Augenblick dieser Ewigkeit steigerte ihr Verlangen, bis sie bebte, ihn brauchte, in ihr ein Fieber loderte, das nur er lindern konnte.

„Schling deine Beine um mich“, befahl er heiser.

„Ja.“ Schon bei der Vorstellung wurde ihr schwindelig. Sie sprang hoch und tat, was er befohlen hatte. Im nächsten Augenblick erwartete sie, von ihm in Besitz genommen zu werden. Aber er drang nicht in sie ein. Nein, er trug sie ans Ufer, und seine Erektion rieb dabei an ihr. Sie stöhnte, als er sie herunterließ und sich auf sie legte. Immer noch drang er nicht in sie ein.

„Hör nicht auf“, hauchte sie.

„Niemals.“ Er legte seine Hände neben ihre Schläfen, zog sich den Lendenschurz aus und stützte sich ab. „Du bist so hinreißend, mein Weib.“

„Beweis es. Beweis, dass ich dir gehöre.“

Er entblößte die Fangzähne. „Wenn ich mit dir fertig bin, bereust du deine Bitte vielleicht.“

„Leere Versprechungen.“

Wieder einmal übertraf er ihre Erwartungen. Er setzte nicht sofort zum Stoß an, brachte ihr nicht die sofortige Erleichterung ihrer quälenden Sehnsucht. Stattdessen verbrachte er die nächsten Minuten damit, ihre Brüste zu massieren und die Brustwarzen abwechselnd mit der Zunge zu umspielen. Er malte mit seinen Fingern erotische Muster auf ihren Bauch, aber er berührte dabei nie die Stelle, an der sie ihn am meisten brauchte.

Als er begann, der Spur, die er mit den Fingerspitzen gezogen hatte, mit Küssen zu folgen, spreizte sie die Beine im stummen Flehen, sie endlich zu berühren.

Er gab nicht nach.

Er leckte die Innenseiten ihrer Oberschenkel entlang bis zwischen ihre feuchten Lippen, drang sogar mit der Zunge ein, verharrte für einen viel zu kurzen Moment, neckte sie, deutete an, was er tun könnte, achtete aber immer darauf, ihre Klitoris nicht zu berühren.

Sie wollte kommen, verdammt.

„Nicolai. Hör auf, mich zu ärgern."

Warmer Atem strich über sie. „Wem gehörst du, Jane?"

Ach so. Jetzt wusste sie, was er vorhatte. Mit ihr zu spielen, ihr zu zeigen, was er ihr geben könnte, bis sie ihm gab, was er wollte – und was sie von ihm verlangt hatte. Besitz.

„Sieh mich an", sagte sie.

Er stützte das Kinn auf ihren Bauch. Seine Wimpern hoben sich, und sein Blick begegnete ihrem. Seine Gesichtszüge waren angespannt. Er wollte ebenso dringend kommen wie sie. „Ja?", sagte er.

Wer würde zuerst nachgeben? „Ich bin dran."

Sie stemmte die Fußsohlen gegen seine Schultern. In der nächsten Sekunde lag er flach auf dem Rücken, und sie kauerte über ihm.

„Was hast du vor, Jane?"

„Dieses Spiel genießen." Sie fuhr mit der Zunge um seine Brustwarzen und genoss es, die harten Spitzen zu fühlen. „Wenn ich irgendetwas tue, was dir nicht gefällt, sag einfach Stopp."

„Es wird mir gefallen." Er schob ihr die Hände ins Haar. Seine Klauen mussten nachgewachsen sein, denn sie spürte, wie sie über ihre Kopfhaut kratzten, und sie liebte es. „Alles, was du tust, wird mir gefallen."

„Na gut, dann finden wir heraus, was dir am besten gefällt." Sie leckte den ganzen Weg bis zu seinem Bauchnabel und stippte ihre Zunge hinein. Seine Muskeln bebten. Sie nahm seinen Schwanz zwischen die Brüste, rieb auf und ab, auf und ab und brachte seine Leidenschaft zum Auflodern. Bald schon wurde seine Spitze feucht.

Sie wollte, dass er die Kontrolle verlor. Den Verstand. Wollte, dass er verzweifelt war. Genau wie sie es war, wenn sie bei ihm lag. Sie hatte vielleicht nicht viel Erfahrung, aber davon würde sie sich nicht aufhalten oder einschüchtern lassen. Sie hatte vor, seinen Körper und jede geheime Leidenschaft kennenzulernen.

„Jane", presste er hervor.

„Ja, Nicolai?"

„Ich brauche ... Ich will ..."

„Dass ich dich schmecke?"

„Oh, bei allen Göttern, Jane." Seine Stimme war nur noch ein Krächzen. „Ja. Bitte."

Sie hockte sich zwischen seine Beine und blickte zu ihm hinab. Er war so lang, so groß und so hart. Sie beugte sich immer weiter vor ... aber sie nahm ihn nicht in den Mund. Noch nicht. Sie richtete ihre ganze Aufmerksamkeit auf seine Hoden, reizte ihn, wie er sie gereizt hatte, bis er die Hüften hob, um ihr zu zeigen, was er brauchte.

„Bitte", sagte er noch einmal.

„Wem gehörst du?", fragte sie ihn, wie er sie gefragt hatte.

Er versuchte nicht einmal, es hinauszuzögern. „Dir, Jane."

Sein Geständnis hatte auf sie die gleiche Wirkung wie eine Liebkosung, und sie erschauerte. „Du wirst dich gleich so freuen, das gesagt zu haben." Sie nahm seine Spitze zwischen die Lippen. Sein Geschmack traf ihre Zunge, und Jane stöhnte begierig auf. Mehr, sie wollte noch mehr. Bis zum Ansatz nahm sie ihn in den Mund.

Rau stöhnte er auf. Sie glitt wieder aufwärts und reizte ihn ein wenig mit ihren Zähnen. Noch einmal stöhnte er. Sie hielt inne, bewegte sich nicht, quälte ihn. Wartete.

„Jane, das gefällt mir am besten."

Sie glitt wieder herab, dann hinauf, wiederholte das viele Male, erst langsam, dann immer schneller. Bald schon konnte er nicht mehr sprechen, nur noch stöhnen und seufzen, genau wie sie es vor wenigen Momenten getan hatte. Ihn so vor sich zu sehen, wie er ihr ausgeliefert war, wie die Leidenschaft für sie ihn verzehrte, bis all seine Gedanken und Handlungen nur noch davon bestimmt waren, wirkte auf sie wie ein starker Liebestrank.

Gerade als er kurz vor dem Höhepunkt war, hielt sie inne und presste die Lippen zusammen. Sie hatte von diesem kleinen Trick gelesen, ihn aber noch nie ausprobiert. Sein dringliches Flehen hallte durch den Wald.

„Jane“, keuchte er. „Jane, bitte.“

Er zitterte, war schweißgebadet, aber er kam nicht. Und als der Moment vorüber war, kroch sie an seinem Körper hinauf und bebte ebenso stark. Seine Fangzähne waren so weit ausgefahren, dass sie in seine Lippe geschnitten hatten und Blut sein Kinn hinablief.

„Warum hast du nicht …“

„Ich will dich in mir spüren.“ Ihr Blut war wie flüssige Lava und trieb ihr Schweißperlen auf die Stirn.

„Ich *muss* in dir sein, aber noch nicht, noch nicht.“ Er vergrub noch einmal die Hände in ihrem Haar und spielte mit einigen Strähnen. „Muss erst den Drang zu beißen kontrollieren.“

„Brauchst du nicht.“ Sie beugte sich vor und leckte mit der Zunge über einen seiner Fangzähne, schnitt ihr weiches Fleisch auf. „Gib nach. Ich fühle mich gut dabei.“

Er stöhnte, als müsste er Schmerzen erleiden. „Köstlich.“

„Mehr?“

Die Welt drehte sich plötzlich. Er hatte Jane auf den Rücken geworfen und kauerte über ihr. „Mehr“, sagte er undeutlich und richtete den Blick auf die Stelle, wo er ihren Pulsschlag deutlich erkennen musste. „Nein, kann nicht. Noch nicht, noch nicht“, wiederholte er. „Baby.“

„Doch!“ Warum *noch nicht*? Vielleicht war sie zu gierig. Vielleicht war sie selbstsüchtig. Sie wollte *sofort, sofort, sofort.*

Er lachte ein unsicheres Lachen. „Nein. Baby. Wir könnten eines zusammen haben. Willst du?“

Jetzt verstand sie. Traurigkeit und Angst stürmten auf sie ein und betäubten einen Teil ihrer Lust. „Ich kann keine Kinder bekommen.“ Würde er jetzt weniger von ihr halten? Sie nicht mehr wollen?

Die Frau, die sein Vater ausgesucht hatte, konnte wahrscheinlich Kinder bekommen.

Oh, autsch.

Jane hatte gedacht, dass sie sich mit ihrem Mangel abgefunden hatte. Aber jetzt ... Der Gedanke daran, mit Nicolai eine Familie zu gründen ... Ihr wurde klar, dass sie das wollte. Nicht jetzt, aber später. Wenn sie in Sicherheit waren. Bei ihm sein, sein Kind in sich wachsen zu spüren – dieses Glück würde sie nie erfahren.

Dieser Mangel war ein weiterer Grund, aus dem sie Spencer abgeschossen hatte. Sie hatten früher davon geredet, zu heiraten und eine Familie zu gründen, und sie wusste, wie sehr er sich das gewünscht hatte. Mit ihr konnte er das nie erleben. Also hatte sie ihn gehen lassen in dem Wissen, dass er ihr eines Tages dankbar sein würde, wenn er eine andere Frau geheiratet hatte und ihre gemeinsamen Kinder in ihrem Haus herumliefen und lachten.

„Durch den Unfall ist mein Körper ruiniert“, sagte sie und musste die Worte förmlich an dem Kloß in ihrer Kehle vorbeipressen. „Du musst dir also keine Sorgen machen, dass ich schwanger werde. Niemals. Und wenn du jetzt lieber aufhören willst und diese Sache zwischen uns nicht weiter vertiefen, verstehe ich das.“

Er spähte zu ihr herab, der dunkle Krieger, dessen Unwillen man erregt hatte. „Jane?“

„Ja?“

„Ich will dich, egal was ist. *Brauche* dich. Glaub nie etwas anderes.“ Damit packte er ihre Oberschenkel, spreizte sie und drang mit einem kraftvollen Stoß tief in sie ein.

Sie vergaß ihre Traurigkeit, als sofortige, dringliche, alles verschlingende Erregung sie durchflutete. Er war so groß, dass er sie ganz ausfüllte, sie war so feucht, dass ihr einst so vernachlässigter Körper ihm kaum Widerstand bot.

„Nicolai!“ Sein Name, oh, wie sie seinen Namen liebte.

„Das gefällt mir auch“, sagte er. Er bewegte sich vor und zurück. „Habe meine Meinung geändert. Das gefällt mir am besten.“

Sie konnte keinen klaren Gedanken fassen, ihre Haut schien so stark zu kribbeln, dass es fast schmerzhaft war, und sie schrie. Sie war so erregt gewesen, dass schon die kleinste Berührung sie zu den Sternen geschossen hätte, aber das hier … lieber Himmel, das hier.

Oh Gott, es war so gut, und sie war so verloren, sie wollte nie gefunden werden, wollte für immer nur das hier … *Nicolai, Nicolai, ihr Nicolai, für immer*. Sie plapperte in Gedanken, das wusste sie genau, konnte es aber nicht kontrollieren. Wollte es auch nicht kontrollieren. Sie wollte nur mehr. Mehr von ihm, mehr von dem hier.

„Sollte nicht beißen, muss beißen.“

„Beiß mich. *Bitte.* Ich bin dein, Nicolai. Ich bin dein.“

Er knurrte, und dann schlug er seine Fangzähne in ihren Hals. Sie kam, drückte sich an ihn, klammerte sich an ihn. Nahm alles, war er geben konnte, und verlangte noch mehr. Und er gab ihr mehr.

Er ritt auf den Wellen ihrer Lust und nahm sie mit einer Wildheit, die ihr den Atem raubte. Er war schier überall, um sie, ein Teil von ihr, das einzige Licht in ihrer Welt. Er trank, trank, oh ja, trank. Bald wurde ihr schwindelig, und von weit her kamen kleine Zweifel, als hätten sie sich die ganze Zeit verborgen gehalten und nur auf einen Augenblick der Schwäche gewartet.

Vielleicht waren seine Worte – ich will dich, egal was ist, ich brauche dich – nur Bettgeflüster gewesen, mit dem er sie hatte anlocken wollen, dafür sorgen, dass sie nicht wieder davonlief. Vielleicht hatte er sich die ganze Zeit nur von seiner Lust leiten lassen. Vielleicht würde er es sich später noch anders überlegen, sie nicht mehr wollen.

Vielleicht würde er sie, wenn es vorbei war, gehen lassen.

Nein. Sie kämpfte dagegen an. *Nein.* Das hier war nicht nur für den Augenblick. Er würde sie nicht zurücklassen. Selbst wenn er die Wahrheit erfuhr – wenn er erfuhr, was sie einigen Angehörigen seiner Art angetan hatte?

Die kalte, harte Realität. Wieder kämpfte sie dagegen an. Nichts würde diesen Augenblick zerstören, nicht einmal das. Jetzt zählte die Lust. Nur die Lust.

Er legte einen Arm unter ihr Knie und hob es an, um sie weiter zu öffnen und tiefer in sie eindringen zu können. Sofort bereitete ihr Körper sich auf einen weiteren Höhepunkt vor, brauchte ihn genauso sehr wie die anderen, als wäre der Sex mit ihm für sie überlebenswichtig geworden. *Davor* sollte sie sich wirklich fürchten. Sie brauchte ihn zu dringlich, war ohne ihn nicht mehr vollkommen.

Verdammt, wenn sie verschwand, wäre sie es dann, die verwelkte? Hatte *sie* sich an ihn gebunden und wusste es einfach nicht? Was wusste sie schon von Bindungen? Eigentlich nichts.

Nicolai hob ihr anderes Bein ebenfalls an, drang dabei, obwohl es unmöglich schien, noch tiefer in sie ein, und sie vergaß auch diese Sorge. Es gab keinen Teil von ihr, den er nicht berührt hatte. Sie war Nicolais Frau, so einfach war das, war von ihm gezeichnet, war ein Teil von ihm. Hinterher würde nichts mehr sein wie früher, und das wollte sie auch nicht.

Sie trieb die Fingernägel in seine Kopfhaut und zwang

ihn, den Kopf zu heben. Seine Zähne glitten aus ihrer Ader. „Nicolai …"

„Tut mir leid." Während er sie betrachtete, troff ihm Blut aus einem Mundwinkel. „Ich wollte nicht … Habe ich zu viel genommen?" Er sah sie besorgt an.

„Nein." Er konnte alles von ihr haben, jeden letzten Tropfen. „Küss mich", verlangte sie.

Er kam ihrem Wunsch nach. Ihre Lippen schmiegten sich aneinander, und ihre Zungen umschlangen einander. Sein Geschmack erfüllte sie, dieses Mal mit ihrem eigenen vermischt. Zusammen, jeder Teil von ihnen war vereint … berauschend.

„Mein", sagte sie.

„Dein."

Für immer. Sie wagte nicht, es auszusprechen, aber oh, wie sehr sie es wollte. Später würden sie sich unterhalten. Ja, die gefürchtete Unterhaltung über ihre Gefühle und Pläne. Die Zukunft.

Sie küssten sich weiter, verloren die Kontrolle, ihre Zähne stießen aneinander, und er glitt immer wieder in sie hinein. Er ließ eines ihrer Beine los, tauchte mit der Hand zwischen ihre Körper und berührte sie mit dem Daumen. Einfach so kam sie noch einmal und bäumte sich auf.

Er atmete zischend aus, drang noch einmal tief in sie ein und kam. Jeder Muskel, den er besaß, zog sich zusammen und entspannte sich wieder. Sie hatte noch nie ohne ein Kondom mit einem Mann geschlafen, und sie liebte es, zu spüren, wie er sich in sie ergoss.

Als er ruhiger wurde, schlang sie Arme und Beine um ihn und hielt ihn so fest sie konnte. Er sank auf sie, drehte sich aber schnell zur Seite, um sie von seinem Gewicht zu erleichtern. Sie waren beide schweißgebadet, fiebrig und zitterten.

„Meine Jane", sagte er mit so viel Befriedigung, dass sie

vor dem kommenden Gespräch keine Angst haben konnte.

Sie gab ihm einen Kuss auf die Schulter. „Mein Nicolai.“

Für immer.

Das hoffte sie.

„Geh nicht … müssen reden“, hauchte sie, ehe sie einschlief.

13. KAPITEL

Keuchend, schwitzend und auf die wunderbarste Weise befriedigt, legte Nicolai seine Arme um Jane und drückte sie fest an sich. Ihr Blut floss wie Champagner durch seine Adern, prickelte und schäumte, beanspruchte jeden seiner Gedanken und legte sich über die schmerzhafte Klarheit, der er sich noch nicht stellen wollte. Er wollte die Augen schließen und genießen, aber er musste erst über einige Dinge nachdenken.

Sie wollte reden. Worüber? Wenn sie glaubte, sie könnte ihn nach dem, was sie gerade miteinander geteilt hatten, wegstoßen – nun, dazu würde es nicht kommen.

Was sie gerade getan hatten, konnte man nicht einfach Sex nennen.

Sex war ein Trieb, Sex war etwas, das man mit jedem tun konnte. Sex konnte freiwillig oder gezwungen sein, wie er nur zu gut wusste. Was sie getan hatten, war, sich zu paaren. Ursprünglich, wild, notwendig und so überlebenswichtig wie ein schlagendes Herz.

Er wäre gestorben, wenn sie sich ihm verweigert hätte. Er *musste* einfach in ihr sein. Nichts konnte ihn aufhalten. Kein Angriff, nicht der Tod, die Hölle, nicht einmal ihr Verschwinden. Wäre sie in ihre Welt zurückgekehrt, er hätte einen Weg gefunden, ihr zu folgen.

Vor dieser Frau gab es kein Zurück, nicht für ihn, und er würde auch nicht mehr versuchen, ihr zu widerstehen. Auf keine Weise. Irgendwo wartete vielleicht eine Verlobte auf ihn, aber das war ihm egal. Wie er Jane bereits gesagt hatte, er wollte sie und keine andere.

Sie hatte ihn verändert.

Als er sie zum ersten Mal gesehen hatte, sie gerochen hatte, war ein Hunger in ihm entfacht worden. Vielleicht hatte er Besitz von ihm ergriffen. Denn als er zugesehen hatte, wie man sie auspeitschte, hatte er nicht mehr daran gedacht, sich selbst zu retten, seine Pläne verworfen und stattdessen sie gerettet. Und dann, als er ihre Schreie gehört hatte, weil die Oger sie quälten, war seine Wut ins Unermessliche gestiegen. Ihr geschundenes Gesicht und ihren Körper dann vor sich zu sehen hatte diese Wut in den Schatten gestellt. Er war vollkommen zu einem Monstrum geworden und hatte seiner dunklen Seite die Kontrolle überlassen.

Es war, als hätte er bisher nicht wirklich gewusst, was es bedeutete, Launen zu haben.

Der Kampf war zu früh zu Ende gewesen. Er hatte den König foltern wollen, ihn jahrhundertelang am Rand von Tod und Qualen verweilen lassen, doch um Janes willen hatte er den Bastard einfach nur umgebracht und seine Frau an sich gezogen.

Danach war sie eingeschlafen, aber das hatte ihn auch nicht beruhigen können. Er musste sie zeichnen, musste die Welt wissen lassen, zu wem sie gehörte, und dieses Bedürfnis hatte ihn ebenso stark angetrieben wie zuvor seine Wut. Aber er hatte ihr auch nicht wehtun wollen, wenn er sie nahm – und er hatte gewusst, dass er sie nehmen würde.

Also hatte er sie hierher gebracht, wo er schwimmen und sich beruhigen konnte. Er wollte ihr auch frischen Fisch zu essen geben, aber sie hatte ihm zugesehen, wie er die Tiere fing, und er hatte gespürt, wie ihr Verlangen gewachsen war.

Seine guten Vorsätze waren vergessen gewesen und mit ihnen seine Hoffnung, behutsam zu sein.

Jetzt hatte er sie gehabt, sie gezeichnet, genau wie er gewollt, wie er gemusst hatte, aber er merkte, dass es ihm nicht genug war. Nichts war bei ihr je genug. Er würde sie immer wollen. Immer noch mehr wollen.

Wären seine Eltern noch am Leben, sie würden es verstehen. Das wusste er.

Er hatte die beiden geliebt und sie ihn. Sie würden wollen, dass er glücklich war, und ohne Jane konnte er nicht glücklich sein. Sein Vater hatte nur deswegen eine Prinzessin aus dem Nachbarreich ausgewählt, weil es Nicolai egal gewesen war, wen er heiratete.

Jetzt war es ihm nicht mehr egal.

Jane konnte keine Kinder bekommen, und das störte sie, aber ihn störte es nicht. Er hatte nicht gelogen. Er mochte sie so, wie sie war. Wenn Nicolai anstelle seines Vaters König wurde – das Bedürfnis danach brannte lodernd in ihm auf –, würde man von ihm einen Erben erwarten. Aber er hatte drei Geschwister, die sich darum kümmern konnten.

Gut. Dann also sein neuer Plan: sicherstellen, dass Jane an seiner Seite blieb, nach Elden zurückkehren, den Blutmagier umbringen, der seine Eltern ermordet hatte, und den Thron für sich beanspruchen. Er wollte sofort darüber sprechen, konnte nicht länger warten. Eine Dringlichkeit ergriff von ihm Besitz. Ein Instinkt, der ihn dazu trieb, die Dinge sofort erledigen zu wollen.

„Jane …“

Ein Augenblick verstrich.

„Jane. Liebes.“ Er schüttelte sie sanft.

„Ja“, murmelte sie benommen.

„Wir werden jetzt reden.“

Als er sah, wie ihr kurz der Atem stockte, fasste er neuen Mut. „Wirklich?“

„Ja, wirklich. Als du zum ersten Mal zu mir gekommen bist, hast du ein Buch erwähnt. Wo ist dieses Buch jetzt?“

„Oh. *Darüber* willst du reden.“ Sie schien enttäuscht. „Das habe ich im Palast in Delfina gelassen. Ich glaube nicht, dass das einen Unterschied macht. Es war das Buch, aber es war neu. Und leer."

Er legte die Stirn in Falten. „Und als du es gelesen hast, handelte die Geschichte von mir?"

„Ja. Von deiner Versklavung. Und es hat ein rosa Lesezeichen in der Mitte gelegen, auf der Seite, die von deiner Gefangenschaft berichtete. Und dann, in der gleichen Schrift, eine Nachricht von dir, die mir befohlen hat, zu dir zu kommen und dir zu helfen. Die restlichen Seiten waren leer gewesen."

Er fragte sich, ob er das Ding geschrieben und es vergessen hatte. Soviel er wusste, konnten die Hexen ihn verflucht haben, alles zu vergessen außer dem, was sie ihm angetan hatten. Warum war die Schrift verschwunden gewesen, als Jane in Delfina aufgetaucht war? Weil sie gekommen war, bevor er das Buch tatsächlich geschrieben hatte? Aber wenn er ihr befohlen hatte, zu kommen – es *ihr* persönlich befohlen hatte –, dann mussten sie sich schon begegnet sein. Und sie hatte ihn verlassen.

Er erstarrte. Der Gedanke gefiel ihm überhaupt nicht, und er verwarf ihn schnell. Er hatte nicht gesagt: „Komm zurück zu mir." Er hatte gesagt: „Komm zu mir." Also … hatte die Magie ihm Jane vielleicht gezeigt, und wie das Buch hatte er auch sie vergessen.

Dennoch ließ die Angst, dass er sie verlieren könnte, ihn nicht wieder los. „Willst du hier bei mir bleiben, Jane?" Er bereitete sich auf einen Streit vor. Einen Streit, den er um jeden Preis gewinnen wollte. Sie hatte ein Leben, über das er nichts wusste, und wäre die Situation umgekehrt, wäre er in ihrer Welt gefangen, müsste er einen Weg finden, sie zu verlassen, um seine Familie und seine Heimat zu rächen. Und er hätte sie mitgenommen.

Jetzt war sie es, die erstarrte. „Ich könnte deine Frage mit einer Gegenfrage beantworten: ‚Willst du, dass ich bleibe?' Tue ich aber nicht. Weil ich meine Meinung nicht nach dir richten werde. Das wäre feige." Sie leckte sich die Lippen, wie sie es jedes Mal tat, wenn sie ihn begehrte, und er spürte, wie ihre Zunge heiß seine Brust hinabfuhr. „Also, so sieht es aus: Ja, ich will bei dir bleiben. Darüber wollte ich mit dir reden."

Den Göttern sei Dank. Er hatte sich unnötig Sorgen gemacht. „Das freut mich." Unzulängliche Worte. „Ich will auch, dass du bei mir bleibst."

„Wirklich? Das sagst du nicht nur so?"

„Jane, habe ich je etwas nur so gesagt?"

„Na ja, Männer erzählen Frauen doch andauernd Dinge, die sie nicht ernst meinen, um sie ins Bett zu bekommen. Andauernd."

Manche vielleicht, aber er nicht. Er war immer ehrlich gewesen, hatte eine Nacht seine Zuwendung angeboten, seinen Körper, nichts weiter und nicht länger. Das war alles. Obwohl, um Jane wieder in sein Bett zu bekommen, würde er wirklich alles tun und sagen.

„Ich werde immer ehrlich zu dir sein. Immer. Solange du mich begehrst. Hör damit auf, und ich werde ganz anders mit dir umgehen."

Sie lachte, und er hatte noch nie ein so erotisches Geräusch gehört. „Danke für die Warnung."

Sie so nah bei sich zu haben war sehr erregend. Zu spüren, wie sie über seine Haut leckte, noch mehr. Aber dieses Lachen – er wurde in Sekundenschnelle steinhart. „Ich will, dass du bei mir bist, Jane. Im Bett und überall."

Ein Beben durchfuhr sie, das auch in ihm vibrierte, und ihre Belustigung wich Erleichterung. „Ich weiß nicht, was ich getan hätte, wenn du mir die magische Aufenthaltserlaubnis entzogen hättest. Und ehe du fragst: Das bedeutet, mich zurückzuschicken."

„Dich zurückschicken? Liebes, ich tue alles, was in meiner Macht steht, um dich zu behalten."

„Wirklich?", fragte sie noch einmal leise.

Er hätte ungeduldig die Augen verdreht, wäre er nicht so glücklich mit ihr gewesen. „Wirklich."

„Danke. Das meine ich ernst. Danke."

„Und jetzt bedankst du dich auch noch. Ich sollte dir danken. Und das tue ich. Ergebenst. Du bist mein Lebenszweck geworden, Jane."

Er glaubte, sie schniefen zu hören. Sie vergrub ihr Gesicht an seinem Hals und rieb ihre Wange an seiner Haut. „Also, was machen wir als Nächstes?"

„Ich muss ins Königreich Elden zurückkehren. Ich glaube, meine Geschwister sind noch dort. Vielleicht gefangen. Ich weiß es nicht. Ich weiß nur, dass tief in mir drin ein solches Verlangen danach ist, den neuen König umzubringen, dass ich bebe. Ich muss es tun, so dringend, wie ich atmen muss. Ich kann nicht anders."

Sie zögerte keine Sekunde. „Ich helfe dir."

Er wollte nicht, dass sie in eine so gewalttätige gefährliche Mission verwickelt wurde, aber er wollte sie auch nicht aus den Augen lassen. „Ich muss zuerst einen Weg finden, dich an mich und dieses Land zu binden. Soll ich dir noch ein Buch schreiben?" Seine Magie war jetzt stärker.

„Wenn du es tust, dann gehen wir doch davon aus, dass ich in meine Welt zurückkehre, egal was wir tun oder versuchen."

„Und vielleicht schickt genau diese Annahme dich zurück dorthin." Verdammt noch mal! Es musste einen Weg geben. „Ich frage mich, welchen Zauber ich benutzt habe, um dich herzubringen. Wenn ich das wüsste, dann könnte ich auch sagen, ob du nach einer bestimmten Zeitspanne verschwindest oder erst, wenn ich wirklich frei bin. Oder ob ich dich für immer an dieses Land gebunden habe. Ich erinnere mich an so viele Dinge, aber daran nicht, noch nicht. Und ich kann keinen weiteren Zauber riskieren. Er stört vielleicht den ersten."

Sie hob den Kopf, ihr Haar fiel ihr über die nackten Schultern, und das silberne Mondlicht hüllte sie ein. „Als ich das Buch zum ersten Mal gelesen habe und mir klar wurde, dass es kein Scherz ist, habe ich mich gefragt, wie du mich kennen kannst, obwohl wir uns doch nie begegnet sind."

„Und du hast dir eine Antwort überlegt." Es war keine Frage. Er wusste bereits, dass seine Frau klug war. Sie war die perfekte Mischung aus Schönheit und Intelligenz.

„Ja. Ich habe schon von dir geträumt, bevor ich das Buch gelesen habe. Ich habe dich in Ketten gesehen, aber nie mit dir gesprochen. Jetzt glaube ich, dass es Visionen waren, keine Träume."

„Aber warum hast du mich in Visionen gesehen, ehe ich meine Magie benutzt habe?"

„Vielleicht ist ein Teil von mir schon vor langer Zeit in diese Welt übergetreten. Manche Dinge kamen mir bekannt vor, die Gespensterbäume zum Beispiel und die Oger. Vielleicht hast du mich auch gesehen und wusstest deshalb, dass du deine Magie auf mich konzentrieren musst."

„Das wäre eine Erklärung, aber dann frage ich mich, wie du damals übergetreten bist."

Sie schluckte. „Ich … ich …"

Er streckte die Hand aus und streichelte ihre Wange. „Keine Angst, Jane. Wir finden es heraus. Du wirst nicht wieder verschwinden. Das lasse ich nicht zu."

„Es gibt da etwas, das ich dir sagen muss. Über mich. Meinen Job. Vielleicht überlegst du es dir dann doch noch anders mit mir." Sie fuhr mit der Fingerspitze sein Brustbein entlang. „Ich habe gesagt, ich bin kein Feigling, und das bedeutet, dass ich offen zu dir bin, in allen Belangen. Ich habe einige Dinge getan, schreckliche Dinge, um mehr herauszufinden über deine …“

„Ich habe schon gesagt, Jane, deine Arbeit …“ Ein stechender Schmerz explodierte in seinem Kopf, brachte ihn zum Schweigen und erinnerte ihn daran, was geschehen war, nachdem er an genau dieser Stelle gegen die Oger gekämpft hatte. An der gleichen Stelle, an der er zum ersten Mal von Jane getrunken hatte. Er hatte unerträgliche Schmerzen verspürt, und dann hatte er seine Augen an einem neuen Ort geöffnet.

Er stöhnte auf. Was zum … Noch ein Stechen, dieses Mal so stark, dass es sein Gehirn in seinem Schädel brummen ließ.

Der Käfig, der seine Erinnerungen und Fähigkeiten gefangen hielt, brach Stück für Stück zusammen.

„Was ist los?“ Jane stützte sich auf einen Arm und strich ihm das Haar aus der Stirn. Ihre Miene war voller Sorge. „Bist du krank?“

Ihre Gefühle wirbelten durcheinander, aber sie schob die eigenen Sorgen zur Seite, um sich um ihn zu kümmern. Kein Wunder, dass er ihr so schnell und leicht verfallen war. „Dein Blut zu trinken hat mir mehr Kraft geschenkt als je etwas zuvor“, gestand er, „aber immer, wenn mehr meiner Erinnerungen und Fähigkeiten zurückkehren, empfinde ich einen … kleinen Stich.“

Noch als er sprach, fuhr einer dieser „kleinen Stiche“ von seinem Kopf in seine Brust, und er stieß zischend die Luft aus. Der war stärker gewesen als die anderen davor.

„Oh Nicolai. Jetzt weiß ich, warum du gezögert hast, von mir zu trinken. Tut mir leid, dass ich dich überredet habe.“

„Mir nicht. Und du hast mich nicht überredet, Jane. Ich

wollte es. Sehr. Außerdem war das nicht der Grund. Ich will, dass du stark und gesund bist."

Sie machte ein frustriertes Geräusch. „Jetzt tust du es ja doch, obwohl du versprochen hast, dass du es nie tun würdest. Du denkst dir hübsche Worte aus, um mich zu beruhigen."

Noch ein schmerzhafter Stich, noch ein Zischen.

„Was kann ich tun? Außer, dich nie wieder von mir trinken zu lassen?"

„Bleib bei mir. Und ich *werde* wieder von dir trinken." Jeden Tag, bis in alle Ewigkeit. „Das hier geht vorbei."

„Ich bleibe", flüsterte sie. „Keine Sorge. Und, Nicolai, wir haben uns noch nie über meine Arbeit unterhalten."

„Haben wir nicht? Du hast erforscht … experimentiert …" Was und an wem war in seinem Kopf verborgen, aber er konnte die Informationen nicht erreichen.

Die Farbe wich ihr aus dem Gesicht. „Das stimmt. Und du magst mich trotzdem noch?"

„Jane …"

„Ja, natürlich. Wir besprechen das, wenn es dir besser geht." Eine Pause. Dann flüsterte sie: „Könnten wir uns in meinen Visionen unterhalten haben? Habe *ich* die Gespräche vielleicht vergessen? Könnte die Magie, die du benutzt hast, auf mich übergegangen sein?" Sie führte Selbstgespräche, um zu versuchen, sich die Dinge zu erklären.

„Ja", antwortete er dennoch. „Die Möglichkeit besteht."

„Tut mir leid, tut mir leid. Ich bin schon still. Ruh dich aus."

Er vertraute ihr, schloss die Augen, atmete tief und gleichmäßig und ließ die Erinnerungen einfach kommen. Die erste, die ihn traf, war von einem hübschen Dienstmädchen, das sein Schlafzimmer betrat. Die Tür quietschte, als sein Blick sich auf sie richtete. Er kannte ihren Namen nicht, wusste nur, dass er sie früher am Tag angelächelt hatte und dass sie dieses Lächeln als die Einladung verstanden hatte, als die es gemeint war. Er lag auf seiner Matratze aus weichen Gänsedaunen, nackt, und wartete. Sie zog sich aus, während sie auf ihn zuging.

Kurz bevor sie ihn erreichte, öffnete und schloss die Tür sich noch einmal. Er sah auf. Noch ein Dienstmädchen. Sie würden sich zu dritt miteinander vergnügen. Gut. Er hätte an einer Nacht mit nur einer Frau keinen Spaß gehabt, eine einzige Eroberung war zu einfach. Zu … langweilig. Er musste etwas Neues ausprobieren.

Sein Verstand wendete sich von dieser besonderen Erinnerung ab.

Früher hatte er vielleicht mehr als eine Geliebte auf einmal gewollt. Damals hatte er vielleicht alles ausprobieren wollen. Probieren wollte er immer noch. Mit Jane. Er wollte alles mit ihr tun, aber nur noch mit ihr. Alles, was sie taten, war eine neue Erfahrung. Aufregend, und vor allem zerriss es ihm die Seele.

Das würde sich nie ändern. Sie traf ihn zu tief und zu intensiv. Und sie hatte in ihrem bisherigen Leben, so glaubte er, nicht viel Lust erfahren. Jede neue Berührung brachte sie zum Keuchen, zum Winden, und in ihrem Gesicht standen Staunen und Verlangen.

Er wollte, dass sie immer diesen Ausdruck im Gesicht trug. Dafür würde er sorgen, es zu seiner persönlichen Mission machen.

Und was sie mit ihrem Mund anstellen konnte – *das* war wahre Magic.

Plötzlich legte sich Dunkelheit über seinen Verstand, und die Realität wurde wieder klar. Er spürte Janes sanfte Finger, die ihm immer noch über die Stirn strichen. Ihr warmer süßer Atem fuhr über seine Wangen. Sie hatte ihr Versprechen gehalten. Sie war bei ihm geblieben.

Ich darf sie nicht verlieren, dachte er. Es musste einen Weg geben, sie zu behalten. Für immer.

Das Buch, Jane, ihre Träume von dieser Welt. Sein Zauber, um sie herzubringen. Er konzentrierte sich auf all diese Dinge und hoffte, seine Erinnerungen damit in die richtige Richtung zu lenken. Ein Zauber, der das Aussehen einer anderen über ihres legte, so viel wusste er. Auch ein Zauber in den Worten, die er geschrieben hatte? Ja … ja … Er hatte den Zauber gemurmelt, während er das Buch geschrieben hatte. Er hatte gewollt, dass Jane neben ihm stand – und dann hatte sie dagestanden.

Eine Erinnerung spielte sich in seinem Kopf ab.

Tu mir das nicht an. Er hörte ihre Stimme deutlich. *Ich werde einen Weg finden, dir zu helfen.*

Sie hatte wirklich mit ihm gesprochen, ehe sie sich zum ersten Mal begegnet waren. Vor der ersten Begegnung, an die sie sich erinnerten.

Ich muss. Ich brauche dich. Bis dein Körper und dein Geist vereint sind, bist du nutzlos für mich. Das war seine Antwort gewesen. Kalt, grob.

Aber mir die Erinnerungen nehmen, hatte sie gesagt.

Er hatte ihr die Erinnerung an ihre Gespräche genommen?

Ihre Stimmen verklangen, und das Bild seines Vaters erschien vor seinem geistigen Auge. Eine wichtige Erinnerung, aber im Augenblick musste er wissen, was mit Jane geschehen war. Sie war am wichtigsten. Das Buch. Jane. Der Zauber – die Zauber –, die er benutzt hatte.

Sein Vater sprach zu ihm, aber Nicolai konnte die Worte nicht verstehen. Das Buch. Jane. Die Zauber, die er benutzt hatte. *Komm schon. Das Buch. Jane. Die Zauber.* Langsam veränderte sich das Bild. Die hoch aufragende Gestalt seines

Vaters schrumpfte. Sein schwarzes Haar wuchs, lockte sich, wurde heller. Seine harten Züge wurden weich, zerbrechlich. Jane stand wieder vor ihm.

Das war seine Vergangenheit mit Jane, die da in seiner Erinnerung auftauchte. Mehr als ein geflüstertes Gespräch dieses Mal, mehr als nur ein kurzer Blick.

Da war sie, seine schöne Jane, ging vor ihm auf und ab. Sie waren in seiner Zelle. Er trug seinen Lendenschurz und seine Quetschungen. Er lag auf der Palette und sah ihr zu. Schon als sie zum ersten Mal vor ihm aufgetaucht war, unberührbar, wie ein Phantom, doch mit einem ursprünglichen, wilden Duft, hatte er sie begehrt.

Honigfarbenes Haar floss ihren Rücken herab und hüpfte bei jedem ihrer aufgebrachten Schritte. Sie trug ein langes Hemd, das ihr zu weit war, und er wünschte, er könnte sie in Samt und Seide kleiden.

„Wie ziehst du mich hierher?“, fragte sie. „Und warum kannst du mich nicht ganz herziehen?“

„Ich habe dir doch gesagt: Magie. Und vergiss nicht, *du* bist *mir* zuerst auf diese Weise erschienen.“

„Als könnte ich das vergessen. Ich habe die Augen geschlossen und bin einfach … erschienen. Als wäre ich teleportiert worden, obwohl ich meine Forschungen über Teleportation nie abgeschlossen und nie Tests an Menschen durchgeführt habe. Und das Plastik, das ich geschickt habe, war fest und ist fest geblieben. Ich bin nicht fest!“

„Aber du wachst zu Hause auf, du kehrst immer wieder in deinen Körper zurück.“

„Ja.“

Es gefiel ihm nicht, dass er sie nicht anfassen oder von ihr trinken konnte, aber egal wie oft sie erschien – und sie hatte es unzählige Male getan –, ihr Zustand blieb der Gleiche. Ohne Substanz. Also redeten sie, und sie lenkte ihn von seiner Situation ab.

Sie war etwas, worauf er sich freuen konnte, seine einzige Zerstreuung. Und er wusste, dass auch sie ihre gemeinsame Zeit genoss. Wusste, dass sie ihn mochte. Sie hatte ihm von ihrer Arbeit erzählt, und er hatte ihr gestanden, wie frustriert und wütend er war, weil seine Erinnerungen zerstört worden waren.

Aber so konnten sie nicht weitermachen. Er konnte nicht hierbleiben. Er konnte nicht für immer ein Gefangener sein. Es musste einen Weg geben, sie herzubringen – ganz. Es musste einen Weg geben, wie sie ihm zur Flucht verhelfen konnte. Einen Weg, auf dem sie körperlich zusammen sein konnten.

„Erzähl mir, woran du dich als Letztes erinnerst, bevor du hergekommen bist", verlangte er.

„Nichts. Ich habe geschlafen! Ich bin einfach aufgewacht, und *puff!* war ich im Palast von Delfina und auf dem Weg zu dir."

„Und davor? Denk nach. Vielleicht hast du irgendetwas, das mit meiner Welt zu tun hat, gehört oder getan. Es könnten seitdem Jahre vergangen sein, aber du würdest dich erinnern."

Eine angespannte Pause. „Da ist etwas." Auch wenn sie nur eine Illusion war, schienen ihre Schritte schwer auf dem Boden widerzuhallen. „Ich habe einmal einen Vampir in meinem Labor befragt. Ich habe ihm Frage um Frage gestellt, aber er hat die Antwort verweigert. Ich bin aufgestanden, wollte gehen. Auf einmal hat er etwas gesagt. Er hat mich gebeten, ihn gehen zu lassen, damit er seine Frau finden kann, ehe es zu spät ist. Ich konnte nicht. Es lag nicht in meiner Macht. Am nächsten Tag bin ich zurückgekommen."

Er wurde plötzlich angespannt. „Und?"

„Mein Boss hat mir erzählt, der Vampir hätte die ganze

Nacht geschrien. Ich bin in sein Zimmer gegangen – er war ganz ruhig, aber dieses Mal sprach er sofort mit mir. Er hat gesagt, eines Tages würde ich einem Mann begegnen, mich in ihn verlieben und ihn verlieren. Genau wie mein Nichtstun dazu geführt hat, dass er seine Frau verloren hat. Dann hat er sich aus seinen Fesseln befreit. Ich dachte, er würde sich auf mich stürzen, aber er hat nur seine Hand gehoben und sich mit seinen Klauen die Kehle durchgeschnitten. Er ist direkt vor meinen Augen gestorben."

Nicolai zog sich der Magen zusammen. „Dann hat er dich verflucht. Ein Blutfluch." Nicht zu brechen – jedenfalls kaum.

„Das war vor zwei Jahren, und ich dachte, er hat nur so dahingeredet. Um mir Schuldgefühle einzureden, weil er gefangen war."

„Nein. Er hat die Worte mit seiner Lebenskraft getränkt und ihnen damit Leben eingehaucht, ihnen seinen Herzschlag geschenkt. Der Fluch hat auf den perfekten Augenblick gewartet, um zuzuschlagen."

„Dann ist es mein Schicksal, dich nur zu sehen, wenn ich in Geistergestalt bin? Egal was wir tun?" Sie lachte bitter. „Kein Wunder, dass du mich am Ende verlässt. Ich meine, wir können uns nicht einmal berühren!"

Er rieb sich mit der Hand über das Gesicht, und seine Ketten rasselten. Das konnte er ihr nicht beantworten. Nicht ohne sie beide zu verdammen. „Was machst du in deiner Freizeit, Jane? Was macht dir Spaß?"

„Darüber willst du jetzt reden? Im Ernst?"

„Erzähl es mir."

Sie blieb stehen und warf die Arme in die Luft. „Ich mache Sport, und ich lese. Das ist alles."

„Dann werde ich dir ein Buch schreiben. Ich werde die Worte verzaubern. Du kommst dann auch körperlich zu mir, nicht nur mit deinem Geist."

„Nur damit ich dich dann verliere?"

Er schürzte die Lippen.

„Das nehme ich als Ja. Was bedeutet, meine Antwort lautet Nein. Ich will nicht herkommen, bei dir sein, nur um dich dann für immer zu verlieren."

„Du kannst mich retten."

„Ich will dich ja auch retten, aber ich möchte nicht zusehen müssen, wie du stirbst." Sie sah ihn mit zusammengekniffenen Augen an. „Ich weiß, wie diese Dinge funktionieren, Nicolai. Du hast mir schon gesagt, dass du mich gernhast. Vielleicht hast du das nur gesagt, weil du hier angekettet bist, aber vielleicht auch nicht. Wenn wir diese Sache weitertreiben und du mich verlierst, dann vergehst du daran."

Er würde lieber vergehen, als weiter versklavt zu bleiben. „Das Risiko bin ich bereit, einzugehen."

„Ich nicht."

„Dann nehme ich dir deine Erinnerungen, Jane."

Sie sperrte den Mund auf. „Das kannst du? Das würdest du tun?"

„Ja und ja. Ich würde das tun und noch sehr viel mehr."

„Du weißt, wie schmerzhaft es ist, wenn einem die Erinnerungen genommen werden. Wie kannst du auch nur darüber nachdenken, mir so etwas anzutun?"

Ein vernünftiges Argument, das er ignorierte. „Ich werde dir nur die Erinnerungen an mich nehmen."

„Dann werde ich dich sehen, aber nicht erkennen?" Plötzlich bekam sie kaum noch Luft. Tränen liefen ihr die Wangen hinab und hinterließen nasse Spuren. „Wirst du mich erkennen?"

„Ich weiß es nicht. Vielleicht."

„Tu das nicht, Nicolai."

„Ich muss. Ich brauche dich. Bis dein Körper und dein

Geist vereint sind, bist du nutzlos für mich." Nutzlos, aber auch so notwendig.

„Aber mir die Erinnerung nehmen …"

„Du zwingst mich dazu." Flach, kein Raum für Widersprüche.

„Und wenn wir einander nach dem Neuanfang hassen, wie wir es anfangs getan haben?"

Zuerst hatte sie ihn mit ihren gequälten bernsteinfarbenen Augen angesehen, und ihr Duft war so süß gewesen, dass er ihn fast schmecken konnte. Er hatte sie gewollt, sich nach ihr gesehnt, aber sie war auf Distanz geblieben.

Als sie sich endlich dazu herabgelassen hatte, mit ihm zu sprechen, war er so wild auf sie gewesen, dass er sich auf sie gestürzt und versuchte hatte, sie zu beißen, nur um direkt durch sie durchzudringen – und sie zu Tode zu erschrecken. Sie war verschwunden. War tagelang nicht zurückgekehrt. Frustration und Wut hatten an ihm genagt.

Beim nächsten Mal zwang er sich, sanft mit ihr zu sprechen, selbst Abstand zu halten, sie zu beschwichtigen, obwohl es jeder Faser seines Daseins widerstrebte. Danach war sie wiedergekommen, und wieder, und ihre Gesellschaft war zu Zuneigung geworden.

Was er mit ihr vorhatte, war Verrat. Das wusste er.

Er tat es trotzdem. Er benutzte seine Magie, um das Buch zu erschaffen, selbst den Stift. Benutzte seine Magie, um Jane zu schreiben. Benutzte seine Magie, um sie fortzuschicken, zurück in ihre Welt, in ihren Körper. Benutzte seine Magie, um ihre Erinnerungen zu löschen. Benutzte seine Magie, um sie zurückzubringen.

Und während dieses Prozesses verlor auch er die Erinnerungen an sie. Nicht durch die Hexen, durch sich selbst. Er hatte sie sich absichtlich genommen. Er wusste, seine Erinnerung an ihre früheren Begegnungen würde ihn beeinflussen. Sie könnten ihn davon abhalten, sie zu benutzen.

Etwas in ihm begann zu beben, und die Erinnerung löste sich auf. Er versuchte sie festzuhalten, musste wissen, was als Nächstes geschehen war, aber das Beben ging weiter, und er knurrte.

„Nicolai, Nicolai, du musst dich zusammenreißen." Janes Stimme, ganz nah bei ihm, in der Gegenwart, aufgeregt und voller Angst. „Jemand kommt. Nicolai, bitte. Wach auf."

Bitte.

Er ließ die Vergangenheit vollkommen los und zwang seinen Verstand, sich wieder auf die Gegenwart zu konzentrieren. Er musste Jane beschützen; er hatte ihr bereits genug angetan. Und wie sie befürchtet hatte, würde er sie wieder verlieren. Der Zauber, den er benutzt hatte, konnte den Blutfluch, den man auf sie gelegt hatte, nicht brechen. Den, der sie zwingen würde, ihren Geliebten zu verlieren. Nichts konnte diesen Zauber brechen, und nichts, was Nicolai versucht hatte, hatte sie zu ihm gebracht. Bis er angefangen hatte, *mit* dem ersten Zauber zu arbeiten.

Er hatte Jane hergebracht und ihren Körper unter der Voraussetzung an seinen gebunden, dass sie ihn verließ, wenn – falls – sie sich in ihn verliebte.

Er konnte sie also behalten, solange er sie davon abhielt, ihn zu lieben.

„Nicolai."

Die Gegenwart, ja. Er hörte Schritte. Viele Schritte. Stiefel. Speere, die über den Boden schleiften. Die Luft war von Macht erfüllt. Eindeutig Laila. Mit ihrer Armee? Wahrscheinlich.

Verschiedene Gefühle kämpften in ihm. Wut, Stolz, Erwartung, Hass, Sorge. Nicolai wollte angreifen, töten, aber damit brächte er Jane in Gefahr, und das würde er nie tun. Niemals.

Er setzte sich mit einem Ruck auf, so schnell, dass seine Bewegungen verschwammen. Jane hatte sich bereits ihr Kleid angezogen und war zum Aufbruch bereit.

„Komm." Er griff nach ihrem Arm und zog sie aus dem Lager.

14. KAPITEL

Nicolai zerrte Jane durch den Wald. Zweige peitschten gegen sein Gesicht. Sie humpelte wieder, und er wollte sie tragen, aber Lailas Wachen mussten seine Spur aufgenommen haben, denn das Echo ihrer Schritte wurde lauter, und die Magie in der Nachtluft war immer stärker zu spüren.

Sie kamen näher.

Er hätte sich nur kraft eines einzigen Gedankens von einem Ort zum nächsten bewegen können. Von hier zurück in das verfallene, widernatürliche Königreich Elden. Sein Herz zog sich in seiner Brust zusammen, und er knirschte mit den Zähnen. Jetzt war nicht der richtige Moment, an seine Heimat zu denken. Oder an den Zustand seiner Heimat. Oder an seine Eltern und den Magier, den er bald vernichten würde.

Was, wenn er verschwand, Jane aber nicht mit ihm kam? Dann wäre sie allein in dieser unfreundlichen Umgebung, vom Feind umzingelt.

Verdammt noch mal. Er musste etwas unternehmen. Es war ihm gelungen, die Flut seiner Erinnerungen aufzuhalten, aber sie lauerten immer noch in seinem Verstand und verlangten, freigelassen zu werden. Wenn sie ihn wieder übermannten …

Er konzentrierte sich auf das Wesentliche. Jane und er hatten eine gemeinsame Vergangenheit, von der er immer noch so gut wie nichts wusste. Und sie erinnerte sich überhaupt nicht daran. Er wusste nur, dass er seine Fehler aus der Vergangenheit nicht wiederholen wollte.

Er brauchte das Buch, das sich immer noch in Delfina befand. Musste noch mehr hineinschreiben. Für den Fall, dass sie ihn verließ. Bei den Göttern. Ja, er setzte voraus, dass sie ihn lieben und damit verlassen würde. Er *musste* vom Schlimmsten ausgehen. Vielleicht, nur vielleicht, konnte er sie mit einem neuen Zauber zurückbringen.

Elden war nicht vom Schlimmsten ausgegangen, hatte sich nicht auf eine Niederlage eingestellt, und man sah ja, was geschehen war.

„Nicolai", keuchte Jane. „Ich jogge zwar viel, aber das hier ist Extrem-Jogging in der Dschungel-Ausgabe, und ich weiß nicht, wie lange ich noch durchhalte. Können wir eine Pause machen?"

Er hörte sie. Aus der Ferne. Versuchte sich auf sie zu konzentrieren, aber die Dunkelheit brach wieder über ihn herein, und noch eine Erinnerung erfüllte seine Gedanken.

Sein ganzes Leben lang hatte er die Kräfte und die Magie anderer in sich aufgenommen. Was sie tun konnten, konnte danach auch er tun. So war es ihm gelungen, im Palast eine Schutzmauer zu errichten. Die Königin der Herzen hatte es getan, deswegen hatte auch er es tun können. Und deshalb hatte Laila jedem verboten, in seiner Gegenwart Magie auszuüben.

Manche Fähigkeiten hielten Tage oder Wochen an, andere ein ganzes Leben.

Das wusste er bereits, also versuchte er, diese Erinnerungen zur Seite zu schieben. Er hoffte auf andere hilfreiche Erinnerungen. Etwas Neues.

„Nicolai. Bitte."

Er konnte sich nicht auf Jane konzentrieren. Weitere Details breiteten sich vor ihm aus. Seine Fähigkeit, Illusionen zu erschaffen und mit nur einem Gedanken von einem Ort zum anderen zu wechseln, hatte er von einer Hexe. Einer Geliebten, die versucht hatte, ihn im Schlaf umzubringen. Sie hatte seine Braut werden wollen, er hatte nur den Sex gewollt. Sie hatte es mit verschiedenen Verkleidungen bei ihm versucht und ihn damit amüsiert.

Er hatte ihr nie gesagt, dass er jedes Mal gewusst hatte, wer sie war, und sie immer, wenn sie in seine Nähe kam, an ihrem Duft erkannt hatte. Er hatte sie weiter zu sich kommen lassen und ihr jedes Mal genau gesagt, was er von ihr wollte. Trotzdem hatte sie es weiter versucht, hatte geglaubt, seine Meinung ändern zu können. Als ihr schließlich klar geworden war, dass ihr das nicht gelingen konnte, egal wie sie sich präsentierte, hatte sie angegriffen.

Gerade hatte Nicolai seine Jane noch durch den Wald geführt, da fand er sich plötzlich in einem Schlafzimmer wieder. Seinem Schlafzimmer, wie er annahm. Das Schlafzimmer aus seiner Erinnerung, in dem er der mordlüsternen Hexe begegnet war. Er bemerkte die Veränderung nicht schnell genug und prallte gegen eine Wand, stolperte zurück. Mit einem Fluch auf den Lippen fiel er zu Boden.

Jane war nirgends zu sehen.

Nicolai richtete sich auf, und sein Blut begann zu kochen. Er würde in den Wald zurückkehren, jetzt, jetzt, verdammt, auf der Stelle, und wenn irgendwer Jane anfasste …

Er blieb im Schlafzimmer.

Mit gebleckten Fangzähnen wirbelte er herum und suchte nach einem Ausweg. Die Wände waren mit Blut befleckt, an allen vier sah er dunkelrote Spritzer. Den Boden verunstalteten tiefe Furchen, immer vier nebeneinander, als hätte man vier Schwerter gleichzeitig über den Boden geschleift.

Die riesigen, behaarten Kreaturen, ihre Beine – vier auf jeder Seite –, scharf und tödlich. Sie waren hier gewesen. Sie hatten nach ihm gesucht.

Nicolai hatte bei einer Frau gelegen, einem Dienstmädchen. Seine Tür war aufgestoßen worden, und er hatte Schreie gehört, die aus der großen Halle unter ihnen gekommen waren. Er hätte sie schon früher hören müssen, aber auch seine

Geliebte hatte geschrien und ihn damit abgelenkt.

Nicolai hatte nach den Dolchen auf seinem Nachttisch gegriffen, um gegen die Monster zu kämpfen, hatte sich um seine Familie kümmern wollen, aber er war … verschwunden, war in ein wirbelndes schwarzes Loch gefallen.

Waren seine Geschwister mit seinen Eltern gestorben? Oder in das gleiche Loch gefallen? Er erinnerte sich, dass um ihn herum Flüche ertönt waren.

Sein Atem stockte. Er hatte sich daran nicht erinnern wollen, noch nicht, aber … war er sicher, dass seine Eltern tot waren? Gab es daran nicht den geringsten Zweifel mehr?

Er musste nicht einmal darüber nachdenken. Ja. Er war sicher. Sie waren tot. Das Wissen schien geradezu aus dem Schimmel zu quellen, der die Wände um ihn herum bedeckte. Er hatte sie nicht sterben sehen, aber er hatte gespürt, wie ihre Lebenskraft versiegt war. Sie waren nicht mehr.

Bei den Göttern. Und seine Geschwister?

Nein, nicht tot. Jetzt, wo er wusste, wonach er suchen musste, konnte er ihre Energie in sich spüren, aber diese Energie war … verändert. Waren auch sie irgendwo gefangen und konnten sich nicht befreien? Wahrscheinlich. Sonst hätte Dayn längst den Blutmagier vernichtet und den Palast zurückerobert.

Dayn und seine Fähigkeit, alles und jeden zu jagen. Micah mit dem niedlichen Kindergesicht wäre lachend die Korridore entlanggerannt. Breena hätte mit Magie experimentiert und ihre Zauber durcheinandergebracht.

Bei diesen Gedanken wollte er sich auf die Knie fallen lassen, in den Himmel brüllen, fluchen, toben, gegen alles und jeden kämpfen. Wie sollte er sie finden? Sie befreien?

Jetzt wurde ihm auch klar, dass es Dayns Stimme gewesen war, die er in seinen Träumen gehört hatte. Sein Bruder hatte ihn gerufen und ihm befohlen, gesund zu werden. Sie waren durch ihr Blut miteinander verbunden, eine Bindung, die nie zerstört werden konnte. Sie konnten wieder miteinander reden.

Wo bist du, mein Bruder?

Ein Augenblick verging. Keine Antwort. Nun gut. Er würde es später noch einmal versuchen.

Das Gefühl der Dringlichkeit war wieder in ihm entfacht, und Nicolai sah nach seinen Dolchen. Sie waren verschwunden, genau wie seine Kleider und die restlichen Waffen. Das ganze Zimmer war leer.

Er knirschte mit den Zähnen und stellte sich den Rest des Schlosses vor, was ihm überraschend leichtfiel. Es war ein sehr hohes Gebäude, mit mehr Zimmern, als er zählen konnte, gewundenen Korridoren und Geheimgängen. Er transportierte sich in jedes Schlafzimmer und jede Zelle im Kerker. Er sah Menschen dort, die er nicht erkannte, mehr Blutflecken und mehr Monster, die an den Toren Wache standen. Ihn übermannte die Wut. Der Drang, den neuen König, den Blutzauberer, zu vernichten, verstärkte sich. Aber seine Familie war nicht hier und der Zauberer auch nicht.

Er würde zurückkehren. Bald. Im Augenblick musste er Jane beschützen. Eine Aufgabe, die seine ganze Zeit in Anspruch nahm, wie ihm langsam klar wurde. Eine Aufgabe, die er gerne erledigte und nie eintauschen wollte.

Nach einem letzten Blick auf das Schloss, das er einst geliebt hatte, schloss er die Augen und stellte sich den Wald vor, die Stelle, an der er Jane zuletzt gesehen hatte. Eine Sekunde später war er dort – mit jedem Mal fiel es ihm leichter –, fand aber keine Spur mehr von seiner Frau. Auch kein Anzeichen von Laila und ihrer Armee.

Er atmete tief ein … schnüffelte … Dort! Er witterte Janes süßen Duft, der mit dem ekelhaften Aroma von Laila und ihren Männern vermischt war. Sie folgten ihr.

Er jagte ihnen nach.

Jane hörte Stimmen, noch ehe sie die Stadt entdeckte, und stolperte fast vor Erleichterung. Sie lief noch schneller, und endlich, endlich erreichte sie die Zivilisation. Die Sonne ging gerade auf und warf violettes Licht auf die Leute, die eben ihren Tag begannen. Sie wärmte Jane, brannte sogar. Ihre Haut juckte, kribbelte, als krabbelten Käfer durch ihre Adern.

Sie wollte jetzt nicht darüber nachdenken, was das zu bedeuten hatte.

Irgendwer – Menschen? – ging die gepflasterten Straßen entlang. Einige von ihnen trugen geflochtene Körbe, in denen sich Kleidung stapelte, andere hatten Taschen voller – sie nahm den Duft wahr, stöhnte – Brot und Fleisch. Ihr Magen knurrte, und ihr lief das Wasser im Mund zusammen. Sie fühlte sich schwindelig, hatte etwas zu wenig Blut in den Adern. Sie *musste* sich einfach stärken.

Jane blieb neben einem Baum stehen, beobachtete und dachte nach. Sie hatte zwei Möglichkeiten. Sie konnte weitergehen, sich alleine durchschlagen und riskieren, von Laila gefunden zu werden. Oder sie betrat die Stadt, aß etwas und riskierte es, von Laila gefunden zu werden. Wenigstens gab es bei der zweiten Möglichkeit etwas zu essen. Na dann. Keine Frage.

Das Problem war nur, dass sie immer noch wie Odette aussah. Wenn diese Leute sie erkannten, würde die Nachricht sich verbreiten, und man würde sie viel schneller finden. Andererseits, Laila würde ihr wohl kaum wehtun, und Nicolai war nicht mehr bei ihr. Er war außer Gefahr – glaubte sie zumindest –, und das war gut.

Er war innerhalb eines Herzschlags verschwunden und hatte sie damit furchtbar erschreckt. Sie hatte sich in der

Nähe versteckt und gewartet, eine Ewigkeit, wie es schien, aber er war nicht wieder aufgetaucht, und schließlich war ihr nichts anderes übrig geblieben, als weiterzugehen. Er würde sie finden, egal wo sie war. Das musste sie einfach glauben.

Lailas Armee hatte sie fast entdeckt, als sie ganz dicht an ihrem Versteck vorbeimarschiert war. Aber sie hatten Nicolais Spur verloren und zurückgehen müssen, um sie wiederzufinden. Den Augenblick hatte Jane genutzt, um zu flüchten. Sie hatte ihren protestierenden Körper gezwungen, zu handeln, ehe sie vollkommen zusammenbrach und Laila zurückkehrte und sie hilflos vorfand.

Falls – wenn – man Jane entdeckte, wollte sie gut gestärkt und ausgeruht sein. Also wieder keine Frage. Sie humpelte vorwärts und betrat die Stadt. Sobald die Menschen sie erblickten, ließen sie alles stehen und liegen, starrten sie entsetzt an und knieten nieder.

Jepp. Man erkannte sie. Was zur Hölle hatte Odette ihnen angetan?

Sie näherte sich einer Gruppe, die Essen bei sich trug. „Bitte. Ich habe solchen Hunger. Darf ich …"

„Nehmt, was immer Ihr wollt, Prinzessin." Der Mann, der ihr am nächsten stand, streckte ihr seinen Korb entgegen.

„Ich habe kein Geld bei mir, aber ich werde es euch zurückzahlen, das schwöre ich." Der Duft von gebratenem Hähnchen stieg ihr in die Nase und versetzte sie direkt in den Himmel. Sie streckte eine zitternde Hand aus, griff in den Korb und bekam eine Schale mit cremigem Inhalt zu fassen. Tropfte ihr Speichel aus dem Mund? *Du kannst dich nicht wie ein Tier darüber hermachen.* „Wie heißt du?"

„Hammond, Prinzessin." Eine Spur Wut lag in seiner rauchigen Stimme.

„Danke für das Essen, Hammond."

„Alles für Euch, Prinzessin." Die Wut wurde zu Hass.

Jane seufzte und sah sich um. „Bitte, steht auf. Ihr alle. Es gibt keinen Grund, sich zu verneigen."

Mehrere Sekunden verstrichen, ehe man ihr gehorchte, als befürchteten alle, man würde sie angreifen, wenn sie aufgestanden waren, obwohl Jane es ihnen gestattet hatte. Jane wollte einfach davonhumpeln, eine einsame, schattige Ecke finden und sich mit dem Essen den Bauch vollschlagen, aber das konnte sie nicht tun. Man könnte sonst Verdacht schöpfen, dass sie nicht die war, als die sie sich ausgab.

„Ich brauche ein Zimmer", verkündete sie. „Und Wasser. Und saubere Kleidung. Bitte. Wenn einer von euch mir die richtige Richtung zeigen könnte, wäre ich sehr dankbar."

Zuerst trat niemand vor. Dann knickste, zurückhaltend, eine Frau mittleren Alters. „Wenn Ihr mir bitte folgen wollt, Prinzessin, kümmere ich mich um Euch."

„Danke."

Zehn Minuten später, die ihr wie eine Ewigkeit vorgekommen waren, war Jane in einem Schlafzimmer, endlich allein. Sie verschlang den Inhalt der Schüssel – eine Art Hähnchensalat –, ehe sie sich in die dampfende Wanne sinken ließ, die die Frau mit einem gemurmelten Zauberspruch gefüllt hatte. Also doch kein Mensch, sondern eine Hexe. Das Wasser beruhigte Janes gereizte Haut und linderte den Juckreiz. Nach dem Bad zog sie das saubere blaue Kleid an, das die Hexe ihr hingelegt hatte.

Jetzt fehlte nur noch Nicolai, dann wäre der Tag perfekt. Wo war er?

Mit einem müden Seufzen streckte sie sich auf dem Bett aus. Es war hart und durchgelegen, aber trotzdem himmlisch für ihre immer noch schmerzenden Muskeln und Knochen. Wie sollte es jetzt weitergehen? Nicolai war tief im Herzen ein Beschützer. Wild und unerschütterlich. Er hätte sie niemals freiwillig verlassen.

Das bedeutete, dass entweder seine Fähigkeiten – wie auch immer die aussehen mochten – verantwortlich waren oder jemand anderes Magie benutzt hatte, um ihn von ihr zu trennen. Ersteres hielt sie für wahrscheinlicher. So stark, wie Nicolai mittlerweile geworden war, bezweifelte sie, dass man ihn einfach irgendwohin zaubern konnte. Denn wenn das möglich wäre, hätte Laila es schon vor Tagen getan.

Laila. Diese Schlampe war ein Problem. Ein großes. Solange sie da draußen war, würde Nicolai gejagt werden und sich in Gefahr befinden. Jane könnte sich vielleicht stellen und versuchen, die Prinzessin davon zu überzeugen, den „Sklaven" in Ruhe zu lassen. Aber würde ihr das gelingen? Seit sie selbst eine Kostprobe von diesem Mann bekommen hatte, wusste sie, wie unmöglich es war, ihn zu vergessen.

Laila brauchte ihn wahrscheinlich wie die Luft zum Atmen. Allein der Gedanke ließ rasende Eifersucht in Jane aufsteigen. Sie ignorierte es; das würde ihr jetzt auch nicht helfen. Einige Gründe sprachen dagegen, sich selbst zu stellen. Erstens, Laila konnte zaubern, Jane nicht. Zweitens, Janes wahre Identität wurde vielleicht entdeckt. Und wenn die Königin schon die eigene Tochter auspeitschen ließ, was machte sie dann mit einem Feind, der sich als ihre Tochter ausgegeben hatte? Drittens, was, wenn Nicolai ihr nach Delfina folgte? Er würde vielleicht wieder gefangen genommen und seine Erinnerungen wieder gelöscht werden. Sein Körper missbraucht.

Sein Körper gehörte Jane. Niemandem sonst.

Sie drehte sich auf die Seite, presste das Kissen auf ihren Bauch und erinnerte sich plötzlich an den Tag, an dem sie Nicolais Buch erhalten hatte. Sie hatte einige Abschnitte gelesen und noch Stunden später an ihn gedacht. Sie war im Grunde besessen von ihm. Nachdem sie weitergelesen hatte, hatte sie sogar von einer Liebesnacht mit ihm fantasiert. Dann war sie auf einmal bei ihm gewesen.

Vielleicht konnte sie ihn wieder erreichen.

Sie schloss die Augen und stellte ihn sich in ihrer Hütte vor, wie er herumschlenderte, Dinge reparierte und sie dann ins Bett lockte. Dort würde er sie sinnlich berühren und ausziehen. Sie küssen, sie kosten. Sie verschlingen. Sie bekam am ganzen Körper eine Gänsehaut. Sie konnte fast seinen warmen Atem spüren, seine glatte Haut.

„Nicolai", hauchte sie.

Jane.

Seine Stimme, so tief, so vertraut. Für einen Augenblick wurde ihr schwindelig, und sie hatte das Gefühl, zu schweben. Dann war wieder die Matratze unter ihr, nur ... kalt. Kalt? In weniger als einer Sekunde war die Matratze, die sie mit ihrem Körper angewärmt hatte, so sehr abgekühlt? Unmöglich. Es sei denn ... Hoffnung keimte in ihr auf, und sie öffnete die Augen.

Die Hoffnung erstarb. Sie hatte sich nicht zu Nicolai gebracht. Sie war in ihrer Hütte. Im eigenen Bett.

Jane setzte sich mit einem Ruck auf und rang verzweifelt nach Atem. Ihr schnürte sich die Kehle zu. Nein. Sie konnte nicht hier sein. Nein, nein, nein. Sie stand auf und fiel fast hin, so sehr zitterten ihr die Knie. Sie eilte umher, stolperte ein paarmal, nahm einige Gegenstände in die Hand, um zu sehen, ob alles echt war oder ob sie es sich nur einbildete.

Bitte mach, dass ich mir das alles nur einbilde.

Die Gegenstände waren fest und so staubig, als wären sie seit Wochen nicht sauber gemacht worden. Aber echt. Sie schluckte ein Schluchzen herunter.

Nein! Tränen verschleierten ihr die Sicht. Sie wischte mit einem Arm über die Kommode und warf alles auf den Boden. Eine Vase zerbrach. Eine Haarbürste schepperte. Wie zur Hölle war sie hergekommen? Sie hatte zu Nicolai gewollt. Sie musste wieder bei ihm sein, musste zurückkehren. Sie *würde* zurückkehren.

Sie musste nur noch herausfinden, wie.

15. KAPITEL

Eine halbe Stunde lang tobte Jane vor Wut. Danach hatte sie eine Stunde lang einen Panikanfall. Dann tat sie, was sie am besten konnte, und dachte nach. Es gab eine logische Erklärung für das, was geschehen war. Die gab es immer. Also putzte sie sich die Zähne, duschte und zog das Kleid wieder an. Auf keinen Fall würde sie Jeans und T-Shirt tragen. Sie gehörte nicht mehr hierher, und sie würde sich auch nicht so anziehen.

Sie gehörte in die andere Welt. Zu Nicolai.

Sie streckte sich auf ihrem Bett aus und wickelte sich in die Decke. Okay. Sie konnte das hinkriegen. Was hatte sie getan, ehe sie hergekommen war? Sie hatte im Bett gelegen, genau wie jetzt, und an Nicolai gedacht. Sich sogar vorgestellt, wie sie einander liebten. Gut, das war gut. Das würde sie einfach noch einmal tun.

Mit einem kurzen Kopfschütteln machte sie ihren Kopf frei, atmete tief ein, atmete wieder aus ... ganz langsam ... und zwang ihre Muskeln, sich zu entspannen. Ein Bild von Nicolai entstand vor ihrem geistigen Auge. Die dunklen Haare standen ihm unordentlich vom Kopf ab, in den silbernen Augen loderte die Lust. Lust auf sie. Er atmete flach durch leicht geöffnete Lippen, weil sein Verlangen ihm fast den Atem nahm. Seine Fangzähne lugten hervor.

Ihr Bauch kribbelte, aber sonst geschah nichts. Kein Schwindelgefühl, keinerlei Bewegung. *Mach weiter.* In ihren Gedanken sah sie, wie er sein Hemd auszog und dabei langsam den Stoff über den Kopf zog. Seine Haut, seine wunderbar gebräunte Haut, glänzte köstlich. Seine Brustwarzen, klein und braun, wollten einfach geleckt werden. Sie betrachtete diese herrliche Spur aus Haaren, die von seinem Nabel hinab an die Stelle führte, die sie einst mit ihrem

Mund verwöhnt hatte.

Sie spürte, wie sie zwischen den Beinen wieder feucht wurde. Aber immer noch kein Schweben, kein Ortswechsel.

Verdammt. So wenig Erfolg hatte sie das letzte Mal mit acht Jahren gehabt, als sie gelesen hatte, wie man synthetische Diamanten in der Mikrowelle herstellte. Die Diamanten wollte sie ihrer Mutter zum Geburtstag schenken. Die Kohle und die Erdnussbutter, die man dafür brauchte, hatten die lange Kochzeit überlebt. Die Schüssel, in die sie beides gegeben hatte, nicht. Genauso wenig wie die Mikrowelle.

Sie musste kurz auflachen, als sie sich an die Reaktion ihrer Mutter erinnerte. Sie standen in der Küche, und ihre Mutter hatte Jane durch den dichten schwarzen Rauch angesehen, in der Hand das Buch mit der Anleitung. Ihr ungläubiger Gesichtsausdruck war mehr als komisch gewesen.

„Diamanten?“, fragte ihre Mutter.

„Ich habe jeden Schritt genau befolgt und keinen ausgelassen.“

Ihre Mutter hustete, als sie das Buch an sich nahm. Einige Minuten vergingen, ehe sie wieder zu der schwarzen Masse in der Mikrowelle sah. „Du hast jeden Schritt befolgt, sagst du?“

„Ja!“

„Und du hast eine feuerfeste Schüssel benutzt?“

Jane blinzelte. „F… feuerfest?“

Ein Schwindelanfall ließ das Bild verschwimmen, verblassen, und das Herz hämmerte vor Aufregung wild in ihrer Brust. Es war so weit. Sie kehrte zurück …

Der Schwindel legte sich, sie öffnete die Augen und setzte sich auf. Einen Augenblick lang war sie in der unbekannten Umgebung orientierungslos. Sie hockte auf einem Linoleumboden mitten in einer Küche. Es gab dort einen Herd aus rostfreiem Stahl, eine Spüle, abgegriffene Schränke. Das kam ihr alles bekannt vor – sie hatte das alles gerade in ihrer Vorstellung gesehen –, aber die Farben waren falsch.

Damals waren die Wände gelb gewesen. Jetzt hatte man sie blau gestrichen. Früher war der Kühlschrank silbern. Jetzt war er schwarz. Sie wusste es trotzdem. Das hier war die Küche in ihrem Elternhaus. Hier war sie aufgewachsen. Ihre Mutter hatte vor genau dieser Spüle gestanden und gehustet, als der Rauch aus der Mikrowelle gewabert war. Ein schriller Schrei gellte plötzlich durch das Haus, gefolgt von einem aufgeregten Wortschwall. „Einbrecher! Dieb! Mörder! Was zur Hölle tun Sie hier?“, kreischte eine Frau hinter ihr. „Wer sind Sie? Raus hier! Sofort raus! Billy, ruf die Polizei!“

Jane wirbelte herum und hielt instinktiv die Hände hoch, um zu zeigen, dass sie harmlos war. „Ich tue Ihnen nichts.“

Panik spiegelte sich in den Gesichtszügen der Frau. Sie griff sich ein Messer von der Anrichte und fuchtelte damit in Janes Richtung. „Das sagt ihr Psychos alle.“

Jane wich zurück.

„Billy!“

„Was?“, knurrte eine verschlafene männliche Stimme hinter einer Ecke.

Oh Mist. Verstärkung. Sie versuchte sich an den Grundriss des Hauses zu erinnern und floh in Richtung der Eingangstür. Sie rannte hinaus ins Licht der Morgensonne, und der Saum ihres Kleides schlug ihr dabei um die Knöchel. Tatsächlich, sie war in ihrer alten Nachbarschaft. Es hatte sich nicht viel verändert. Die Häuser waren klein und alt und standen zu dicht beieinander.

Aus Angst, die Frau und Billy würden ihr nachjagen – und sich unterwegs ein Gewehr schnappen –, sprintete sie etwa eine halbe Meile den Kiesweg entlang, bog dann scharf ab und duckte sich hinter Mrs Ruckers riesige Eiche. Dort hatte sie sich oft versteckt, als sie noch ein Kind war.

Sie setzte sich schwer atmend und schwitzend hin. Verdammt. Ihre Füße pochten vor Schmerz. Die kleinen Kiesel hatten ihr die Haut aufgerissen.

Na toll. Genau das hatte sie jetzt gebraucht. Was zum Teufel war gerade passiert?

Sie zog verschiedene Möglichkeiten in Betracht, dachte darüber nach, wie wahrscheinlich sie waren, und verwarf dann alle bis auf eine: sein Blut. Sie hatte Nicolais Blut getrunken, er hatte es ihr eingeflößt, um sie zu heilen. Seine Fähigkeiten mussten dabei auf sie übergegangen sein. So wie er konnte auch sie sich von einem Ort zum anderen bewegen, einfach hier verschwinden und dort wieder auftauchen. Im Grunde Teleportation.

Sie brauchte sich nur vorstellen, wohin sie gehen wollte und *schwups* war sie da. Es war erstaunlich. Sie hatte die Manipulation von Mikropartikeln jahrelang erforscht, ehe es ihr gelungen war, Plastik zu teleportieren, indem sie ein kleines Teil von einer Station zur anderen sozusagen gefaxt hatte. Aber ein lebendes Wesen zwischen zwei Ebenen nur kraft der Gedanken zu bewegen – alles, wofür sie so hart gearbeitet hatte, wurde ihr hier auf dem Silbertablett serviert.

Als sie sich ihre alte Küche vorgestellt hatte, war sie also in ihre alte Küche versetzt worden. Davor, in der Stadt, hatte sie sich Nicolai in ihrem Bett vorgestellt und war deshalb in ihrem Bett gelandet. So leicht, so simpel, eine logische Antwort. Endlich.

Sie konnte zu ihrem Mann zurückkehren.

Sie grinste, als sie die Augen schloss und sich das altmodische kleine Schlafzimmer vorstellte, in dem sie gelegen hatte. Die Holzbadewanne, das Federbett. Ja, das Bett. Auf dem sie ausgebreitet lag und hoffte, Nicolai würde sie finden.

Schwindel brach über sie herein, und sie konnte sich ein aufgeregtes Seufzen nicht verkneifen. Wenn sie das nächste

Mal ihre Augen öffnete, würde sie wieder zurück sein. Zurück in Delfina. Und wenn sie diese Fähigkeit behielt, musste sie sich nie wieder Sorgen darum machen, Nicolai an die Magie zu verlieren. Sie konnte immer bei ihm bleiben. Wenn die Gabe irgendwann nachließ, würde sie einfach jeden Tag von ihm trinken, um sie zu behalten.

„So, so", hörte sie eine weibliche Stimme. „Du benutzt also wieder einmal deine Magie, um unsichtbar zu werden. Wen hast du dieses Mal ausspioniert, liebste Schwester?"

Janes Aufregung wurde von Furcht abgelöst, als sie die Augen öffnete. Sie war in dem kleinen Schlafzimmer, wie erhofft, aber dort warteten Laila und ihre Soldaten auf sie. Zwei von ihnen hielten eine weinende Frau fest. Es war die Frau, die Jane hergebracht, die ihr ein Bad bereitet und sie eingekleidet hatte.

Laila stand am Rand des Bettes und spähte auf sie herab. Keine Spur von Nicolai.

Jane setzte sich langsam auf. Sei *vorsichtig.* „Ja, ich habe mich wieder unsichtbar gemacht." Das war jedenfalls eine gute Lüge. Niemand konnte das Gegenteil beweisen. „Wie hast du mich gefunden?"

„Begrüßt du so deine geliebte Schwester? Die Schwester, die dich gesucht und gesucht hat, verzweifelt, um dich aus den Klauen eines Wahnsinnigen zu befreien."

Obwohl sie zwischen den Welten gewandelt war, sah sie also immer noch aus wie Odette. Na prima! Aber tatsächlich wusste Jane: Falls Laila wirklich nach ihr „gesucht und gesucht" hatte, dann, um sie zu ermorden und Nicolai für sich zu beanspruchen. Nun, dieses Spiel konnte sie auch spielen.

„Danke, dass du mich gerettet hast, meine Liebe. Ich habe dich die vergangenen Tage ständig vermisst."

Smaragdgrüne Augen verengten sich zu Schlitzen.

„Und jetzt", fügte Jane hinzu, ehe Laila antworten konnte.

„Was hast du mit dieser Frau vor?“

„Oh.“ Laila winkte ab. „Ich wusste, dass du hier bist, ich konnte deine Magie spüren, aber ich konnte dich nicht finden und fürchtete, sie hat dich umgebracht.“ War das Hohn in ihrer Stimme?

„Wie du sehen kannst, hat sie es nicht getan.“ Während sie sprach, schickte sie ein stummes Gebet zum Himmel, dass Nicolai nicht hereinkam, nicht jetzt. Sie wollte nicht, dass er hier hereinplatzte. Wollte nicht, dass Laila ihn sah.

„Stimmt.“ Laila drehte sich um und betrachtete die Wachen, die die Frau festhielten. „Sie nutzt uns nichts mehr. Werdet sie los.“

„Loswerden“ hieß doch hoffentlich nicht ... Ein dritter Wachmann trat hinter die Frau, die jetzt panisch zappelte, packte ihren Kopf und drehte ihn mit einem Ruck zur Seite. Ihr Genick brach in Sekundenbruchteilen. Der Körper fiel schlaff nach vorn. Leblos.

Jane konnte nur schockiert zusehen, starr vor Angst. „W... warum hast du das gemacht?“

Die Wachen schleiften die Leiche fort, und Laila zuckte mit den Schultern. „Sie hat mich genervt.“

„Du ...“ *Schlampe.* Der Wunsch, die Prinzessin zu ermorden, fuhr glühend heiß durch ihre Adern. Und sie hatte geglaubt, dafür noch nicht bereit zu sein.

Dass sie stehen blieb und sich nichts anmerken ließ, rettete ihr das Leben. Da war diese kleine vernünftige Stimme in ihrem Hinterkopf, die sie daran erinnerte, dass sie in der Unterzahl und unbewaffnet war.

Jane war noch nie ein gewalttätiger Mensch gewesen. Vielleicht färbte Nicolais dunkle Seite ebenfalls auf sie ab, denn ihr *gefiel* der Gedanke, Laila wehzutun. Sie genoss das Gefühl. *Eines Tages werde ich dich vernichten.*

Laila ließ sich auf die Matratze sinken und schmiegte sich

an sie. Jane konnte sich gerade noch davon abhalten, angeekelt zurückzuweichen. „Und jetzt, meine liebe Schwester, haben wir viel zu besprechen."

Nicolai hielt sich in den Schatten, hielt sich fern von Hütten und fahrenden Händlern, die ihre Waren anpriesen. Janes Duft, so süß ... jetzt stärker ... so nah ... vermischt mit hundert anderen. Etwas Verwesendes, Stechendes. Etwas Schweißgetränktes, voller Magie.

Laila und ihre Armee waren hier.

Sobald ihm das bewusst wurde, hörte er auf zu schleichen. Er rannte los, seine Füße trommelten auf den Boden. Die Stadtbewohner blieben stehen, als sie ihn entdeckten, und manche wichen zurück. Bald erhob sich ein Murmeln.

Kannte man ihn hier?

Er vernahm Wörter wie „Prinz" und „tot", jeweils mit Fragezeichen dahinter. Dann erkannte man ihn also tatsächlich. Sie wussten, dass er der Prinz von Elden war, aber sie hatten ihn für tot gehalten. Glaubten sie das Gleiche von seiner Familie?

Beinahe blieb er stehen, um sie zu fragen. Aber nur beinahe. Jane war in Gefahr. Das hatte Vorrang vor *allem* anderen. Er beschleunigte seine Schritte. Sein feiner Geruchssinn brachte ihn zu einer kleinen Hütte am Rand der Stadt. Wachen traten zur Tür heraus und verteilten sich auf der Straße. Sogar vor den benachbarten Häusern waren Wachen postiert.

Nicolai wich in die Schatten zurück. Zum Glück hatte ihn in diesem Viertel noch niemand erkannt. Die Leute hockten hinter ihren Fenstern und beobachteten die Wachen nervös. Mögliche Verbündete?

Manche von ihnen waren Hexen, die meisten aber Menschen. Menschen, die über die Jahrhunderte in dieses Reich übergetreten waren, aus den verschiedensten Gründen. Sie hatten sich hier versammelt, hatten sich niedergelassen und Wurzeln geschlagen. Das war ein Fehler gewesen, denn diese Stadt gehörte zu Delfina und wurde von der Herzkönigin regiert. Sie konnten ihm nicht helfen.

Er atmete hitzig ein und wieder aus. Er brauchte auch keine Hilfe. Er war ein Prinz. Ein Vampir. Unvorstellbar mächtig. Er hatte eine eigene Armee geführt, und er hatte Königreiche und Frauenherzen erobert. Er konnte die Fähigkeiten von anderen in sich aufnehmen, und es war Zeit, das zu seinem Vorteil zu nutzen – und nicht nur aus Versehen.

Er kniff die Augen zusammen und konzentrierte sich ganz auf die Hütte. Jane befand sich darin. Er spürte ihre Energie, so süß wie ihr Duft, und … jetzt vermischt mit seiner. Er gab ein zufriedenes primitives Brummen von sich. *Mein.* Er hatte mehr getan, als sie nur zu zeichnen, er hatte sie gebrandmarkt. *Ich komme, mein Liebes.*

Er konzentrierte sich auf Laila. Sie war verdorben bis ins Mark, und ihr Duft passte dazu. Magie wirbelte in ihr, dunkel und machtvoll. Gabe um Gabe. Geschult während der Jahrhunderte, die sie durch ihre zu langsam tickende Uhr bereits gelebt hatte. Er untersuchte diese Gaben genauer.

Sie konnte andere hypnotisieren, das konnte ihm hilfreich sein, ja, aber sie konnte immer nur eine Person auf einmal in ihren Bann ziehen. Sie konnte die eigenen Wunden heilen. Das konnte er selbst bereits. Sie konnte Wunden verursachen. Auch das konnte vielleicht nützlich sein. Sie konnte falsches Begehren wecken, diese Gabe brauchte er nicht. Aber ein Muskel in seinem Kiefer fing an zu zucken. Wie oft hatte sie diese Fähigkeit bei ihm angewendet?

Egal. Er suchte weiter, verwarf … verwarf … Da! Die Fähigkeit, andere aus der Ferne zu beobachten, so wie er es im Palast mit Jane getan hatte. Perfekt, und jetzt wusste er auch, woher er diese Gabe gehabt hatte. Er fragte sich, wie oft Laila diese Fähigkeit auf ihn angewendet hatte. Wie oft hatte sie ihm ohne sein Wissen zugesehen?

Die Antwort war egal, sie würde nie wieder dazu in der Lage sein.

Er griff nach der Gabe und zog in Gedanken daran, zog sie näher und näher zu sich heran. Noch ein wenig … nur noch ein wenig mehr … Er stieß den Atem aus, als plötzlich jede Zelle seines Körpers die Magie in sich aufnahm, die notwendig war, um Orte zu sehen, die er körperlich nicht erreichen konnte. Er zog weiter und zog und zog. Zog die Magie aus ihr heraus und in sich hinein.

Laila würde es nicht bemerken. Die Opfer merkten es nie, bis es zu spät war. Im Augenblick würde sie nur eine leichte Müdigkeit spüren. Wenn er aber versuchte, ihr *alle* Gaben zu nehmen, all ihre Macht, würde sie es merken und mentale Blockaden errichten.

Plötzlich öffnete sich sein Bewusstsein. Im Handumdrehen sah er Jane, als säße sie neben ihm. Nur dass er sie durch Lailas Augen sah. Und Laila sah die Maske. Sah Odette. Odettes dunkles Haar, Odettes grüne Augen. Ihre zu lange Nase und ihre fetten Wangen.

Zu wissen, dass sich Jane unter dieser Maske verbarg, war genug, um das Verlangen in seinem Körper zu entfachen und um seine Angst um ihre Sicherheit etwas zu besanftigen. Sie war am Leben und unverletzt. Er würde sie bald wiederhaben.

„Was hat der Sklave dir angetan? Sag es mir, ehe ich vor Sorge vergehe.“ Laila ruinierte die Wirkung dieser Worte mit einem Gähnen.

Jane fuhr sich mit der Hand durchs Haar, ganz Prinzessin. „Wie du schon gesagt hast, er hat mich begehrt. Ich habe ihn begehrt, eines führte zum anderen, und dann wurde es im Wald etwas heißer, wenn du verstehst.“

„Hast du ihn verzaubert, dich zu begehren?" Mit jedem Wort wurde ihre Stimme angespannter. „Musst du wohl. Sonst wäre er ja jetzt bei dir. Ich habe aber keine Spur von ihm gefunden. Wo ist er also?"

„Nein, ich habe ihn nicht verzaubert." Mehr sagte Jane dazu nicht.

„Wie ist es dir dann gelungen, sein Begehren zu entfachen? Er hat dich gehasst, hat versucht, dich umzubringen. Du hast irgendetwas getan. Ich weiß es einfach. Gib es zu."

Jane sah hochmütig zu ihr hinüber, und es war ein atemberaubender Anblick. „Halt dich fest, Laila, Liebes, denn das wird dich schockieren. Ich habe ihn – Achtung – mit Respekt behandelt. Das solltest du auch mal versuchen. Das Ergebnis könnte dir gefallen."

Hass brandete so unaufhaltsam durch Laila, dass Nicolai die Hitze im eigenen Körper spürte. „Du lügst. Du hast noch nie irgendwen mit Respekt behandelt. Du weißt doch nicht mal, was das Wort bedeutet."

„Zeigen wir jetzt unsere Krallen, *Liebes?* Denn ich verspreche dir, meine sind schärfer."

Nicolai war so stolz auf sie. Niemand konnte bezweifeln, dass sie Odette war. Nicht einmal die Königin selbst. Sie hüllte sich in Selbstbewusstsein wie in einen Mantel.

„Ich frage dich noch ein letztes Mal", presste Laila durch zusammengebissene Zähne heraus.

„Sonst was?"

„Wo. Ist. Er?"

„Tot." Ein nachlässiges Schulterzucken. „Er ist tot."

Laila sperrte den Mund auf, und ein erstickter Laut kam aus ihrer Kehle. „Du hast ihn umgebracht?"

„Ja. Ja, habe ich." Jane warf ihre Beine über den Bettrand und zuckte zusammen. Sie taten ihr weh, dachte Nicolai und wünschte, er wäre bei ihr, um ihren Schmerz zu lindern. Sie richtete sich auf. „Jetzt lass uns nach Hause gehen. Ich freue mich darauf, im eigenen Bett zu schlafen."

Laila blieb, wo sie war, und verschränkte ihre Hände vor der Brust. „Wo ist seine Leiche?"

„Die habe ich natürlich an die Oger verfüttert", antwortete Jane unbekümmert. „Was sollen überhaupt diese ganzen Fragen? Nicolai hat nicht dir gehört."

Nicolai begriff, dass sie ihm verschaffte, was er brauchte. Eine Chance, Laila unbemerkt umzubringen, und die Zeit, Elden zu erreichen und den neuen König zu vernichten. Und ja, der Drang war immer noch da, köchelte in ihm, wurde mit jeder Minute, die verstrich, stärker, aber er konnte, er würde sie nicht verlassen.

Erleichterung durchflutete Laila, auch er verspürte sie, aber er brachte das Gefühl ebenso schnell unter Kontrolle wie den Hass. „Ich habe die Höhle der Oger gefunden. Nicolais Leiche war nicht dort, dafür jede Menge toter Oger. Das bedeutet, er muss sie umgebracht haben und geflohen sein."

Jane zögerte nicht eine Sekunde. „Falsch. *Ich* habe die Oger vernichtet. Nachdem sie mit ihm fertig waren."

Laila war schockiert. „Wie?"

Jane polierte sich die Nägel an ihrem Kleid. „Eine Frau sollte niemals all ihre Geheimnisse verraten. Vielleicht brauche ich sie später noch."

Ein Herzschlag lang herrschte Schweigen. Ein leises Knurren war zu hören.

„Wie kannst du es wagen!", brüllte Laila, die ihre Emotionen nicht mehr unter Kontrolle halten konnte. Sie sprang auf und stampfte mit dem Fuß auf. „Er hat mir gehört."

Jane stellte sich ihr gegenüber, bis ihre Nasen sich fast berührten. „Eigentlich, du verwohntes Balg, gehört er mir. Er hat mir gehört."

Die Spannung ließ die Luft zwischen ihnen fast vibrieren.

Lange Augenblicke verstrichen, in denen lediglich ihr Atmen zu hören war. Endlich gab Laila nach und wich zurück.

„Natürlich. Du hast recht", gab sie widerwillig zu. „Also, sag mir. *Warum* hast du ihn umgebracht?"

„Ich wollte ihn nicht mehr."

Obwohl Nicolai wusste, warum sie es sagte, hörte das Monster in ihm diese Worte nicht gern. Später würde er es beruhigen müssen. Später würde er ihr ihre gemeinsame Vergangenheit beichten und sich für das, was er getan hatte, entschuldigen.

Würde sie ihn dann wirklich nicht mehr wollen?

„Na gut. Kehren wir also in den Palast zurück", sagte Jane. „Wachen. Raus."

Die Männer zögerten.

„Sofort!", schrie sie, eindeutig mit ihrer Geduld am Ende.

Dieses Mal gehorchten sie sofort. Jane folgte ihnen und zwang Laila, das Schlusslicht zu bilden. Nicolai konnte spüren, wie sehr es die Prinzessin danach verlangte, ihrer Schwester in den Rücken zu fallen. Aber sie tat es nicht, und als sie aus der Stadt marschierten, ging sie schmollend hinter ihnen her.

Bald …

16. KAPITEL

Obwohl man sie, einer Prinzessin von Delfina gebührend, auf einer gepolsterten Samtliege trug und die Sonne durch einen Baldachin aus dunklem Netzstoff abgehalten wurde, reiste Jane lieber mit Nicolai. Wo war er? Sie glaubte, ganz in der Nähe. Fast konnte sie ihn riechen, einen Hauch seiner Magie, eine Prise des verführerisch würzigen Dufts. Sie betete, dass er sich entschlossen hatte, ihr nicht zu folgen.

Laila glaubte, er wäre tot. Also war er in gewisser Weise endlich frei von dieser Schlampe. Er konnte nach Elden reisen und tun, was getan werden musste. Und Jane konnte in seinem Namen Rache üben.

Die Prinzessin hatte eine unschuldige Frau ohne jeden gottverdammten Grund umgebracht. Kein Wunder, dass die Stadtbewohner Angst vor Odette gehabt hatten. Die königliche Familie missbrauchte ihre Macht, und Jane würde das nicht länger zulassen.

Danach konnten sie und Nicolai wieder zusammen sein.

Als Laila endlich beschloss, für den Abend Rast zu machen, waren Janes Beine vom Herumliegen ganz steif, aber wenigstens nicht so steif, wie sie sein könnten. Im Grunde nicht einmal nahe dran an dem, was sie normalerweise zu erleiden hatte. Kein pochender Schmerz, keine Krämpfe bis auf die Knochen. Trotzdem wäre ein Spaziergang schön.

Leider stand ein Spaziergang noch für einige Zeit nicht auf dem Plan. Sie musste weiter liegen bleiben, während die Wachen ihr Zelt aufbauten. Und das Innere dekorierten. Und ihre Kisten hineintrugen. Kisten, die Laila mitgebracht hatte, vielleicht in der Hoffnung, sie damit zu einer Nacht mit Nicolai zu bestechen.

Als sie fertig waren, sich vor ihr verbeugten und darauf

warteten, entlassen zu werden, kletterte Laila von ihrer Liege und benutzte dabei die Rücken ihrer Wachen als Trittleiter.

„Wir werden deine Rückkehr feiern“, verkündigte die Prinzessin mit einem Händeklatschen. „Wir essen in meinem Zelt. Meine Sklaven sollen für uns tanzen, und du darfst dir aussuchen, wer von ihnen dir danach den Pelz wärmt.“

Na danke. „Tut mir leid, aber ich bin müde.“ Jane kletterte ebenfalls hinab und fühlte sich dabei die ganze Zeit schuldig. Auch wenn die Wachen überrascht blinzelten, als sie spürten, wie leicht sie war, und sie es ein wenig mit der Angst zu tun bekam. „Ich möchte nur noch baden und schlafen. Und etwas essen. Ich habe seit Tagen nichts Richtiges gegessen.“

„Baden, ja. Und dann komm zu mir. Ich werde dir etwas zu essen bringen lassen. Seit du von den Toten zurückgekehrt bist, hat es zu viele Spannungen zwischen uns gegeben. Das gefällt mir nicht, ich möchte unsere frühere Freundschaft wieder aufleben lassen.“

Eine Lüge, das wusste Jane genau. Laila hasste Odette mit der gleichen Leidenschaft, mit der es sie nach Nicolai in ihrem Bett verlangte. Aber die echte Odette hätte vermutlich nicht widersprochen, also tat Jane es auch nicht. „Nun gut“, sagte sie mit einem Seufzen. „Ich bin in einer Stunde bei dir.“ Eine kurze Atempause, aber immerhin eine Atempause. Sie ging auf ihr Zelt zu.

Ein langes Bad in der tragbaren Wanne war genau das Richtige, um ihre Schmerzen und Krämpfe zu lindern. Eine Wanne, die Rhoslyn für sie gefüllt hatte. Es tat erstaunlich gut, das Mädchen wiederzusehen.

Jane schrubbte sich von Kopf bis Fuß mit der duftenden Seife, die auf dem Rand lag. „Hat Laila dir befohlen, auf diese Reise mitzukommen, oder hast du dich freiwillig gemeldet?“

Krauses rotes Haar hüpfte auf und ab. „Ich bin freiwillig

hier, Prinzessin.“ Sie nahm eine leuchtend grüne Robe aus einer Kiste. „Nur für den Fall, dass wir Euch finden und Ihr mich braucht.“

Ich hätte netter zu diesem Mädchen sein sollen. „Ich habe dich erst gesehen, als ich mein Zelt betreten habe. Warst du Teil unseres Gefolges?“

„Hinter der dritten Verteidigungslinie, mit dem Rest der Diener und Sklaven.“

„Ich wünschte, das hätte ich gewusst. Du hättest bei mir in der Sänfte sitzen können.“ Jane stieg aus dem Wasser und griff nach dem Handtuch, das auf einer Bank neben ihr lag.

„Lass mich Euch helfen.“ Rhoslyn eilte zu ihr. Die Robe baumelte über ihrem Arm.

„Nein, danke.“ Einige Dinge hatte sie lange Zeit nicht selbst erledigen können, während sie an ihr Krankenbett gefesselt gewesen war. Jetzt war sie endlich wieder selbst dazu in der Lage, und sie würde nie wieder jemand anderem gestatten, diese Dinge für sie zu erledigen.

Nachdem sie sich abgetrocknet hatte, nahm sie eine Ecke der Robe in die Hand. Ihre Lippen verzogen sich angewidert. Auch wenn sie edel gearbeitet war, war sie ihr viel zu weit und der Stoff zu dick. Sie würde in der Hitze dahinschmelzen. Und dort, wo der Stoff sich teilte, würde sie von der Sonne krebsrot werden.

„Es tut mir leid, wenn der Stoff Euch nicht gefällt.“

Sie nahm Rhoslyn die Robe ab und zog sie an, und das Mädchen neigte den Kopf. „Ihr dürft mich schlagen, wenn Ihr es wünscht.“

Jane nahm die Angst in ihrer Stimme wahr. „Dich schlagen? Rhoslyn, ich werde dich nicht schlagen. Niemals.“

Das Mädchen fuhr fort, sich zu entschuldigen, als hätte sie ihre Worte nicht gehört. „Ich dachte nur, Euch wäre etwas Reisetaugliches lieber als etwas Verführerisches. Und Eure

Schwester war sehr darauf bedacht, Euch schnell zu finden, also hatte ich nicht viel Zeit, Eure Sachen zu packen. Nicht dass ich mich beschwere", beeilte sie sich hinzuzufügen. „Ich wollte nur erklären, warum die Auswahl an Kleidern nicht sehr groß ist und warum ich nicht Eure besten Stücke mitgebracht habe."

„Das hast du gut gemacht, ganz ehrlich. Diese Robe ist perfekt. Genau richtig. Siehst du?" Sie drehte sich auf der Stelle. „Ich habe mich noch nie bezaubernder gefühlt."

Rhoslyn schenkte ihr ein aufrichtiges Lächeln. „Das freut mich, Prinzessin. Oh. Und Ihr werdet Euch freuen, zu hören, dass ich Euer Buch mitgebracht habe."

Jane hielt inne, und ihr Herz fing an zu hämmern. „Wirklich? Wo ist es?"

Das Mädchen trat an die andere Seite des Zeltes. Langsam, bemerkte Jane, und vorsichtig. „Ist alles in Ordnung? Hast du dir beim Eimerschleppen wehgetan?" Toll. Noch etwas, das ihr Schuldgefühle bereitete.

Rhoslyn erstarrte und stolperte über die eigenen Füße, ehe sie weiterging. „Es geht mir gut, Prinzessin." Sie beugte sich über eine weitere Kiste, kramte darin und zog schließlich das ledergebundene Buch hervor.

Jane keuchte vor Schreck auf. Als das Mädchen sich vorgebeugt hatte, war ihr Haar nach vorn gefallen, und Jane hatte die Quetschungen an ihrem Nacken entdeckt. Schwarz und blau, und sie setzten sich eindeutig nach unten fort. „Was ist mit deinem Rücken passiert?" Dieses Mal war ihr Tonfall streng, unnachgiebig und verlangte nach einer Antwort.

Rhoslyns dünner Arm zitterte, als sie ihr das Buch reichte. „Ich habe zugelassen, dass der Sklave Euch entführt hat. Ich wurde bestraft, wie ich es verdient habe."

Ausgepeitscht also. Laila hatte dem Mädchen keine Zeit gegeben, vernünftig zu packen, aber sie hatte die verdammte

Zeit gehabt, ihre neunschwänzige Peitsche zu schwingen. Jane nahm das dargebotene Buch an sich und hasste Laila noch ein wenig mehr. „Das war nicht deine Schuld. Du hättest ihn nicht aufhalten können. Zum Teufel, du warst doch nicht einmal dabei."

Es kam keine Antwort.

Jane seufzte. „Ich bin auf dem Weg ins Zelt meiner Schwester. Während ich fort bin, kannst du in der Wanne liegen. Wenn du willst. Wenn nicht, dann nicht. Und dann sollst du dich ausruhen. Warte nicht auf mich. Und das ist ein Befehl."

Mit vor Überraschung weit aufgerissenen Augen nickte Rhoslyn noch einmal.

Jane trat aus dem Zelt. Die untergehende Sonne tauchte den Himmel in sanfte tiefe Lilatöne. Und doch brannten die schwachen Strahlen auf ihrer neuerdings so empfindlichen Haut, bis es überall juckte. Jetzt war aber nicht der richtige Zeitpunkt, darüber nachzudenken, was das bedeuten konnte.

Lailas Zelt war keine zehn Schritte entfernt. Am Eingang blieb Jane stehen und straffte ihre Schultern. *Du schaffst das.* Lachen und Musik umhüllten sie, als sie die Zeltklappe zur Seite schob. Sie betrachtete die neue Umgebung und versuchte, alles auf einmal in sich aufzunehmen. Rechts entdeckte sie Laila auf einem hastig zusammengebauten Podium. Sie lag natürlich, und sie aß süßes Gebäck. Der Platz neben ihr war leer.

In der Mitte wiegten sich sechs nackte Männer in einem langsamen Tanz. Sie waren groß, athletisch gebaut und glänzend eingeölt. Zwei blonde, zwei rothaarige und zwei mit dunklen Haaren. Für jeden Geschmack etwas, sozusagen. Hände strichen über Leiber, und Körper stießen zusammen und rieben sich aneinander. Jeder der Männer hatte eine Erektion, aber Jane bezweifelte, dass ihnen gefiel, was sie taten. Ihre leblosen Augen starrten ins Leere. Waren sie verzaubert?

Links von ihr stand eine Band. Na ja, die Delfina-Version einer Band. Ein nackter Harfenspieler, ein nackter Geiger und ein nackter Sänger. Jane wurde das Gefühl nicht los, dass dieser Abend auf etwas ganz Bestimmtes hinauslief. Mist. Das sah alles nach einer Orgie aus. Hoffentlich zwang sie niemand, daran teilzunehmen. Ihr Körper gehörte Nicolai, niemandem sonst.

„Odette“, rief Laila, als sie sie erblickte. „Schön, dass du gekommen bist.“

Was hast du vor, fragte sich Jane, als sie zu ihr ging. Die Prinzessin hatte dieses Gelage auf keinen Fall nur aus reiner Herzensgüte veranstaltet. Schließlich hätte sie dafür erst einmal ein Herz haben müssen.

Jane ließ sich auf ihre Liege sinken und streckte sich aus. „Ist mir ein … Vergnügen.“ Ihr fiel sofort auf, dass etwas mit der Prinzessin nicht stimmte. Nein, an ihr hatte sich etwas verändert. Ja, das traf es eher. In ihr pulsierte Macht, stärker als zuvor. Hatte sie einen Zauber auf sich selbst gelegt? Konnten Hexen das?

Jane würde sie wohl kaum fragen können. Sie sollte schließlich selbst eine Hexe sein.

Laila deutete mit einer Hand auf den Teller voller Gebäck. „Greif zu.“

Hmm, Zucker. Ihr Magen zog sich vor Hunger zusammen. Wie viele Stunden waren vergangen, seit sie diesen köstlichen Hähnchensalat gegessen hatte? Den Hähnchensalat, den sie im Haus der unschuldigen Frau zu sich genommen hatte, kurz bevor diese von Laila umgebracht worden war. Das verdarb ihr den Appetit wieder. „Ich habe keinen Hunger.“

„Du musst zumindest etwas trinken.“ Laila klatschte in die Hände. „Einen Kelch Wein für meine Schwester.“

Der Diener hinter den Stühlen sprang auf und drückte Jane einen juwelenbesetzten goldenen Kelch in die Hand. Statt ihn abzulehnen, hielt sie sich daran fest. Den Wein zu trinken kam allerdings nicht infrage. Sie brauchte einen klaren Kopf.

Wenn sich eine Gelegenheit ergab, würde sie heute ihre wohlverdiente Rache nehmen. Vergiften? Erdolchen? Egal welche Methode sie wählte, sie würde vorsichtig sein müssen. Gegen die magischen Fähigkeiten der Prinzessin kam sie nicht an. Besonders weil sie keine Ahnung hatte, wozu diese Frau in der Lage war.

„Und jetzt", schnurrte Laila, „genieß es."

Über eine Stunde lang sah Laila den Männern beim Tanzen zu, aß und trank. Jane sah *ihr* zu, wie man eine Ratte im Labor beobachtete. Bald schon kicherte die Prinzessin und bewarf die Männer mit Trauben. Als das Kichern verklungen war, wurde sie erregt. Schamlos schob sie ihre Hand unter ihr Kleid und fing an, sich zwischen den Beinen zu reiben.

„Berühr seine Brust", befahl die Prinzessin den Tänzern heiser. „Ja, genau so. Jetzt leck seine Nippel. Oh, guter Junge. Genau so." Mit der freien Hand spielte sie an einer ihrer Brüste.

Jane wurde rot. Sie hatte also mit ihrer Vermutung, was diese Nacht anging, richtiggelegen. All diese Sklaven waren nur zu Lailas persönlichem Vergnügen gedacht. Jede Minute konnte es so weit sein, und sie alle würden anfangen zu orgieren.

Wie eklig. Sie hatte aus dem Wort „Orgie" ein Verb gemacht.

Gerade wollte sie sich entschuldigen, als die Zeltklappe sich hob. Ein weiterer Mann, noch ein Sklave, betrat das Zelt, genauso nackt wie die anderen. Auch er war groß und eingeölt, aber er war schlank und schlaksig. Jane erkannte ihn nicht, und doch konnte sie den Blick nicht von ihm abwenden. Ihr Herzschlag beschleunigte sich, ihr Blut erhitzte sich. Ihre Haut begann, köstlich zu kribbeln.

Er hatte Haar, so blass wie frisch gefallener Schnee. Seine Augen waren schwarz wie die Nacht und dick mit Khol umrandet. Er war vielleicht eins achtzig groß, seine Schultern waren etwas zu schmal, sein Bauch so flach, dass er sich fast nach innen wölbte. Seine Haut war zu einem dunklen Kaffeeton gebräunt.

Er strahlte eine fast weibliche Sanftheit aus. Eine Sanftheit, die nicht zu dem harten Leuchten in seinen Augen passte, als wäre sie ein Wintermantel, der jemand anderem gehörte.

Genau wie Jane blieb auch er im Eingang kurz stehen, um sich umzusehen. Wut und Hass standen ihm ins Gesicht geschrieben, doch dann schlugen sie um in Lust. Wahre Lust, die alles andere überschattete. Er atmete tief ein und sah sich um, bis sein Blick sich fest auf sie richtete. Eine Sekunde später trat er vor. Dann fing er sich und blieb stehen.

Jane stockte der Atem in der Kehle. Gesicht und Körper waren ihr vielleicht unbekannt, aber sie kannte diese kräftigen, zielgerichteten Schritte. Nicolai. Er hatte das Aussehen eines anderen über sein eigenes gelegt, das wusste sie genau.

Er war hier. Er war lebendig, gesund und unverletzt, und bei dem Gedanken wurde ihr schwindelig vor Glück. Sie hätte sich ärgern sollen. Ihr Plan war ruiniert, und er hatte sich in Gefahr begeben. Und doch reagierte sie auf seine Nähe … brauchte ihn. Seinen Körper, sein Blut.

Sie riss die Augen weit auf, als ihr klar wurde, was sie gerade gedacht hatte. Sie wollte wirklich … sein Blut trinken?

Oh ja, dachte sie, und ihr Blick richtete sich auf seine Halsschlagader. Sie konnte sehen, wo sie flatterte, und wollte ihre Zähne darin versenken. Zähne. Was zum … Sie fuhr mit der Zunge an ihren Zahnreihen entlang. Sie fühlten sich wie immer an, ihr waren nicht spontan Fangzähne gewachsen. Eine

Welle der Enttäuschung schlug über ihr zusammen.

Sie hatte es sich nicht gestattet, darüber nachzudenken, weil sie sich genau dieser Enttäuschung nicht stellen wollte.

Vampire waren nicht dazu in der Lage, Menschen in Bluttrinker zu verwandeln. Sie wusste es, weil sie es getestet hatte. Vampirblut mit menschlichem Blut zu vermischen war eines ihrer Experimente gewesen. Nichts war geschehen, nichts hatte sich verändert.

Doch die Hoffnung verließ sie noch nicht ganz. Nicolai war ein bisschen mehr … von allem als jeder andere Vampir, den sie je getroffen hatte. Wenn also irgendjemand sie verwandeln konnte, dann er. Und sie wollte sich verwandeln. Sie wollte so lange leben wie er.

„Oh, da ist er ja", sagte Laila. „Mein besonderer Sklave. Komm her, mein kleiner Schatz. Zeig dich meiner Schwester."

Zuerst gehorchte Nicolai nicht. Jane war froh darüber. Sie wollte nicht, dass er auch nur in die Nähe der Prinzessin und ihrer liederlichen Hände kam. Und wenn die Prinzessin es auch nur *wagte,* ihn anzufassen, konnte Jane für nichts mehr garantieren. Dann würde sie der Prinzessin diese schmierigen Hände abhacken.

Nicolai setzte sich in Bewegung und stand viel zu bald zwischen ihren Liegen. Ergeben neigte er den Kopf.

„So hübsch", gurrte Laila. „Ist er nicht hübsch, Odette?"

„Ja", presste sie heraus.

Laila setzte sich auf und streichelte ihm über die Brust.

Dafür musst du sterben, Schlampe. Jane ballte ihre Hände auf ihren Beinen zu Fäusten, bis die Nägel sich in die Handflächen gruben und sie zu bluten anfing.

„Ich habe ihn vor ein paar Tagen gefunden, als ich ganz Delfina auf den Kopf gestellt habe, um dich zu retten. Er wollte nicht mit mir reisen. Zuerst. Er hatte einen Liebhaber, weißt du, und wollte bei ihm bleiben. Aber ich habe deine Meinung schnell geändert, nicht, mein Goldstück?“

Er kniff die Augen zusammen, antwortete aber nicht. Wohl doch nicht so ergeben.

Streichel, streichel, die Schlampe streichelte ihn immer noch. Jane streckte die Hand aus, ehe sie sich zurückhalten konnte, legte ihre Finger um Lailas Handgelenk und drückte zu. „Ich will ihn.“

Triumph trat in Lailas grüne Augen. „Du kannst ihn aber nicht haben. Er gehört mir.“

„Laila ...“

„Nein. Erinnerst du dich, wie ich *deinen* Sklaven wollte und du nicht geteilt hast?“

Aha. Darum ging es also in dieser Nacht. Jane erst in Versuchung zu führen und ihr dann etwas zu verweigern. „Lass mich dir etwas erklären, Laila. Ich bin älter als du. Das bedeutet, ich bin die zukünftige Königin. *Deine* zukünftige Königin. Was ich will, bekomme ich auch. Selbst wenn es dir gehört.“ Sie kannte vielleicht nicht die Gesetze von Delfina, aber sie wusste, wie eine matriarchalische Kultur funktionierte, und kannte das soziale Gefüge.

Am Ende gewann immer die Stärkere. Im Augenblick war Jane die Stärkere.

„Du ... du ...“

„Ich kann tun, was ich will. So sieht es nun mal aus.“ Jane warf die Hand der Prinzessin zurück in ihren Schoß. „Wage es also nicht, ihn anzufassen. Ich habe mein Recht gefordert. Verstanden?“

Leuchtend rote Flecken erblühten auf Lailas Wangen. „Mutter wird dazu etwas zu sagen haben.“

„Ja, und zwar: ‚Gut gemacht!‘“ Jane stand auf und stellte sich neben Nicolai. Sie kämpfte gegen den Drang an, seine Hand zu nehmen, ihren Kopf an seinen Hals zu lehnen und einfach seinen Duft einzuatmen. „Außerdem ist sie nicht hier. Oder?“

„Nein.“ Die Farbe breitete sich bis zu Lailas Nacken aus.

„Und das bedeutet …“

„Dein Wort ist Gesetz“, presste Laila heraus. „Na gut. Ich werde ihn dir kampflos überlassen. *Wenn* er dir gehören will. Mein Schatz“, sagte sie, stand auf und sah ihm tief in die Augen.

Zwischen ihnen prasselte Magie.

Jane wurde einen Augenblick nervös. Konnte Nicolai hypnotisiert werden, oder was versuchte Laila da gerade? „Das reicht“, bellte sie.

Laila ignorierte sie. „Sag meiner Schwester, wie sehr du mich begehrst, mein Schatz. Sag ihr, nach wessen Körper du dich sehnst.“

Er presste seine Lippen zu einem schmalen Strich zusammen.

„Sag es ihr! Sofort.“

Harfe und Geige verklangen, wurden übertönt von Janes Herzklopfen. Dann schüttelte Nicolai seinen Kopf und sagte: „Ich begehre Prinzessin Odette“, und sie nahm die Welt um sie herum wieder wahr.

Laila keuchte schockiert und knurrte dann wütend: „Nein. Nein, du lügst.“

„Warum sollte er lügen?“, wollte Jane wissen.

Lailas Blick aus zusammengekniffenen Augen richtete sich auf sie. „Was hast du mit ihm gemacht? Wie hast du mir seine Zuneigung geraubt? *Was hast du gemacht?*“, kreischte sie.

„Sie hat nichts getan. Ich will sie einfach.“ In Nicolais Stimme lag genug Wahrheit, um seine Behauptung zu untermauern.

„Ich werde …“ Laila hob eine Hand, entweder um Nicolai zu schlagen oder um einen Zauber zu wirken.

Jane war egal, was sie genau vorhatte. Sie packte das Handgelenk der Schlampe ein zweites Mal. „Du verstehst wohl immer noch nicht, was ‚mein Besitz' bedeutet. Fass ihn an, und du wirst es bereuen."

Mehrere Sekunden verstrichen, ehe Laila ihre Gesichtszüge unter Kontrolle brachte und den Arm sinken ließ. Bebend vor Wut stand sie da, ihr Atem kam stoßweise. „Du hast dich verändert, Odette. Du hast mich noch nie so schlecht behandelt."

Jane zuckte mit den Schultern, als kümmerten sie die Worte nicht, aber innerlich zitterte sie. „Nahtoderlebnisse hinterlassen eben ihre Spuren. Gute Nacht, liebste Schwester." Endlich nahm sie Nicolais Hand und führte ihn eilig aus dem Zelt in ihr eigenes.

Rhoslyn hatte sie beim Wort genommen und war nicht wach geblieben, um sich um sie zu kümmern. Jane und Nicolai waren allein.

Sie wirbelte zu ihm herum. Er ließ die Maske fallen, und sie sah sein dunkles unordentliches Haar, seine silbernen Augen. Seine riesenhafte Größe, breite Schultern und felsenharte Kraft. Ihr Begehren wuchs und brandete durch ihren Körper.

„Wir haben viel zu besprechen", sagte er. Er legte eine Hand an ihre Wange, und sein Griff war stark und sicher. „Aber zuerst brauche ich dich. Ich habe dich mehr vermisst, als ich sagen kann." Und dann sagte er überhaupt nichts mehr. Er küsste sie hungrig, und sie erwiderte seinen Kuss.

17. KAPITEL

Nicolai nahm Jane fest in seine Arme, nahm ihre Leidenschaft in sich auf und gab sie in gleicher Stärke zurück. Er wäre fast auf die Knie gesunken, als er sie entdeckt hatte, wie sie neben seiner Feindin gesessen hatte, in höchster Gefahr, aber am Leben. Erleichterung, ja, die hatte er empfunden. Und Wut. Laila war in seiner Reichweite gewesen, bereit, von ihm getötet zu werden.

In der Wut hatte allerdings auch Angst gelegen. Er hatte den Zauber gespürt, der die Schlampe vor körperlichen Angriffen bewahrte und der jede Gewalt, die jemand ihr antat, auf den Angreifer zurückfallen ließ.

Wenn er sich auf ihre Kehle gestürzt hätte … oder Jane … Sie wären beide tot.

Aber es ist ja nicht passiert. Jane ist jetzt in Sicherheit.

Laila wusste, dass Nicolai auf der Jagd nach ihr war, sonst hätte sie diesen Zauber nicht gesprochen. Die wenigsten Hexen gingen dieses Risiko ein. Niemand konnte ihr schaden, das stimmte, aber es konnte ihr auch niemand helfen. Wenn sie sich aus Versehen selbst verletzte, würde der Zauber sich gegen sie wenden und sie selbst als Bedrohung ansehen. Sie würde nicht nur die eine Verletzung erleiden, sondern hundertfach von der Magie verletzt werden.

„Nicolai", krächzte Jane.

Er hatte gefürchtet, sie könnte ihn nicht erkennen, dass er Lailas Gabe zur Hypnose stehlen müsste, um sie zu zwingen, mit ihm zu kommen. Und er hatte nicht gewusst, ob er damit Erfolg haben würde, solange Laila durch ihren Zauber geschützt war. Er hätte mehr Vertrauen in seine Frau haben sollen. Jane war sich seiner so bewusst, wie er sich ihr bewusst war. Das Gesicht, das er trug, war dabei egal.

„Ja, mein Liebes?" Die Süße ihres Dufts erfüllte ihn. Ihr

köstlicher Geschmack füllte seinen Mund. Sein Blut kochte förmlich, und jeder Muskel in seinem Körper spannte sich an, sehnte sich nach ihrer Berührung.

„Was hast du … mit dem … echten Sklaven … gemacht?" Ihre Zunge leckte bei jeder Atempause über seine Haut.

„Ihn freigelassen." Auf mehr als eine Weise. Laila hatte den Verstand des armen Mannes verwirrt, bis er nicht mehr gewusst hatte, wo oben, wo unten, wo links oder rechts war, sie hatte sich selbst zum absoluten Zentrum seiner Welt gemacht und ihn gezwungen, sich an sie zu klammern.

Nicolai hätte den armen Mann einfach für die Nacht anketten und ihn verstecken können, aber er hatte sich selbst in dem Jungen gesehen. Deshalb hatte er seine Fähigkeiten benutzt, um den Zauber zu durchbrechen und den Mann daran zu erinnern, wer er war, wen er liebte und um Laila von der Rechnung zu streichen.

„Das ist gut." Jane hielt ihn so fest, dass er sich kaum bewegen konnte. Er fand, das war es wert. „Sollten wir nicht … fliehen … solange wir … können?"

„Nein. Während die Prinzessin schläft, kann ich in ihre Träume eindringen und sie zwingen, sich selbst zu verletzen." Noch eine Fähigkeit, die er besaß. „Dann verschwinden wir. Kehren nach Elden zurück." Jeder Satz wurde von einem tiefen feuchten Kuss unterstrichen, der ihn tief berührte.

„Dann müssen wir uns bis dahin wohl irgendwie die Zeit vertreiben, was?" Jane wandte ihre volle Aufmerksamkeit seiner Zunge zu, saugte daran und umschlang sie mit der eigenen. Mit den Händen fuhr sie ihm durchs Haar, mit den Fingernägeln kratzte sie über seine Kopfhaut und hinterließ Spuren.

Er liebte es, dass sie seinen Durst nach Rache einfach so hinnahm. Er liebte es, dass sie sich an ihn klammerte, sich genauso verzweifelt nach Berührung sehnte wie er. Sie konnten sich gar nicht nahe genug sein. Er liebte es, dass sie klüger war als er und sich manchmal in den eigenen Gedanken verlor.

Er liebte einfach ... sie. Ja. Das tat er. Er liebte sie. Er hatte sich schon in sie verliebt, als sie zum ersten Mal in seiner Welt aufgetaucht war. Sie waren Fremde gewesen, aber sie hatten sich schon bald verbündet. Aus diesem Bund war Zuneigung geworden. Aus dieser Zuneigung Liebe. Aber das Begehren ... oh, das Begehren war immer da gewesen.

Er verspürte eine gewisse Abneigung. Nicht ihr gegenüber, sondern gegen den Vampir, der sie verflucht hatte. Nicolai durfte ihr nie sagen, was er empfand. Sonst erwiderte sie seine Empfindungen vielleicht und verschwand für immer.

„Ich habe dich vermisst. So sehr vermisst." Wenigstens das konnte er ihr gestehen, wenn er schon nicht weiter gehen durfte. „Die Trennung war, als würde man mich erdolchen." Wieder und wieder, und die Wunde würde nie verheilen, nie, und der Schmerz niemals aufhören.

„Ich habe dich auch vermisst." Sie zog eine Spur aus Küssen an seinem Kiefer und seinem Hals entlang. „Wo warst du?"

„Elden."

„Zu Hause?"

„Ja."

„Ich auch."

„Was?" Er löste ihre erotische Umarmung und blickte zu ihr hinab. „Dein Zuhause?"

Sie weigerte sich, aufzuhören. Mit einem Satz war sie wieder in seinen Armen und saugte an seinem Hals. „Ja, zu Hause. In meiner Welt."

Nicolai legte die Finger an ihr Kinn, zwang sie, stillzuhalten und ihn anzusehen. Ihr Blick war von Leidenschaft verschleiert, ihre Lider halb gesenkt. Sein Herz zog sich bei diesem atemberaubenden Anblick zusammen. Er schüttelte den Kopf, um nicht den Faden zu verlieren. „Damit ich das richtig verstehe: Du hast meine Welt verlassen und bist in deine zurückgekehrt."

„Ja."

Er hätte sie beinahe wieder verloren. Und er hatte es nicht einmal gewusst! „Wie bist du zurückgekommen?", krächzte er.

Ein geheimnisvolles Lächeln umspielte ihre Mundwinkel, brannte sich in ihn hinein und verstärkte sein Begehren. „Anscheinend hast du mir, als du mir von deinem Blut zu trinken gegeben hast, auch deine Fähigkeit zur Teleportation gegeben."

Beim dunklen Abgrund. Diese Möglichkeit war ihm nie in den Sinn gekommen. Vielleicht weil er sein Blut bisher nur mit seinem Vater geteilt hatte, der bereits einige von Nicolais Fähigkeiten besaß.

„Und du bist zu mir zurückgekommen." Er hatte nie an so etwas wie Schicksal geglaubt, aber jetzt ... Wäre Jane nicht von den Ogern verletzt worden, hätte er ihr nicht von seinem Blut gegeben. Hätte er ihr nicht sein Blut gegeben, hätte er auch keinen Weg gefunden, sie für den Rest ihrer beider Leben an sich zu binden.

„Ich werde immer zu dir zurückkommen."

Eine schwere Last hob sich von seinen Schultern. Der Fluch hatte irgendwie seine Macht über sie verloren. Sonst wäre sie in ihrer Welt geblieben.

Er fuhr mit dem Daumen ihre Wangenknochen nach. „Ich habe es dir schon einmal gesagt, aber ich will, dass du trotzdem genau zuhörst. Es ist mir egal, ob tausend Verlobte auf mich warten. Du bist die, die zählt." Er würde nur eine Frau haben. Diese Frau. Für immer.

Er beugte sich schwungvoll vor und drang mit der Zunge

tief in die süßen Abgründe ihres Mundes hinab. Sie hieß ihn mit einem Stöhnen willkommen.

Den größten Teil seines Lebens war er Frauen gegenüber kalt und distanziert gewesen. Oh, er hatte seine Mutter und seine Schwester wie die Kostbarkeiten behandelt, die sie waren, aber auf alle anderen hatte er keinen zweiten Gedanken verschwendet. Er war ein Prinz, und sie standen ihm zu. Das hatte er sich jedenfalls eingeredet.

Schicksal, dachte er wieder. Wäre er kein Sklave gewesen, verzweifelt auf der Suche nach einer Fluchtmöglichkeit, hätte er Jane vielleicht auf dieselbe Art behandelt. Und es wäre ein großer Verlust gewesen, wenn er sie und die vielen Facetten ihrer Persönlichkeit nie kennengelernt hätte. Selbstlos, mutig, stärker als jeder andere, den er kannte, fähig und ehrenhaft.

Ehrenhaft. Ja. Er musste sich bei ihr nie fragen, wo er stand. Sie würde es ihm immer sagen, egal ob er ein Prinz war oder ein Bettelknabe. Sie würde sich von ihm nie einschüchtern lassen und ihn immer herausfordern.

„Ich will dich nackt sehen." Er zog an den Schulterträgern ihres Kleides und schob den Stoff nach unten. Innerhalb von Sekunden lag das smaragdgrüne Kleid auf dem Boden. Er hob sie hoch und zog sie dichter an sich heran. Haut an Haut. Endlich.

Jedes Mal, wenn sie ausatmete, berührten sich ihre Oberkörper, und der Kontakt erregte ihn noch mehr. Ihre Haut fühlte sich warm und seidig an. Ihre Brustspitzen waren hart und rieben über sein feines Brusthaar. Sein Schaft presste sich gegen ihren Bauch, und an der Spitze glänzte es schon feucht. Er schob die Hüften vor und genoss dieses köstliche Gefühl.

Sie kam ihm entgegen, und die Reibung ließ Funken sprühen. „Ich bekomme nie genug von dir."

„Gut." Er fuhr mit den Händen ihre Wirbelsäule entlang und fühlte, wie sie eine Gänsehaut bekam. Dann legte er beide Hände an ihren Po. „Keine Unterwäsche?"

„Man hat mir keine gegeben."

„Das freut mich." Wenn es nach ihm ginge, würde sie nie wieder welche tragen.

„Ich … ich will dich, Nicolai. Jetzt."

„Du hast mich. Nichts wird uns je wieder trennen, Jane. Verstehst du?"

Ihr stockte der Atem. Sie spielte mit seinen Haarspitzen. „Ich glaube schon, ja."

„Du sollst es wissen. Ich will dich nicht verlieren. Ich *darf* dich nicht verlieren. Ich will dich heiraten. Immer bei dir sein. Ich wähle dich, Jane. Vor meiner Krone, meinem Volk und meiner Rache."

Tränen stiegen ihr in die Augen wie bernsteinfarbene Seen. Nicolai wartete angespannt, war auf eine Weise unsicher, die er noch nie gekannt hatte.

„Genau wie ich dich wähle", sagte sie mit brechender Stimme.

Den Göttern sei Dank. Er wäre auch auf die Knie gefallen und hätte gebettelt, wenn es nötig gewesen wäre. „Ich will deine Familie sein."

„Das bist du."

Eine sanfte Berührung auf seiner Wange. Janes Miene war so zärtlich, dass *ihm* Tränen in die Augen stiegen.

„Jane. Ich liebe dich." Es gab keinen Grund mehr, das zu leugnen. „Ich will es dir zeigen. Lass mich es dir zeigen."

Erstaunt schnappte sie nach Luft. „Du … du liebst mich? Ich meine, ich weiß, du hast vom Heiraten geredet, aber das ist das erste Mal, dass du von Liebe gesprochen hast, und ich … ich …"

„Ich liebe dich. Von ganzem Herzen."

„Oh Nicolai." Sie umarmte ihn noch fester und lachte und weinte gleichzeitig. „Ich liebe dich auch. So sehr."

Ihr Geständnis zu hören war, als träte er in einen warmen Sonnenstrahl, nachdem er eine Ewigkeit in der kalten Dunkelheit des Winters verbracht hatte. Als hätte er etwas erhalten, von dem er nicht gewusst hatte, dass er es brauchte, aber jetzt, da er es hatte, konnte er ohne nicht mehr leben.

Er zog sie mit sich herab auf den Boden. Ihre Brüste waren gerötet und rosig, und er konnte nicht widerstehen. Er umkreiste eine Spitze mit seiner Zunge und leckte daran, bis sie vor Verlangen stöhnte, dann wandte er sich der anderen zu. Seine Fangzähne sprangen hervor und schmerzten vor Verlangen. Jetzt war allerdings nicht die Zeit, sich an ihrem köstlichen Blut zu laben. Er hatte getrunken, ehe er zu ihr gekommen war, in der Hoffnung, den quälenden Hunger zu lindern.

Kein anderes Blut hatte je so eine Wirkung auf ihn gehabt wie Janes. So mächtig, so verschlingend. Und auch wenn er all seine Erinnerungen wiederhaben wollte, jetzt sofort, wollte er lieber nicht riskieren, noch einmal ohne Warnung zu verschwinden und seine Frau allein den Gefahren auszusetzen.

Gefahren, mit denen sie umgehen konnte, wie sie immer wieder aufs Neue bewiesen hatte.

Er hob den Kopf, um sie zu betrachten. Ihr honigfarbenes Haar fiel auf ihre Schultern hinab, ihr Blick leidenschaftlich, ja gierig. Sie biss sich auf die Unterlippe, als sie mit den Händen über seinen festen Bauch strich. Sie bot einen erhabenen Anblick, eine Göttin, hinabgestiegen aus den Himmeln.

Er erhob sich auf die Knie und spreizte ihre Beine. So nass, so rosig. Er wollte in sie eintauchen. Ihm stand schon Schweiß auf der Stirn, und jede Zelle in seinem Körper verlangte, dass er sie nahm, sie für sich beanspruchte. Seine Frau. Jetzt, für immer.

Noch nicht, noch nicht.

Er musste sie erst vorbereiten. Beim ersten Mal hatte er ihr wehgetan. Nicht dass sie etwas dagegen gehabt hatte. Sie war zu eng gewesen und er zu hastig. Dieses Mal nicht. Dieses Mal sollte sie jede Sekunde genießen.

Er fuhr mit den Fingern bis zu ihrer heißen Mitte, und sie zuckte zusammen, als hätte sie der Blitz getroffen.

„Ja!“ Sie griff in den Teppich unter sich und hob die Hüften.

Durch die Bewegung glitten seine Finger wie von selbst in sie hinein. Sie schloss sich fest um ihn. Er hätte auf der Stelle kommen können. *Atme, verdammt.* Er liebte sie mit seinem Finger, vor und zurück, bis sie sich wie von Sinnen unter ihm wand und seinen Namen keuchte. Dann nahm er einen zweiten Finger dazu. Vor und zurück, vor und zurück.

Bald stöhnte sie alle paar Sekunden, ließ die Hüften kreisen, verlangte nach seinem Daumen auf ihrer Klitoris. Er gab ihn ihr. Einen Augenblick lang. Sie schrie vor Erleichterung auf – und stöhnte vor Verzweiflung, als er den Druck wieder löste.

Ein dritter Finger schloss sich den ersten beiden an, vor und zurück, vor und zurück. Er weitete sie und verteilte ihren süßen, süßen Nektar. Als ihre Muskeln sich anspannten und sie kurz vor dem Höhepunkt stand, zog er die Hand zurück.

„Bitte!“, rief sie aus.

So ein verlockendes Flehen. Mit der Hand, die feucht von ihr war, machte er sich für sie geschmeidiger. Er schloss vor Wonne die Augen, genoss die Stimulierung ebenso, wie Jane es getan hatte. Brauchte sie. Er rieb hinauf … hinab …

„Oh nein, wage es nicht.“ Sie schlang die Beine um ihn, kreuzte die Knöchel über seinem Hintern und zog ihn zu sich herab. Er konnte sein Gleichgewicht nicht mehr halten und fiel auf sie. Sie keuchte, als sie sein Gewicht spürte. „Bitte, Nicolai. Tu es.“

„Ja“, krächzte er. Er konnte selbst keine Sekunde mehr warten.

Mit einem selbstsicheren Stoß drang er tief in sie ein. Sie schrien beide auf. Dann kam sie, klammerte sich an ihn, trieb ihn in ungeahnte Höhen ... immer höher. Mehr, er musste mehr haben. Wollte sie beißen, durfte sie nicht beißen.

Stattdessen vergrub er seine Fangzähne in seinem Handgelenk. Blut troff auf seine Zunge, Blut, das noch nach Jane schmeckte. Er wollte saugen, aber er zwang sich, loszulassen und die Wunde an Janes Lippen zu halten.

„Trink“, befahl er ihr. Sie würden das jeden Tag tun. Würden niemals riskieren, dass sie die Fähigkeit verlor, zwischen den Welten zu wandeln.

Sie schloss gehorsam die Augen und begann zu saugen. Es sah aus, als würde sie es ... genießen? Bei allen Göttern, das tat sie. Allein der Gedanke steigerte seine Lust noch weiter. Jeden Augenblick würde er kommen. Er wollte aber mit ihr gemeinsam den Höhepunkt erleben.

„Noch mehr, Jane“, sagte er, während seine Stöße härter wurden, so hart, dass sie aufkeuchte, aber sie hörte nicht auf zu trinken, und schon bald hoben sich ihre Hüften wieder seinen entgegen. Sie trank gierig und stöhnte bei jedem Schluck.

Meine Frau. Mein.

Vielleicht hatte er die Worte geschrien. „Ja“, antwortete Jane, und sie umschloss ihn enger und enger, als ein zweiter Orgasmus sie überkam. „Dein.“

Dieses Mal gab es kein Zurückhalten. Er ergoss sich in ihr, gab ihr noch den letzten Tropfen.

Sie hielten einander danach mehrere Minuten, Stunden, Jahre fest, zitterten und bebten, bis sie schließlich auf dem Boden zusammensanken. Er rang nach Atem, konnte keinen klaren Gedanken fassen, aber er wusste noch, dass er ihr nicht wehtun wollte, und drehte sich auf die Seite.

„Zuerst dachte ich, ich würde mich in einen Vampir verwandeln, dann habe ich mich selbst davon überzeugt, dass das nicht geht“, murmelte sie schläfrig. „Aber ich glaube, ich bin doch einer. Dein Blut – es schmeckt so verdammt gut. Ich habe mich danach gesehnt wie nach einer Droge. Und jetzt, wo ich mehr davon hatte …“ Sie erschauerte. „Ich fühle mich so *gut.*“

Er runzelte die Stirn. Dass so etwas möglich war, hatte er nicht gewusst. Im Gegensatz zu den Nachtwandlern war er ein lebendiges Wesen, geboren, nicht geschaffen. Andere zu erschaffen war einfach – bisher – nicht möglich gewesen.

Außerdem, selbst wenn er sein Blut mit anderen hätte teilen wollen, wonach er bisher noch nie den Wunsch verspürt hatte – keine seiner menschlichen Geliebten hätte von ihm trinken wollen. Sie hätten schon die Vorstellung geradezu widerlich gefunden. Das Gleiche galt für die Hexen und die Gestaltwandler, auch wenn diese eher eine Verunreinigung ihrer Art befürchteten.

„Verlangt es dich nach allem Blut oder nur nach meinem?“, fragte er.

„Nur deines. Aber der Gedanke, von anderen zu trinken, ist nicht so abstoßend, wie er sein sollte.“

„Gibt es noch andere Symptome?“ Ihm gefiel der Gedanke, so etwas mit ihr zu teilen, aber die Schwierigkeiten, die es mit sich bringen würde, erschreckten ihn bis auf den Grund seiner Seele.

„Meine Haut ist etwas empfindlicher als früher. Empfindlicher als deine, glaube ich. Aber wenn ich zu einem Vampir werde, würde diese gesteigerte Empfindlichkeit einen Sinn ergeben, weil ich noch keine Zeit hatte, mich anzupassen.“

Wie viele andere Menschen würden ihm erzählen, dass die Verwandlung zum Vampir „einen Sinn ergab“? Fast musste er lächeln. Fast.

Er musste ihr beibringen, wie man trank, nur für den Fall, dass sie für eine längere Zeit getrennt wurden. Er erstarrte bei dem Gedanken daran, dass ihr Mund den Körper eines anderen berührte. *Es muss sein.* Eine Ader zu durchbeißen war kein Talent, das man einfach entwickelte, man musste es lernen.

„Wie fühlst du dich bei dem Gedanken, dich zu verwandeln?", fragte er.

„Ich bin etwas ängstlich. Aber auch aufgeregt."

„Sag mir, wenn du noch weitere Anzeichen bemerkst."

„Das werde ich."

Er küsste sie auf die Schläfe. „Jetzt ruh dich aus, mein Liebes. Ich wecke dich in ein paar Stunden."

„Und dann bringen wir Laila um?"

Hatte er es nicht gewusst? Jane kannte ihn besser als jeder andere, dem er je begegnet war. „Ja. Dann bringen wir Laila um." Er fragte sich, ob er Jane in einen Traum ziehen konnte, um sie zu beschützen, damit Laila sie nicht angreifen konnte, während sie schutzlos dalag.

„Gut." Ihr warmer Atem streichelte seine Haut, als sie sich enger an ihn schmiegte. „Ich liebe dich."

„Ich liebe dich auch."

Sie schlief ein und er begann, ihre gemeinsame Zukunft zu planen. Dabei ignorierte er die intensive dunkle Vorahnung, die plötzlich in ihm aufstieg.

18. KAPITEL

Sie zogen sich rasch und leise an, und Jane packte eine kleine Tasche mit dem Notwendigsten zusammen. Zum Beispiel das Buch – Nicolai war hocherfreut gewesen, es zu sehen –, einige Kleider, Proviant und einen Schlauch Wasser. Laila hatte keine Waffen für Odette mitgebracht, was Jane enttäuschte, aber nicht überraschte.

„Wie willst du in ihre Träume eindringen?", fragte sie Nicolai.

„Ich werde dir alles darüber erzählen." Er stellte sich vor sie und griff ihre Schultern. Er trug wieder die Maske des Sklaven. „Wenn ich fertig bin."

Sie wusste, was das bedeutete – er begab sich in Gefahr –, und sie war, verdammt noch mal, nicht einverstanden. „Ich komme mit dir."

Er seufzte, als hätte er mit dieser Antwort schon gerechnet und sich damit abgefunden. „Ich möchte dich auch in den Traum mitnehmen, und ich werde es versuchen. Aber weil ich so etwas noch nie gemacht habe, weiß ich nicht, ob es funktioniert. Bis dahin will ich, dass du hierbleibst."

„Warum?"

Er fuhr mit der Zunge über einen Schneidezahn. „Wenn ich sie nicht zwingen kann, sich selbst zu verletzen, muss ich all ihre Macht in mich aufnehmen. Alle Macht und alle Zauber, die sie auf sich selbst gelegt hat."

Jane riss die Augen auf. „So was kannst du?"

Er nickte steif. „Wahrscheinlich werde ich diesen Weg gehen müssen. Ich habe schon versucht, in ihre Träume einzudringen, während du geschlafen hast, und bin auf unerwarteten Widerstand gestoßen. Wenn ich diesen Widerstand auch aus nächster Nähe nicht überwinden kann, muss ich etwas tun, um ihre Mauern zu durchbrechen und ihre Magie zu stehlen. Etwas … ohne Gewalt."

Sie verstand, was er meinte, und wollte sich übergeben. Oder vielleicht jemanden schlagen. „Zum Beispiel … sie küssen?" Oder mehr.

Noch ein Nicken, kaum merklich dieses Mal.

„Du kannst sie nicht einfach abstechen?", fragte sie hoffnungsvoll.

„Nicht ohne selbst zu sterben. Sie hat einen Zauber auf sich gelegt, der jede Verletzung, die ich ihr zuzufügen versuche, auf mich selbst zurückfallen lässt."

„Okay, dann kommt das nicht infrage." Jane kaute auf ihrer Unterlippe, spürte die Schnitte dort und merkte, dass sie in letzter Zeit sehr oft nervös daran gekaut hatte. „Das erklärt wahrscheinlich die Ausstrahlung von Macht, die ich bei ihr wahrgenommen habe."

„Das hast du gespürt?"

„Jepp." Sie drückte ihre Schultern durch. „Und okay. Gut. Wenn du sie küssen musst, musst du sie eben küssen. Und glaub mir, ich beneide dich nicht darum. Das geht ein bisschen zu weit für das Wohl der Allgemeinheit. Ich meine, ich würde mich lieber selbst erdolchen, als sie zu küssen."

Fast musste er lachen. „Das ist nicht lustig, Jane."

„Ich weiß." Aber ihr war es lieber, dass er lachte, statt sich um ihre Reaktion zu sorgen. „Wenn du überlebst, bin ich mit dem Plan einverstanden. Bitte sag mir, dass du sie verletzen kannst, sobald du ihre Macht aufgenommen hast."

„Ja." Er strahlte reine Entschlossenheit aus. „Das kann ich."

„Dann hast du wenigstens was davon, dem Teufel deine Zunge in den Hals zu stecken." Sie boxte ihn spielerisch in die Seite. „Viel Glück, Tiger."

Dieses Mal lachte er wirklich. „Danke. Bleibst du jetzt bitte hier?"

„Nein, tut mir leid. Ich kann vielleicht selbst keine Magie wirken, aber Laila glaubt immer noch, ich wäre Odette. Du könntest mich brauchen. Deswegen werde ich nicht von deiner Seite weichen."

Ein Augenblick verging, ohne dass er etwas sagte, dann ein weiterer. Schließlich kniff er sich in die Nasenwurzel. „Also gut. Du kannst mit mir kommen. Falls etwas schiefgeht, machst du dich, so schnell es geht, auf den Weg nach Elden und suchst nach Prinz Dayn. Vertrau niemandem sonst. Sag ihm, du gehörst zu mir. Sag ihm, du bist meine Angetraute."

Wie traurig er auf einmal klang. Beim Gedanken daran, sie zu verlieren? „Wird er mir glauben?" Nicht dass sie vorhätte, wirklich zu gehen. Das bestimmt nicht, aus keinem Grund. Sie *würden* zusammen sein.

„Ich habe dich gezeichnet, also ja. Ja, das wird er. Er ist ein Bluttrinker, so wie ich."

Als er sich abwenden wollte, griff sie nach seinem Arm. Eine winzige Geste, aber sie zeigte Wirkung. „Du hast deinen Bruder gefunden?"

„Noch nicht. Aber ich habe das Gefühl, dir kann gelingen, worin ich versagt habe."

Wieder drehte er sich um. Wieder hielt sie ihn fest. „Dann bist du wirklich ein Prinz?"

„Ja", antwortete er wieder. „Der Kronprinz, dessen Schicksal es ist, ganz Elden zu regieren."

Dieses Mal blieb er stehen und wartete auf eine Antwort. Sie ließ ihn los und zuckte mit den Schultern. „Das erklärt *einiges.*"

Er blinzelte zu ihr hinab. „Mehr hast du dazu nicht zu sagen?"

„Nein." Er war königlich. Na und? Jeder hatte Fehler.

Sie beugte sich vor, griff nach dem Riemen ihres Beutels

und hob sich das schwere Ding auf die Schulter. Der Riemen schnitt in ihr Fleisch, aber sie gestattete es sich nicht, zusammenzuzucken. Nicolai würde ihr die Last dann abnehmen, und er musste beide Hände frei haben.

„Erwarte aber nicht von mir, dass ich brav danebenstehe und tue, was du sagst. Das läuft nicht. Also, gehen wir oder was?"

Seine Augen lagen hinter seinen Wimpern verborgen, als er sich vorbeugte, sie in seine Arme schloss und sie sanft und liebevoll küsste, ganz wie ein zärtlicher Liebhaber, der seine Dankbarkeit ausdrückte. Wofür, fragte sie sich, vergaß die Frage aber gleich wieder. Ihre Lippen kribbelten. Ihre Zungen berührten sich kurz, und sie konnte ihn schmecken. Wollte mehr. Immer, immer wollte sie mehr.

Er richtete sich auf und seufzte. „Ich will nicht, dass ihre Magie dich trifft, Jane. Wenn ich versage und sie sich gegen dich wendet ..."

„Stock und Stein brechen mir das Bein, aber ich bin wahrscheinlich ein Vampir, also ist es mir egal. Ich heile gleich wieder."

Er runzelte verwirrt und wütend die Stirn. „Niemand wird dir ein Bein brechen."

Sie tätschelte ihm die Wange. „Ich habe dir bereits gesagt, dass ich mit dir komme, und das ist mein letztes Wort. Hör auf, mir das ausreden zu wollen."

Vielleicht konnte er ihre Entschlossenheit spüren. Vielleicht hasste er den Gedanken, von ihr getrennt zu sein, genauso sehr wie sie selbst. Wie dem auch war, er ließ sie los und nickte. „Sturee Stück."

„Ich nehme an, damit meinst du eigentlich ‚anbetungswürdige Frau'."

„Stimmt." Er nahm ihre Hand und führte sie hinaus in die Nacht. Der Mond war hinter schweren dunklen Wolken verborgen, die Luft kühl und feucht. Ein Sturm schien aufzukommen.

Einige Schritte entfernt prasselte ein Lagerfeuer und beleuchtete sie mit goldener Wärme, aber es waren keine Wachen in der Nähe. Tatsächlich gab es nirgends ein Anzeichen von Leben. Nicht einmal vor Lailas Zelt. Jane wusste, dass die Männer in der Umgebung patrouillierten. Sie konnte ihre Herzen schlagen hören. *Klopf-klopf. Klopf-klopf.*

„Irgendetwas stimmt nicht", sagte Jane.

„Ich weiß", antwortete er mit tonloser Stimme.

„Vor ihrem Zelt sollten Wachen stehen. Warum hat sie die fortgeschickt?"

„Sie muss mich erwarten."

Konnte denn nie etwas glattlaufen? „Wir sollten verschwinden. In ein paar Tagen wiederkommen. Wenn sie weiß, wer du bist, greift sie dich direkt an."

„Oh ja, das wird sie." Seine Stimme war immer noch tonlos, aber die Entschlossenheit verlieh ihr einen gefährlichen Klang. „Vielleicht trauen wir ihr aber auch zu viel zu. Möglicherweise weiß sie es nicht, sondern vermutet es nur. Wie auch immer, heute Nacht wird sie sterben."

Er sprach wie jemand, dem nicht mehr viel Zeit blieb. Jane erinnerte sich an seinen Drang, nach Elden zurückzukehren. Ein körperliches Bedürfnis, das ihn langsam umbrachte, hatte er gesagt. Vielleicht war das gerade der Fall.

Als er also auf das Zelt zuging und ohne zu zögern eintrat, versuchte Jane nicht, ihn aufzuhalten. Die Laternen brannten noch, und ihre Augen passten sich sofort an. Im Gegensatz zu vorher tanzten keine Sklaven mehr in der Mitte.

Sie stellte bestürzt fest, dass Laila nicht in ihrem Bett schlief. Stattdessen lag sie auf ihrer Liege und nippte an einem Kelch. Sie wartete.

„Endlich", sagte sie gelassen. Sie streichelte den Zeitmesser, der um ihren Hals hing. Einen Zeitmesser, den sie eben noch nicht getragen hatte. „Und jetzt habe ich meine Antworten."

„Worauf?" Nicolai schob Jane hinter sich.

Sie legte ihre Hände auf seinen Rücken und spürte, wie die Muskeln dort sich anspannten.

Wut verzerrte Lailas Miene für den Bruchteil einer Sekunde, ehe sie ihre Züge wieder glättete. „Du bleibst, wo du bist, Sklave. Und glaube mir, du wirst nicht in der Lage sein, dich nur kraft eines Gedankens von einem Ort zum anderen zu bewegen, versuch es also gar nicht erst."

Hatte sie ihre Magie benutzt, um ihn an diesen Ort zu fesseln? Jane stellte sich neben ihn – und stellte fest, dass Laila genau das getan hatte. Sie merkte es daran, dass ihre Füße so schwer wie Mühlsteine wurden. Laila hatte sich nicht bewegt, sie hatte nicht einmal geblinzelt, und doch war es ihr irgendwie gelungen, Magie zu benutzen.

Angst machte sich in ihr breit wie kleine Pfeile, die ihr Gift schnell verteilten. „Mutter wird sehr enttäuscht von dir sein", sagte sie.

„Wird sie?" Laila lächelte und wendete ihre Aufmerksamkeit Jane zu. „Oder wird sie stolz auf mich sein, weil ich eine Hochstaplerin vernichtet habe?"

Atmen, einfach atmen.

„Vorhin, als ich die Menschenfrau habe umbringen lassen, konnte ich deine Verstörung und deinen Ekel spüren. Ich habe mich gefragt, warum. Das hat meine Schwester beides nie empfunden. Dann habe ich gespürt, wie jemand durch meine Gaben wühlt. Ich habe mich gefragt, wer, aber keinen Zauber gesprochen, um diese Person aufzuhalten oder zu verletzen, weil ich herausfinden wollte, was sie will. Stell dir vor, wie überrascht ich war, als sie – er – sich für meinen magischen Spiegel entschieden hat."

Sie würde nicht nachfragen. Konnte nicht. Noch nicht.

„Und stellt euch vor, wie überrascht ich war, als mein mehr als treuer Sklave aufgehört hat, mich zu begehren. Auf die gleiche Weise, wie ein anderer Sklave aufgehört hat, mich zu begehren."

„Nicolai hat dich nie begehrt", spie Jane aus.

Laila zuckte ungerührt mit den Schultern. „Er hat auch dich nie begehrt. Im Grunde war er, glaube ich, erleichtert, als ich angefangen habe, mich um ihn zu kümmern. Dann tauchst du plötzlich von den Toten auf, und er kann die Augen nicht mehr von dir lassen. Er sehnt sich nach dir, entführt dich sogar. Nicht um dich als Schild zu benutzen, sondern weil er es nicht ertragen kann, von dir getrennt zu sein. Irgendetwas stimmte da nicht, das wusste ich genau. Jetzt weiß ich auch, was nicht stimmt."

„Und was genau weißt du?", fragte Nicolai so gelassen, als würden sie sonntags beim Brunch sitzen und sich über das Wetter unterhalten.

Jane sah zu ihm auf. Er hatte die Maske fallen lassen. Dort waren sein dunkles Haar, seine silbernen Augen. Seine breiten Schultern, seine Muskeln, die den Stoff seiner dunkelblauen Robe spannten. Ein schöner Mann, den sie mit ihrem Leben beschützen würde.

„Die Frau neben dir ist nicht meine Schwester", sagte Laila. „Ihr Name ist Jane, richtig?"

Atme. „Ich bin Odette. Du kannst mir nicht das Gegenteil beweisen."

„Wirklich? Nun, vielleicht hast du recht." Wut schwang im Tonfall der Prinzessin mit, und ihre Worte waren so scharf wie Klingen. „Früher konnte ich durch die Augen von anderen sehen. Diese Fähigkeit hat man mir geraubt. Ist aber auch nicht wichtig. Ich weiß noch, dass Nicolai in seiner Zelle mit jemandem gesprochen hat. Einer Frau. Jane. Niemand sonst konnte sie sehen. Wir dachten, er ist verrückt geworden." Sie lachte selbstgefällig, und selbst ihre Belustigung war verletzend. „Aber dein Name ist Jane, darauf möchte ich wetten, und du bist ein Mensch."

Jane konnte spüren, wie die Wut in Nicolai pulsierte. „Vielleicht bist du die Wahnsinnige."

Laila richtete sich aus ihrem Sessel auf. Sie heftete ihren Blick auf Nicolai. „Oh nein, das wirst du lassen, Sklave. Wie du gemerkt haben dürftest, habe ich einen Zauber gesprochen, der dich daran hindert, weitere Gaben von mir zu stehlen. Während ihr zwei euch … vergnügt habt, habe ich meine Magie gestärkt." Hatte er es versucht?

„Bis auf die Tatsache", sagte Nicolai mit einem Lächeln, das ganz sein eigenes war, weiß und tödlich, „dass ich alle Gaben, die du benutzt, auch gegen dich anwenden kann. Das kannst du nicht verhindern."

„Nein, du kannst nicht …", kreischte Laila. Sie hatte versucht, auf sie zuzutreten, aber ihr Fuß blieb mitten in der Luft hängen.

„Doch, das kann ich. Dich auf der Stelle festzuhalten fügt dir körperlich keinen Schaden zu, im Grunde rettet es dich sogar vor meinen Klauen. Du solltest dich also freuen. Dein Schutzzauber wirkt."

„Lass mich frei, oder ich rufe die Wachen."

Er hob spöttisch eine Augenbraue. „Und du meinst, sie werden dir glauben, was Odette betrifft? Werden sie nicht, das wissen wir beide. Deine einzige Chance ist, sie freizulassen. Tu es, und wir werden reden. Du und ich. Allein."

„Klar. Denkst du, ich bin so dumm?"

„Na ja …", sagte Jane.

Laila warf ihr einen wütenden Blick zu, fuhr aber fort: „Schwöre, dass du nicht versuchen wirst, mich zu töten, und keine Gaben stiehlst, die ich benutze, und ich werde darüber nachdenken."

Nicolai öffnete den Mund, wahrscheinlich um zuzustimmen, aber Jane ließ ihn nicht zu Wort kommen. „Ich gehe nirgendwohin. Egal, was ihr beiden ausmacht." Und sobald sie konnte, würde sie einen Schnellkurs in Magie belegen. Sie wollte die Regeln kennen. Was eine Hexe konnte und was sie nicht konnte. Sie wollte wissen, wie man sie aufhielt. Wie man sie vernichtete.

„Wie wäre es damit, Nicolai", sagte Laila und lächelte wieder. „Wir finden heraus, welchen Schaden ich deiner Jane zufügen kann, ohne auch nur einen Schritt zu gehen."

Einen Augenblick später hatte Jane das Gefühl, ihr Kopf explodierte. Sie schrie auf, legte ihre Hände an die Ohren und spürte, wie warmes Blut auf ihre Handflächen tropfte. Ihre ganze Welt bestand nur noch aus dem pochenden Schmerz, und sie nahm um sich herum nichts mehr wahr.

Ihre Knie gaben unter ihr nach, aber ihre Füße waren immer noch an den Boden gebunden. Sie konnte sich also nur krümmen, schreien und um ihren Tod beten. Eine Ewigkeit schien zu verstreichen. Doch dann verging der Schmerz genauso schnell, wie er gekommen war.

Langsam wurde sie sich ihrer Umgebung wieder bewusst, und ihr wurde klar, dass es jetzt Laila war, die schrie.

Nicolai, dachte Jane benommen. Nicolai musste sich ihre Fähigkeit angeeignet haben, anderen den Verstand zu zerquetschen – oder was auch immer sie da getan hatte –, und benutzte sie jetzt gegen die Prinzessin. Aber auch er stöhnte, als würde der Schmerz in ihm explodieren.

Lailas Schreie verstummten plötzlich. Nicolai war eine Sekunde später ebenfalls ruhig.

Es waren nur noch keuchende schwere Atemzüge zu hören. Jane versuchte sich aufzurichten, aber ihr fehlte die Kraft. Sie sah, dass ihre Tasche hingefallen war und ein wenig entfernt von ihr lag. Sie war so schweißgebadet, dass ihr Kleid hundert Pfund schwer zu sein schien.

Es gelang ihr, den Kopf zu wenden und zu Nicolai hinaufzusehen. Er sah nicht sie an, sondern Laila, mit zusammengekniffenen Augen. Er strahlte puren Hass aus.

„Du hast gesehen, was ich gesehen habe“, presste Laila hervor. „Dein kostbarer Mensch hat deine Art erforscht. Sie aufgeschnitten, sie gequält. Sag mir, waren sie deine Freunde?“

Oh nein, dachte Jane. *Nein, nein, nein.* Irgendwie hatte er zwar gewusst, dass sie Forschungen und Experimente an seiner Art durchgeführt hatte, aber er hatte nichts von ihren Opfern gewusst. *Hatte* sie einen seiner Freunde gefangen?

„Willst du sie immer noch beschützen?“, wollte Laila wissen. „Willst du immer noch ihr Geliebter sein?“

Stille.

Eine so bedrückende Stille.

Bitte sag mir, dass du keinen von ihnen kanntest. Wenn doch, würde er sie hassen.

„Was willst du, Prinzessin?“, fragte Nicolai, seine Stimme ohne jede Emotion.

In Janes Kehle entstand ein Kloß, der ihr fast die Luft abschnitt. Er tat es. Er hasste sie. Sie musste sich entschuldigen, sich erklären, aber hier und jetzt war das nicht möglich.

Er kann dich nicht hassen. Er liebt dich. Er wird dir vergeben. Irgendwann. Sie hoffte es.

Laila hob ihr Kinn, und ihre Augen leuchteten siegessicher. Diese grausamen grünen Augen. „Ich will, dass du dich an mich bindest. Für immer.“

Er schnaubte. „Nein. Was hätte ich davon?“

„Ich würde dir gestatten, das Mädchen umzubringen.“ Sie winkte in Janes Richtung.

Säure brannte ein Loch in Janes Bauch.

„Ich werde sie umbringen“, sagte er gefühllos, „aber ich

muss mich nicht versklaven, um das zu tun."

Oh Gott, Jane war zu einem seiner Feinde geworden, sie war ihm verhasst, er musste sie um jeden Preis vernichten. „Nicolai. Bitte. Es tut mir so, so leid."

Er ließ sich nicht dazu herab, sie anzusehen. Er hob nur seine Hand, um sie zum Schweigen zu bringen. „*Ich* habe deine Erinnerungen genommen. Ich. Ich wollte, dass du mich rettest. Du siehst also, ich war nie wirklich an dir interessiert. Nur daran, was du für mich tun konntest. Spar dir deine Entschuldigungen."

Er hatte … was? Warum sollte er …

Plötzlich brach alles wieder auf sie ein, als wäre in ihrem Kopf ein Glaskäfig zerplatzt. Sie hatten sich unterhalten, sie hatten Wissen ausgetauscht. Herausgefunden, dass sie verflucht war. Er hatte gewusst, dass es ihn in Gefahr bringen würde, wenn sie die Grenze übertrat, um ihn zu retten. Aus genau dem Grund hatte sie sich geweigert. Er hatte ihr die Erinnerung genommen und sie gezwungen.

Damals hatte sie gedacht, sie würde ihn dafür verachten. Stattdessen war sie froh, dass er es getan hatte. Froh, ihm geholfen zu haben, ihn befreit zu haben, ihn geliebt zu haben. Sie verstand sogar, was ihn dazu gebracht hatte. Als sie ans Krankenbett gefesselt gewesen war, hatte sie versucht, mit Gott einen Handel um ihre Freiheit zu schließen. In diesem Gemütszustand tat man Dinge. Dinge, auf die man nicht immer stolz war.

Warum war sie dann aber nicht für immer nach Hause zurückgekehrt, wie der Fluch es verlangte? Sie liebte ihn. Sie hätte ihn bereits verlieren sollen.

Oder war es sein Hass, der sie für immer trennen würde, nicht ihre Abwesenheit? Ihr Magen überschlug sich.

„Dann bringe *ich* sie eben um", sagte Laila.

„Mit Magie?" Nicolai lachte. „Bitte tu das. Dann habe ich

die Macht, *dich* umzubringen."

„Nicht wenn ich erst dich umbringe und dann das Mädchen."

„Du willst mich nicht tot, Prinzessin. Du willst mich fügsam." Er legte den Kopf schief. „Warum hast du *meine* Erinnerungen vergraben? Nicht die über das Mädchen, sondern alle. Ich weiß, warum du meine Gaben blockiert hast, aber die Erinnerungen …"

Ein selbstzufriedenes Glitzern trat in ihre Augen. „Du willst es wissen? Na gut, dann sage ich es dir. Ich bin nicht das Monster, für das du mich hältst."

Er verschränkte die Arme vor der Brust.

„Du bist auf dem Sklavenmarkt in Delfina aufgetaucht, und alle nahmen an, du wärst der Doppelgänger von Prinz Nicolai. Alle wollten dich kaufen. Ich, Odette. Die Reichen, die Armen. Nur Odette und ich wussten, dass du wirklich Prinz Nicolai von Elden bist, Kronprinz, Vampir und mächtiger, als man es sich vorstellen kann." Wieder streichelte sie den Zeitmesser. „Du hast wild gekämpft und mehrere Personen umgebracht, die sich dir einfach nur genähert hatten, um dich genauer zu betrachten. Dann bist du geflohen."

Er riss seine Augen ein wenig auf, ungewollt, da war Jane sich sicher. Sie nahm an, er hatte sich an diesen Teil seines Lebens noch nicht wieder erinnert. Sie wollte die Hand nach ihm ausstrecken, fürchtete aber, von ihm zurückgewiesen zu werden.

„Odette hat dich freigelassen, nachdem sie deine Macht blockiert hatte. Sie wollte, dass du vom Markt fortkommst, fort von den neugierigen Augen anderer. Gerade war die Nachricht aus Elden eingetroffen, dass man den König und die Königin hingerichtet hatte."

Ein scharfes Einatmen war Nicolais einzige Antwort. Wie tat Jane das Herz um ihn weh.

„Wie du dir denken kannst, hätte Odette dich nicht freigelassen ohne eine Möglichkeit, dich hinterher wieder einzufangen. Doch du bist uns immer wieder entwischt. Sie hatte fast ein Dutzend Male Erfolg – immer wieder hast du versucht, nach Elden zurückzukehren –, doch dir sind jedes Mal neue Methoden eingefallen, ihr zu entwischen. Schließlich ist sie, als sie dich endlich gefangen hatte, tief in deinen Verstand eingedrungen. Du hast die Ereignisse damals vielleicht nicht selbst gesehen, aber du wusstest davon. Du hattest die Nachricht gehört, wie wir alle, und die Magie hat dir den Rest eingeflüstert."

„Erzähl es mir", krächzte er.

„Um das Land in seine Gewalt zu bringen, hat der Blutmagier angegriffen. Als deine Mutter und dein Vater im Sterben lagen, haben beide einen Zauber gesprochen. Deine Mutter, um dich in die Sicherheit zu schicken. Dein Vater, um dich mit dem Durst nach Rache zu erfüllen."

Jane konnte spüren, wie Nicolais Wut anstieg … schärfer wurde …

„Odette konnte nicht zulassen, dass du immer wieder versucht hast, zurückzukehren", fuhr Laila fort. „Und sie konnte dir auch nicht erlauben, nach deinen Geschwistern zu suchen. Wenn sie gewusst hätten, dass du noch am Leben bist, wären sie gekommen, um dich zu finden. Sie mussten also denken, dass du gestorben bist, zusammen mit deinen Eltern ermordet. So ist nie jemand gekommen, um dich zu retten."

Seine Hände ballten sich zu Fäusten.

„Und jetzt", fügte Laila hinzu, „jetzt ist es zu spät."

„Was soll das heißen?", presste er hervor.

„Zwanzig Jahre sind vergangen, seit der Blutmagier den Palast angegriffen hat."

„Nein." Er schüttelte den Kopf. „Nein."

„Oh doch." Ein flüchtiges Lächeln. „Du warst dir des Verstreichens der Zeit genauso wenig bewusst, wie du es deiner Vergangenheit warst. Dafür hat Odette gesorgt." Laila hob ihr Kinn. „Also. Was hältst du von diesem Handel? Ich helfe dir, den Blutmagier zu besiegen, *wenn* du das Menschenweib umbringst. Hier und jetzt."

„Und ich soll die Verbrechen, die du an mir begangen hast, einfach vergessen?", wütete er.

Wenigstens hatte er nicht sofort eingeschlagen, dachte Jane düster und trocken. Wenn er sich derart wütend gegen sie wendete – das könnte sie nicht vergeben. Es sei denn, es wäre ein Trick. Es sei denn, er versuchte nur, Lailas Vertrauen zu erlangen.

Die Hoffnung starb zuletzt.

„Entweder das, oder ich lasse deine Erinnerung noch einmal von der Heilerin löschen. Das mussten wir schon ein paarmal tun, weißt du?"

Fester und fester ballten sich seine Hände zu Fäusten. „Du würdest mir vertrauen, dass ich dir nichts antue?"

„Nein. Du wirst einen Bluteid schwören, es nicht zu tun. *Bevor* ich dich freilasse und *nachdem* du das Mädchen umgebracht hast."

Jane schluckte, und ihr Mund wurde trocken.

Dieses Mal zögerte Nicolai nicht. „Na gut. Erlöse uns aus deinen magischen Fesseln, und ich schwöre, dich nie zu töten oder dir zu schaden. Hilf mir, meinen Feind umzubringen, und ich … ich werde das Mädchen umbringen."

19. KAPITEL

Plötzlich waren Janes Füße frei. Nicolai streckte einen Arm aus und fing sie, ehe sie versuchen konnte zu fliehen. Nicht dass sie das getan hätte. Oder – doch. Hätte sie. Im Grunde konnte sie das trotz seines festen Griffes immer noch. Sie brauchte nur zu verschwinden. Und um zu verschwinden, musste sie nur an zu Hause denken.

Während der Mann, den sie liebte, sie an sich zog – immer näher –, überkam sie Panik. Ihre Gedanken wirbelten zu sehr durcheinander, um sie zu ordnen. Dann bemächtigte sich ihrer eine unerwartete Ruhe. Er *war* der Mann, den sie liebte. Der Mann, der behauptete, sie zu lieben. Der Mann, der sie liebte. Er war wütend auf sie – wirklich wütend –, aber er würde sie nicht umbringen.

Es war alles ein Trick, um Laila eine Falle zu stellen.

Er würde ihr nie wehtun. Das wusste sie tief in ihrem Herzen. Er war schön und unersättlich, gerissen, und doch hatte er Prinzipien. Sie hatte sich ihm mit Leib und Seele hingegeben, jetzt und für immer, genau wie er sich ihr hingegeben hatte. Nichts würde etwas daran ändern, nicht einmal ihre Vergangenheit. Sie vertraute ihm.

Blindes Vertrauen war ihr noch nie leichtgefallen. Sie hatte immer an Beweise geglaubt, Theorien überprüft, Variablen ausgetauscht und Reaktionen beobachtet. Aber ihrem Mann schenkte sie blindes Vertrauen. Er war immer und immer wieder für sie da gewesen, und er würde es wieder sein.

Ja, sie wusste, dass er auch eine dunkle Seite hatte. Zum Teufel, sie hatte sie schon mehrere Male in Aktion gesehen. Aber egal, was gewesen war, er würde diese dunkle Seite nie gegen sie richten. Also hatte er einen Plan. So zu tun, als wollte er sie umbringen, war Teil dieses Plans.

„Lasst mich auch los, Prinzessin“, sagte Nicolai.

„Nein. Nur das Mädchen."

Er knurrte, aber sonst zeigte er keine Reaktion auf ihre Worte.

Jane konnte keinen weiteren Augenblick verstreichen lassen, ohne ihm zu sagen, was sie empfand. „Es tut mir so leid, Nicolai. Ich wollte nicht …"

„Schweig." Ein Hieb, und doch schien er ihr kaum merklich zuzunicken, als wollte er, dass sie weitersprach.

Er zerrte sie enger an sich, bis ihr Körper sich dicht an seinen schmiegte. Seine Hitze hüllte sie ein und war ihr so vertraut, dass sie sich entspannte.

„Ich habe für die Regierung gearbeitet, und es stimmt, ich habe deine Art erforscht, aber ich habe nie gequält und nie getötet. Ich kannte dich damals nicht, und ich wusste nicht, dass meine Taten dir oder jemandem, der dir etwas bedeutet, schaden würden. Ich wollte nur, dass mein Volk besser versteht …"

„*Sei. Still.*" Seine Fangzähne blitzten zu ihr herab, aber er schien ihr wieder so gut wie unsichtbar zuzunicken.

„Ich liebe dich. Egal was passiert oder was du tun musst, ich werde dich immer lieben."

„Worauf wartest du noch?", fuhr Laila ihn an. „Tu es."

Jane konnte hören, wie Nicolais Blut rauschte. Während seine Miene ruhig und streng war, schlug sein Herz unregelmäßig und schnell. Er war nicht so ungerührt, wie es schien.

Er nahm seinen Blick nicht von ihr, als er sagte: „Ich werde von ihrem Hals trinken, Prinzessin. Ich werde auch ihren Mund bedecken, damit sie nicht schreit."

„Lass sie schreien", sagte Laila beruhigt. „Es wird mir gefallen."

„Ich will nicht, dass irgendwer in dieses Zelt gerannt kommt und zusieht. Und ich will auch nicht, dass du uns zu nahe kommst, bis sie … tot ist."

Wir tun nur so. Das ist alles Scharade, rief sie sich selbst in Erinnerung. Sonst wäre er sofort über sie hergefallen, hätte sie blutrünstig gebissen und ihr das Leben einfach ausgesaugt. Doch hier stand er, diskutierte mit der Frau, die ihn gefoltert hatte, und verlangte Eingeständnisse.

„Sag mir nicht, was ich zu tun habe, Sklave. Ich …"

„Du wirst meine Bedingungen akzeptieren, oder wir stehen wieder am Anfang."

Eine Pause entstand. Jane atmete tief ein und legte beim Ausatmen ihren Kopf auf die Seite, damit er ihre Ader besser erreichen konnte. Er riss die Augen auf, seine Pupillen weiteten sich. Seine Fangzähne wurden noch länger und schärfer.

„Ich will sie auf dem Boden", krächzte er. „Befrei meine Füße, Laila. Du kannst mich wieder aufhalten, falls ich mich auf dich stürze."

Noch eine Pause.

„Na gut", sagte Laila mit einem Seufzen.

Nicolai drängte Jane eine Sekunde später zu Boden.

Er bäumte sich über ihr auf, wie er es schon unzählige Male getan hatte. Ihre Haare fielen ihr über die Schultern, und ihr Kleid hing schlaff herunter.

„Nicolai", hauchte sie.

„Kein Wort mehr, Jane." Die goldenen Flecken in seinen Augen schienen zu wirbeln. Herab, immer weiter herab beugte er sich. Der Atem wich ihr aus Mund und Lunge. Gerade als seine Zähne in sie drangen, legte er ihr eine Hand auf den Mund.

Sie riss die Augen auf. Warme, elektrische Lust drang mit seinen Zähnen in sie ein und fuhr in jeden Winkel ihres Körpers. Er saugte langsam, so langsam, in kleinen Schlucken. Und seine Hand … An seiner Hand war ein Schnitt, und sein Blut lief langsam in ihren Mund, ihre Kehle herab, und wärmte ihren Bauch.

Er gab ihr zu trinken, noch während er von ihr trank. Seine Finger klopften an ihre Wange, eine Aufforderung, nur wozu?

Sie musste es herausfinden.

Er hatte Laila gesagt, er würde sie umbringen. Also tat er so, als würde er sie umbringen. Und jedes Mal wenn Jane gesprochen hatte, um ihn zu besänftigen, hatte er ihr gesagt, sie solle den Mund halten, in Wahrheit aber gewollt, dass sie weitersprach. Also … wollte er, dass sie so tat, als wäre sie panisch und erschrocken, während er so tat, als wäre ihm alles egal.

Sie überprüfte ihre Theorie, indem sie sich gegen ihn wehrte und Laila eine Show bot. Als Nicolai anerkennend knurrte, wusste sie, dass sie recht hatte. Sie schlug mit den Fäusten gegen seine Schultern, als versuchte sie, ihn von sich zu schieben. Sie bäumte sich auf, als wollte sie ihn aus dem Gleichgewicht bringen.

Als die Wunde in seiner Hand sich schloss, rieb er seine Handfläche an ihren Zähnen, um das Fleisch erneut aufzureißen. Wieder floss sein Blut ihr die Kehle herab.

Dann stöhnte er auf, saugte etwas fester an ihrer Ader, entnahm ihr etwas mehr Blut.

Genug, glaubte sie ihn sagen zu hören, aber das war unmöglich. Seine Lippen waren immer noch fest um ihre Ader geschlossen. *Genug. Du musst aufhören.* Er hob seinen Kopf, atmete schwer, leckte sich die Lippen, senkte dann seinen Kopf wieder und biss an einer neuen Stelle zu. Auch hier pumpte er Lust direkt in ihre Adern.

Vorsichtig, vorsichtig, vorsichtig. Nimm nicht zu viel. Langsam.

Jane runzelte die Stirn. Nicolai sprach, aber er tat es direkt in ihrem Kopf.

Muss den Zeitpunkt genau abpassen. Wieder erklang seine

Stimme in ihrem Kopf. Der Druck an ihrer Ader ließ nach.

Nicolai?

Sein Körper zuckte gegen ihren. *Jane?*

Ja. Ich kann dich hören, und ich nehme an, du hörst mich auch. Wie ist das möglich?

Er leckte ihren Hals, bedacht darauf, von Laila nicht gesehen zu werden. *Einige Bluttrinker sind mental miteinander verbunden.*

„Beeil dich", fuhr die Prinzessin ihn an.

Du musst die Prinzessin für mich umbringen.

Auch wenn er gern selbst die Freude gehabt hätte, die Prinzessin zu töten, konnte er es nicht. Er hatte einen Eid abgelegt. Das bedeutete, jemand anderes musste es für ihn tun. Das war also sein Plan. Jane sollte den tödlichen Schlag austeilen.

So gut wie erledigt.

Danke. Eine Pause. *Es tut mir leid, was ich dir angetan habe. Früher. Und jetzt.*

Es tut mir auch leid. Ihr Herz setzte einen Schlag aus.

Die Prinzessin hat ihre Schutzwälle gesenkt, genau wie wir gehofft hatten, und ich habe etwas von ihrer Macht in mich aufgenommen. Der Zauber, der jeden davon abgehalten hat, ihr zu schaden, gehört jetzt mir. Sie ist immer noch stark, vergiss das nicht, aber nicht mehr so stark wie vorher.

Nicolai trank kaum noch etwas. Er ließ sogar einige Mundvoll Blut an Janes Hals hinab auf den Boden tropfen. Er wollte, dass es wüst aussah, das wusste sie. Die Illusion des Todes. Sie ließ ihre Abwehrbewegungen langsamer werden … langsamer … bis sie erschlaffte und ihre Arme nutzlos herabfielen. Sie lag da und atmete so flach wie möglich. So flach, dass sie wusste, nicht einmal Nicolai sah noch, wie ihre Brust sich hob und senkte.

Durch winzige Schlitze in ihren Augenlidern sah sie zu,

wie er den Kopf hob. Blut tropfte immer noch von seinem Kinn, troff auf ihren Kragen und befleckte ihr Kleid. Er presste zwei Finger an ihren Hals und suchte nach einem Puls. Sie wusste, was er fühlte. Einen wilden, starken Schlag.

„Es ist erledigt." Nicolai nahm seine Hand von ihr und stand auf. „Ich habe meinen Teil getan. Jetzt bist du dran."

„Tritt zurück von ihr", sagte Laila. „Ich will es selbst sehen."

Er zögerte nicht und stellte sich an die andere Seite des Zeltes, fort von Jane, fort von der Prinzessin.

Aber ... wie genau sollte sie die Frau umbringen? Sie hatte keine Waffen, und Laila war immer noch mächtig. Sie konnte im Handumdrehen einen Zauber sprechen.

Komm schon, Parker. Denk nach. Schritte wurden laut. Sie spürte Körperwärme. *Denk schneller.* Dann das Knirschen von Knochen, als Laila sich hinkniete. Die Körperwärme kam näher ... näher ... als die Prinzessin ihre Hand ausstreckte.

Der Funken eines Einfalls entzündete sich in ihr. Gefährlich, ungeprüft, aber der einzige Weg. *Nicolai, kann sie mit nur einem Gedanken reisen, so wie du,* fragte Jane hastig.

Nein.

Perfekt. Lailas Finger pressten sich gegen Janes Hals. Jane öffnete die Augen, streckte die Hand aus und packte das Handgelenk der Prinzessin. Die keuchte erschreckt auf. Zur gleichen Zeit stürzte Nicolai sich auf sie und griff nach dem Zeitmesser um Lailas Hals.

„Meins", fuhr er sie an. „Jane. Jetzt."

„Was habt ihr ...", setzte Laila an.

Ehe die Prinzessin auch nur damit beginnen konnte, einen Zauber zu sprechen, schloss Jane die Augen und stellte sich ihr Zuhause vor – mit Laila darin. Ihre Gedanken waren jetzt ruhig, kühl, konzentriert. Es war nicht schwer. Sie sah ihre Küche und spürte sofort das Schwindelgefühl. Laila wehrte sich, aber als das Schwindelgefühl sich verstärkte, wurden auch ihre Bewegungen langsamer. Einen Augenblick lang fühlte sich Jane, als würde sie schweben, und klammerte sich fester an die Prinzessin.

„Was hast du … was …“ Lailas Stimme war schwach, und Jane konnte den Schmerz darin hören.

„Jane“, rief Nicolai. „Jane! Was hast du vor?“

Als das Schwindelgefühl verging und sie etwas Hartes und Kühles an ihrem Rücken spürte, sah sie sich um. Sie und Laila waren in ihrer Küche. Sonnenlicht kam durch das Fenster hineingeströmt und verbrannte sie so sehr, dass sie tatsächlich brutzelte. Sie rollte sich mit einem schmerzerfüllten Zischen aus dem Licht und suchte im Schatten Schutz.

Nicolai hatte sich in jener Nacht im Wald nicht mit Jane teleportiert, aber er war auch nicht im vollen Besitz seiner Kraft gewesen. Die meisten seiner Fähigkeiten waren ihm damals noch verschlossen gewesen. Heute Nacht war er wie ein Pulverfass – und Jane ebenfalls.

Sie blieb flach auf dem Rücken liegen, und Laila hockte immer noch. Die Prinzessin war bleich, schwitzte und … fiel. Sie fiel mit dem Gesicht nach unten zu Boden.

Jane wollte aufspringen und nach einem Messer greifen. Aus diesem Grund hatte sie die Hexe hergebracht. Da konnte sie plötzlich Lailas Blut riechen. Es war kein sonderlich angenehmer Duft, und doch zog sich ihr Magen vor Hunger zusammen. Ein roher, verschlingender Hunger.

Ehe sie überhaupt merkte, dass sie sich bewegte, hatte sie sich schon auf die Prinzessin geworfen und versenkte ihre Zähne in ihrer Halsschlagader. Nur ein dünnes Rinnsal Blut traf ihre Zunge. Frustration nagte an ihr. Sie neigte ihren Kopf in einem anderen Winkel und biss erneut zu. Wieder nur ein Rinnsal. Sie hob den Kopf, fand den Puls der Prinzessin mit ihrem Blick und neigte sich wieder. Dieses Mal floss das Blut wie eine lustig sprudelnde Quelle.

Sie hätte fest zubeißen müssen, um zu bekommen, was sie wollte, ein Gedanke, der sie anekelte, aber ihr Zahnfleisch tat furchtbar weh, und ihre Zähne – Fangzähne? – waren direkt in das Fleisch der Prinzessin geglitten.

Warmes, flüssiges Leben füllte ihren Mund. Sie stöhnte, grub ihre Zähne tiefer, saugte fester, ersetzte das Blut, das sie verloren hatte.

Sie musste einen Nerv getroffen haben, denn Laila erwachte mit einem Ruck aus ihrer Ohnmacht und versuchte, Jane von sich zu stoßen. Jane hielt sie nur noch fester und schluckte und schluckte und schluckte. Bald schon hörte Laila auf, sich zu wehren. Wurde schlaff wie ein Stück Stoff. Jane trank weiter, konnte sich nicht von der Droge trennen, die das Blut dieser Frau für sie darstellte. Droge, ja. Denn mit dem Blut drang noch etwas anderes, etwas Wärmeres, fast … Prickelndes in sie ein.

Ihre Zellen explodierten fast vor neuer Kraft.

Aufhören, du musst aufhören. Wenn sie noch mehr nahm, würde sie die Prinzessin umbringen. Sie konnte das ferne Klopfen ihres Herzschlags hören und wusste, dass er immer langsamer wurde, fast schon unumkehrbar. Der Blutfluss versickerte, wurde immer dünner.

Ich will nicht aufhören. Ich habe sie hergebracht, um sie umzubringen. Aufhören wäre das Gegenteil von dem, was ich will.

Aber im hintersten Winkel ihres Verstandes wusste sie – irgendwie, als wäre diese Erinnerung nicht ihre –, dass sie, wenn sie jemanden durch Aussaugen tötete, immer weiter auf diese Weise leben musste. Ein Tod wäre ihr dann nicht genug. Sie würde jeden leer saugen, von dem sie trank. Immer. Niemand wäre vor ihr sicher. Nicht einmal Nicolai.

Nicolai.

Schwer atmend riss sie ihre Zähne von Laila los. Sie fuhr mit der Zunge darüber, und wirklich, sie hatte Fangzähne.

Nicolai hatte sie zu einem Vampir gemacht.

Mit einer zitternden Hand strich sie sich die Haare aus dem Gesicht. Als sie diese Hand im Licht erblickte, keuchte sie erstaunt auf.

Sie … glühte. Gleißendes goldweißes Licht explodierte aus ihrer Haut. Und das Prickeln in ihren Adern – sie fühlte sich, als könnte sie *alles.* Bis sie ihre Hand ins Sonnenlicht streckte und anfing, zu brutzeln. Sie stöhnte vor Schmerz auf und ließ ihren Arm an ihre Seite fallen.

Notiz an mich selbst: *Sonne vermeiden.*

Noch eine Notiz: *Du bist aus einem bestimmten Grund hier. Vergiss das nicht.*

Als könnte sie das je vergessen.

Sie sprang auf und griff nach einem Messer. Sie wusste genau, wo die Messer waren, und achtete darauf, in den Schatten verborgen zu bleiben. Doch als sie zu der Frau hinabblickte, die Nicolai versklavt hatte, ihm alle Rechte genommen, ihn körperlich und sexuell missbraucht – mehr als zwanzig Jahre lang! –, stellte sie fest, dass sie Laila nicht erstechen konnte. Sie konnte die Schlampe auch auf keine andere Art umbringen.

Der Tod wäre zu gut für sie. *Du musst* irgendwas *tun. Wenn sie aufwacht, benutzt sie ihre Magie gegen dich.*

Konnte sie das überhaupt? Diese Welt war anders als Lailas, es galten andere metaphysische Gesetze, die Atmosphäre war anders. Würde ihre Magie hier funktionieren? Nicolais Fähigkeit, sich von einer Welt in die andere zu teleportieren, funktionierte an beiden Orten, aber während Nicolai das Licht seiner Sonne aushielt, hatte er der Sonne in Janes Welt nichts entgegenzusetzen. Sie selbst war der Beweis: Sie konnte seine Sonne aushalten, aber nicht die eigene. Und sie hatte ihr ganzes Leben unter dieser Sonne verbracht.

Sie wünschte sich, sie hätte einmal eine Hexe befragt oder auseinandergenommen – und es war ihr egal, wenn man sie deswegen für ein Monster hielt. Aber man hatte ihr nie eine ins Labor gebracht. Vielleicht weil niemand wusste, dass es sie gab? Weil sie ihre Kräfte in dieser Welt nicht benutzen konnten und zu gewöhnlichen Menschen wurden?

Es gab nur einen Weg, das herauszufinden.

Jane schleifte die Prinzessin in ihr Schlafzimmer, was ihr schwerfiel, da die Fenster und Vorhänge alle offen standen. Sie fand ein Seil und fesselte die Schlampe an die Bettpfosten. Nicht ein einziges Mal wachte Laila dabei auf. Jane duschte sich schnell, wusch das Blut ab und zog ihre vertrauten Jeans und ein T-Shirt an. Es war seltsam, ihre „normalen" Kleider anzuziehen. Es fühlte sich … falsch an.

Zitternd warf sie das Kleid in die Waschmaschine. *Nicolai,* fragte sie in Gedanken und hoffte auf eine Antwort. *Bist du da draußen? Geht es dir gut?* Sobald sie sich um Laila gekümmert hatte, würde sie zu ihm zurückkehren.

Sie hatten sich noch nicht vollkommen verbunden. Sonst wäre keiner von ihnen in der Lage gewesen, von anderen zu trinken. Sie wollte sich vollkommen an ihn binden.

Jane kehrte in ihr Schlafzimmer zurück, schob einen Stuhl vor die Prinzessin und wartete. Sie gestattete es sich nicht, an Nicolai zu denken.

Stunden verstrichen, quälend langsam. Doch endlich öffnete Laila ihre Augen. Sie stöhnte, zerrte an ihren Fesseln, runzelte die Stirn. Als sie verstand, was geschehen war, bäumte sie sich auf – so weit es ging.

„Entspann dich", sagte Jane zu ihr. „Ich habe dir nur das angetan, was du auch anderen angetan hast."

„Dafür wirst du bezahlen", fauchte Laila.

„Und du steckst hier fest."

Ein Augenblick verging, dann noch einer. Dann, plötzlich, konnte Jane die Stimme der Frau in ihrem Kopf hören, so deutlich, wie sie Nicolai gehört hatte. *Was hat sie mir angetan? Warum kann ich meine Magie nicht benutzen?*

Jane lächelte. Interessant. Das war doch mal was. „Du kannst deine Magie nicht benutzen, weil du jetzt in meiner Welt bist."

Laila keuchte auf. „Woher weißt du das?" *Oh, große Göttin. Sie hat meine Gaben. Sie hat meine Gaben!*

„Nein, habe ich nicht. Ich bin allerdings ein Vampir."

„Hör auf!" *Sie liest meine Gedanken, die Schlampe. Ich hasse sie! Jetzt leere deine Gedanken. Wie konnte sie so wie Nicolai werden?*

„Ich habe sein Blut getrunken."

„Hör auf damit, habe ich gesagt!"

Jane biss sich auf die Unterlippe. Wenn sie Gedanken lesen konnte, dann musste es doch auch möglich sein, tiefer ins Bewusstsein einzudringen, oder?

Sie konzentrierte sich eindringlicher auf Lailas Gedanken ... *Muss entkommen ... Wie kann ich ohne meine Gaben entkommen? Ich muss mir meine Gaben zurückstehlen.*

Sie drang noch tiefer ein. Plötzlich durchlebte sie noch einmal die Geschehnisse in ihrer Küche. Nur dieses Mal sah und hörte sie alles aus Lailas Perspektive, spürte, wie es war, mit den Fangzähnen eines ungeübten Vampirs im Hals aufzuwachen, geschwächt, unfähig, die eigene Kraft zu nutzen. Kraft, auf die sie sich ihr ganzes Leben lang verlassen hatte.

Jane wurde klar, dass sie der Prinzessin wirklich ihre Macht genommen hatte. Das war es, was in ihren Adern kribbelte.

Nicolai konnte die Gaben anderer in sich aufnehmen, und als Jane sein Blut getrunken hatte, musste sie diese Fähigkeit auch entwickelt haben, genau wie die Teleportation.

Sie drang noch tiefer ins Bewusstsein der Prinzessin ein. Es schien tausend verschiedene Stimmen zu geben, tausend Momentaufnahmen, die das Leben des Mädchens ausmachten. Sie horchte und suchte nach Dingen, die mit Nicolai zu tun hatten … Da!

Sie sah zu, lauschte. Hasste die Prinzessin noch mehr.

„*Du* hast Nicolai das Gedächtnis gelöscht“, knurrte sie, als sie in die Realität zurückkehrte. Sie bebte. „Du hast ihm gesagt, eine Heilerin hätte es getan, und er hat dir geglaubt.“

Laila wurde blass. „Dir erzähle ich überhaupt nichts.“

„Brauchst du auch nicht.“ Laila hatte sein Gedächtnis gelöscht und die Magie in ihm gefesselt. Dann hatte sie ihm eine neue Erinnerung eingepflanzt, dass die Heilerin es tat. Sie hatte nicht gewollt, dass er ihr die Schuld gab. Sie hatte auch versucht, ihm Liebe und Anbetung einzuflüstern, aber während sie seine Erinnerungen manipulieren konnte, blieben ihr seine Gefühle verschlossen.

Und jetzt kann ich ihr dasselbe antun, dachte Jane. Sie war sich nicht sicher, wie man diese Fähigkeit benutzte, also hängte sie sich an jede Erinnerung, die sie finden konnte, stellte sich eine schwarze Kiste vor und stopfte sie hinein, verbarg eine nach der anderen darin.

„Was machst du da?“, wollte Laila wissen. „Hör auf … Was … Warum …“

Jane blieb stumm. Sie arbeitete stundenlang, packte und stopfte, packte und stopfte. Als sie fertig war, war es in ihrer Hütte dunkel und stickig, und ihr Körper war so schwach, dass sie schon vom Stuhl gerutscht war.

Sie sah Laila in die Augen. Leere Augen. „Wer … wer bist du?“ In ihrem Blick lag jetzt Panik. „Wer bin ich?“

„Auge um Auge“, sagte Jane mit einem gezwungenen Lächeln. Sobald die Sonne untergegangen war, schaffte sie Laila in ihren Wagen, fuhr sie in die nächstgelegene Stadt und setzte sie aus. Die Prinzessin hatte keine Macht mehr, keine Erinnerungen und kein Geld. Sie würde auf die Hilfsbereitschaft von Fremden angewiesen sein.

Falls sie überhaupt hilfsbereite Menschen fand.

Jane kehrte nach Hause zurück, zog ihr Kleid an und warf sich aufs Bett. Sie stellte sich das Zelt vor, wo sie Nicolai das letzte Mal gesehen hatte – und nichts geschah. Sie versuchte es noch einmal … mit dem gleichen Ergebnis.

Sie versuchte es stundenlang, die ganze Nacht. Am Morgen war sie ein heulendes Häufchen Elend, ganz schwach, und ihr war schlecht. Sie konnte es nicht. Sie konnte nicht zurückkehren.

Der Fluch war schließlich doch eingetreten.

20. KAPITEL

Drei Tage. Es dauerte drei Tage, bis Nicolai sein Gedächtnis vollkommen zurückerlangt hatte.

Und jetzt, da er seinen Zeitmesser in der Hand hielt, wusste er, was genau mit seinen Eltern geschehen war. Der Blutmagier hatte überraschend angegriffen. Zuerst hatte er sich auf König und Königin gestürzt und seinen Monstern gestattet, sie zu zerfleischen. Den schrecklichen Monstern aus Nicolais Albträumen, die er auf der Brücke zur Burg gesehen hatte und in seinem Schlafzimmer.

Laila hatte die Wahrheit gesagt. Als das Paar im Sterben lag, hatten sie beide einen Zauber gesprochen. Die Königin hatte ihre Kinder fortgeschickt. Der König hatte in ihnen den Durst nach Rache geweckt. Beide Zauber hatten sich in ihm vereint – und in seinem Zeitmesser. Ein Geschenk seiner Eltern. All ihre Kinder besaßen einen. Selbst Micah, der Jüngste.

Micah, der noch ein Baby war.

Jetzt waren zwanzig Jahre verstrichen. Micah war ein Mann. Außer er wäre auch in einer Zeitblase gefangen gewesen, so wie Nicolai. Oder er lebte nicht mehr.

Nicolai wusste, dass Dayn noch am Leben war. Jetzt, da seine Erinnerungen und seine Gaben zurückgekehrt waren, war er auch in Gedanken wieder mit dem anderen Bluttrinker in seiner Familie verbunden. Er konnte die Unruhe in den Gedanken seines Bruders spüren. Fühlte die Verzweiflung.

Breena war ebenfalls da draußen. Gerüchte besagten, dass sie bei den Berserkern lebte. Doch das konnte nicht sein. Die Berserker hatte man vor langer Zeit ausgerottet. Wo war sie also wirklich?

Und Jane … seine Jane. Manchmal konnte er sie hören, wie er Dayn gehört hatte. Weit entfernt, die Worte und Gefühle gedämpft. *Denk jetzt nicht an sie. Du brichst sonst zusammen.*

Er hatte sich nie von seinen geliebten Geschwistern verabschieden können. Auch nicht von seinen Eltern. Sein Vater hatte sich so sehr gewünscht, dass Nicolai heiratete, sich wenigstens verlobte, und Nicolai war einverstanden gewesen, sich an jemanden zu binden. Nur hatte er das nie getan. Nicht richtig. Er hatte sich endlich für die Prinzessin von Brokk entschieden, aber er hatte ihr nie ein förmliches Angebot unterbreitet. Wie verzweifelt sein Vater gewesen war!

Er konnte seinem Vater vielleicht keine Braut bieten – wenn er Jane nicht haben konnte, wollte er auch keine andere –, aber er konnte die Rache üben, die sein Vater ihm mit seinem letzten Atemzug auferlegt hatte.

Nicolai wusste, dass es noch nicht zu spät war, denn der Zeitmesser tickte weiter. Erst wenn die Zeiger sich nicht mehr bewegen sollten, und nur dann, war es zu spät. Aber die Zeiger bewegten sich schneller, als sie sollten, und das bedeutete, die Zeit wurde knapp.

Er würde nach Elden zurückkehren, den Blutmagier umbringen und seinen rechtmäßigen Platz auf dem Thron für sich beanspruchen. Nichts konnte ihn aufhalten. Morgen, fügte er in Gedanken hinzu. *Morgen* würde ihn nichts mehr aufhalten. Er konnte sich noch nicht dazu bringen, Lailas Zelt zu verlassen. Jetzt noch nicht. Es war der letzte Ort, an dem er Jane gesehen hatte.

Jane.

Du sollst doch nicht an sie denken.

Er hörte, wie vor dem Zelt der Rest des Lagers erwachte. Schritte kamen näher, und es war nur noch eine Frage von Minuten, ehe jemand hereinkam. Er stellte sich Prinzessin Laila vor, wie er es schon vorher getan hatte, und hüllte sich in ihr Abbild ein.

Tatsächlich, die Zeltklappen hoben sich, und zwei Wachen traten ein und erwarteten ihre Befehle.

„Verlasst diesen Ort“, hörte er sich selbst sagen. „Sammelt alle und jeden zusammen und kehrt nach Hause zurück.“

„Was ist mit Euch, Prinzessin?“

„Ich bleibe. Geht jetzt.“

An knappe Befehle gewöhnt, verneigten sie sich und verließen das Zelt. Er benutzte schon jahrelang Illusionen, hatte einst seine Brüder und Schwestern geneckt, indem er so tat, als wäre er sie – vor ihren Augen. Sie hatten gelacht und nach mehr gerufen.

In der Erinnerung daran zog sich sein Herz zusammen. Er hätte auch Jane gern auf diese Weise geneckt.

Jane, dachte er wieder. Ihr Blut floss durch seine Adern, erhitzte ihn, erweckte in ihm eine schmerzliche Sehnsucht und ein Prickeln der Lust. Wie sollte er ohne sie leben?

Es war ihm egal, was sie in ihrer Vergangenheit getan hatte. Warum sollte es ihm etwas ausmachen? Sie hatte ihm ihre Vergangenheit bereits gestanden, als er noch gefangen gewesen und sie als Phantom vor ihm aufgetaucht war.

Sie glaubte, er mache ihr deswegen Vorwürfe, befürchtete sogar, dass er sie hasste. Kam sie deshalb nicht zurück? Hatte er sie nicht vom Gegenteil überzeugt, als sie sich in Gedanken unterhalten hatten?

Er hatte keine andere Möglichkeit gehabt. Er hatte Laila davon überzeugen müssen, dass er Jane wirklich umbringen wollte. Statt sie also zu umarmen und zu küssen und ihr zu sagen, wie sehr er sie liebte und dass nichts, was sie tat, ihn je dazu bringen könnte, sie zu hassen, hatte er sie nur wütend angestarrt und sie angefahren.

Sie war in ihre Welt zurückgekehrt. Um ihn zu retten. Und jetzt war bereits so viel Zeit vergangen, dass er befürchtete, dass sie die Fähigkeit, zu ihm zurückzureisen, nicht mehr besaß. Oder hielt der Fluch sie zurück? Der Fluch, von dem er geglaubt hatte, er wäre gebrochen. Oh ja. Das war die Antwort.

Mit steifen Schritten ging er zu Janes Tasche, wühlte darin und zog schließlich das Buch heraus. Tausende Male hatte er die leeren Seiten bereits durchblättert. Jedes dieser tausend Male hatte er sich vorgestellt, einen neuen Zauber zu wirken, einen, der sie zurück zu ihm brachte.

Doch was musste er tun, damit ein solcher Zauber wirkte? Wie konnte er den Fluch umgehen, der sie voneinander trennte? Bisher hatte er noch keinen …

Weg gefunden.

Mit wild klopfendem Herzen fand Nicolai einen Stift, setzte sich auf Lailas Liege und begann zu schreiben …

Als Jane zwei Wochen später von ihrem Mitternachtslauf zurückkam, entdeckte sie eine Schachtel auf ihrer Veranda. Die gleiche Schachtel, die sie schon einmal gefunden hatte. Sie wusste, was sich darin befand, und schluckte.

Kein Tag war vergangen, an dem sie nicht an Nicolai gedacht hatte, um ihn geweint, darum gebetet, ihn wiederzusehen. Sie raste die Verandastufen hinauf, packte das Paket und rannte in ihre Hütte.

Jeden Tag hatte sie sich ein wenig mehr verändert. Sie brauchte immer noch Nahrung, aber sie brauchte auch Blut. Ihre Mitternachtsläufe, die sie nicht mehr brauchte, um die Steifheit aus ihren Muskeln zu vertreiben, weil ihre Muskeln nicht mehr steif wurden, waren für sie jetzt Mahlzeiten. Das Rotwild rannte vor ihr davon, aber es gelang ihr jedes Mal, eines zu fangen, wie ein Löwe eine Gazelle fing.

Und die größte Veränderung von allen? Sie war schwanger. Sie wusste es erst seit ein paar Stunden, und seitdem war sie benommen vor Schreck. Sie hätte es sich schon vorher denken sollen, weil sie sich die letzten Tage jeden Morgen übergeben hatte. Außerdem, Nicolais Blut hatte ihre Wirbelsäule und ihre Beine geheilt, warum also nicht auch ihre Fortpflanzungsorgane?

Sie wollte Nicolai sehen, musste es ihm sagen. Musste bei ihm liegen, mit ihm lachen, sich an ihm festhalten und ihn nie wieder gehen lassen.

Der Buchrücken knarrte, als sie den Deckel aufschlug. Da war das zerrissene rosa Band – von einem ihrer Kleider, wurde ihr jetzt klar, und ihre Augen füllten sich mit Tränen. Ihr Herz schlug gegen ihre Rippen, und sie las still, ihre Stimme zu unsicher, um zu sprechen.

„Mein Name ist Nicolai, und ich bin der Kronprinz von Elden. Ich werde König sein an dem Tag, an dem ich den Blutmagier vernichte. Und ich werde ihn vernichten. Nachdem ich meiner Frau gesagt habe, dass ich sie liebe."

Sie wischte sich über die brennenden Augen.

„Ich werde meine Jane immer lieben, und es geht mir elend ohne sie. Sie denkt, ich verachte sie, aber zum ersten Mal in ihrem Leben liegt meine viel zu kluge Frau falsch. Ich habe getan und gesagt, was ich musste, um ihr Leben zu retten."

„Ich weiß", gelang es ihr, durch den Kloß in ihrer Kehle zu pressen.

„Ihr Leben ist mir wichtiger als mein eigenes."

Die Worte verschwammen. Wieder wischte sie sich über die Augen.

„Aber sie ist verflucht. Verflucht, den Mann, den sie liebt, zu verlieren. Und das ist passiert. Sie hat ihn verloren. Vollkommen. Doch jetzt … jetzt kann sie ihn wiederfinden. Wenn nicht durch Magie oder Fähigkeiten, dann durch ihren Verstand."

Jane wischte sich mit dem Handrücken die Tränen aus den Augen, zitternd vor Hoffnung und Freude, aufgeregt und verängstigt. Sie hatte Angst, weil Nicolai ihr die Welt zu Füßen legte und sie keine Möglichkeit hatte, es ihm zu sagen.

„Komm zurück zu mir, Jane. Bitte. Komm zurück zu mir. Ich warte auf Dich. Ich werde immer auf Dich warten."

Die restlichen Seiten waren leer.

Oh Nicolai. Das will ich doch. Ich will es so sehr. Sie stand mit zitternden Beinen auf und ging wie in Trance unter die Dusche. Sie setzte sich hin und ließ das Wasser über sich laufen, voll bekleidet, wie sie war. Nicolai wollte sie sehen, aber sie konnte nicht zurückkehren. Jedes Mal, wenn sie es versuchte, zerstörte sie ein kleines Stück ihrer Seele.

Und doch versuchte sie es noch einmal.

Sie schloss die Augen und stellte sich das Zelt vor. Wie bei all den Malen zuvor geschah auch dieses Mal nichts. Genau wie sie es befürchtet hatte. Sie versuchte es wieder. Und wieder. Und wieder. Erst als das Wasser eiskalt geworden war, trat sie aus der Duschkabine. *Gib die Hoffnung nicht auf. Es gibt noch einen anderen Weg.*

Ja. *Ja.* Mit ihrem Verstand, hatte er gesagt.

Ihrem Verstand.

Am nächsten Abend hatte sie alle benötigten Werkzeuge für ihren Übertritt zusammengesucht. Grob und hastig konstruiert, aber hoffentlich ausreichend. Sie hatte ihr Kleid angezogen und die Sensoren der Maschine an ihren Bettpfosten angebracht. Zitternd streckte sie sich auf der Matratze aus, legte den Schalter um und schloss die Augen. Wenn sie dabei sterben sollte, dann war es eben so. Wenn sie sich verletzte, auch egal. Sie würde sich weder von Angst noch von irgendetwas sonst davon abhalten lassen, zu tun, was nötig war, um zu ihrem Mann zu kommen. Würde ihrem Kind nicht die Chance verweigern, die Liebe seines Vaters zu erfahren.

Ein leises Summen in ihren Ohren. Übelkeit in ihrem Bauch. Ihre Maschine würde funktionieren, rief sie sich in

Erinnerung, sie hatte mit Plastik bereits funktioniert.

Ich bin nicht aus Plastik. Oh Gott. Jane versuchte Nicolais Gabe gemeinsam mit ihrer Erfindung zu benutzen und stellte sich ihr Ziel vor. Mehrere Sekunden verstrichen. Jede einzelne fühlte sich wie eine Ewigkeit an. Endlich spürte sie, wie ihr Körper sich erhitzte … hörte, wie das Summen lauter wurde … spürte, wie das Bett unter ihr verschwand … Hitze … noch mehr Hitze …

Das Summen verstummte. Nichts. Sie war nichts.

„Jane. Mein Liebes."

Nicolai. Da war seine Stimme, so nah. Schwer atmend öffnete sie ihre Augenlider und sah, dass sie auf dem Boden des Zeltes lag. Nicolai stand über sie gebeugt, hielt ihre Arme fest und schüttelte sie.

Sie hatte es geschafft. Sie war übergetreten. War nur durch ihre Gedanken geleitet zu ihm gereist.

„Jane." Er seufzte erleichtert. Es brauchte keine weiteren Worte. Nicht jetzt.

Einen Augenblick später küssten sie sich und rissen einander die Kleider vom Leib. Innerhalb von Sekunden fielen sie nackt zu Boden. Keine Umschweife. Nicolai drängte ihre Beine auseinander und drang tief in sie ein. Kam nach Hause.

Jane schrie auf, war schon bereit für ihn, brauchte ihn, wie sie die Luft zum Atmen brauchte. Er drang immer wieder in sie ein und trieb sie zu neuen Höhen auf, von denen sie in den letzten zwei Wochen nur geträumt hatte.

Ihre Brustspitzen rieben über seinen Oberkörper und entzündeten ein Feuer. Ein Inferno. Die Flammen breiteten sich in ihr aus, verschlangen sie, und sie kam, schrie, schrie, klammerte sich an ihn, zerkratzte ihm den Rücken. Und dann waren seine Fangzähne in ihrem Hals, und er trank von ihr, und sie kam wieder, senkte den Kopf und biss in *seinen* Hals.

Er brüllte, als sie von ihm trank, bäumte sich auf, drang noch tiefer in sie ein und ergoss sich in sie. Herrlich, notwendig, lebensbejahend.

Als er sich auf sie fallen ließ, hielt sie ihn fest. Sie konnte sich nicht erinnern, jemals so glücklich gewesen zu sein. Sie war bei ihrem Mann, ihrer Liebe, und die Zukunft war rosig.

„Du hast das Buch bekommen", sagte er und verteilte kleine Küsse auf ihrem Gesicht.

„Oh ja. Danke, dass du es geschickt hast. Ich konnte nicht herkommen. Ich wollte so sehr zu dir zurückkommen, aber ich konnte nicht mehr einfach so von einem Ort an den anderen reisen."

Er stützte sich auf die Ellenbogen und blickte zu ihr herab. „Danke. Danke, dass du zurückgekommen bist."

„War mir ein Vergnügen." Sie legte eine Hand an seine Wange. „Es wird dich freuen zu erfahren, dass Laila jetzt in der gleichen Situation ist, in die sie dich gebracht hat." Sie hatte die Nachrichten gesehen. Man hatte Laila gefunden, ihr Bild gezeigt und alle, die sie erkannten, aufgerufen, sich zu melden. Und bis jemand sie für sich beanspruchte, hatte man sie in eine Anstalt für gewalttätige Geisteskranke gesteckt.

„Sie ist mir egal. Wie geht es *dir?*"

„Gut." Jetzt. „Ich muss dir etwas sagen."

Ein Teil seiner guten Laune verflog. „Du siehst besorgt aus. Jane, du kannst mir alles sagen. Ich werde dich nie hassen. Mich nie von dir abwenden."

„Ich … Weißt du noch, wie ich dir erzählt habe, ich kann keine Kinder bekommen?"

Er nickte und runzelte die Stirn.

„Na ja, jetzt kann ich es doch." Ein Lächeln breitete sich aus. „Und ich werde. Ich habe es vor ein paar Tagen herausgefunden. Wir werden Eltern."

Er sperrte den Mund auf und schloss ihn mit einem

Schnappen. Sperrte ihn wieder auf. „Jane … Ich … Jane!“ Mit einem Jubelschrei beugte er sich vor und küsste sie wieder. „Bist du sicher?“

„Ja.“

Noch ein Kuss. „Freust du dich?“

„Ja.“

„Ich mich auch.“ Sein Lächeln war strahlend. „Oh Jane.“ Er küsste sie wieder und wieder, und seine Hand rieb dabei über ihren immer noch flachen Bauch. „Ich liebe dich, und ich will, dass du bei mir bist. Sag, dass du bleibst. Sag, dass du bei mir leben willst. Heirate mich.“

„Ja, ja, ja!“ Sie lachte und drückte ihn fest an sich. „Falls du das nicht begreifen solltest, ja bedeutet ja.“

Er lachte an ihren Lippen. „Ich muss immer noch nach Elden zurückkehren.“

„Und das wirst du auch. Mit mir. Ich liebe dich über alles, Prinz oder König oder was auch immer du bist!“

„So wie ich dich liebe, Jane. Mein Herz und meine Königin.“

„Gut.“ Sie legte ihre Hände an seine Wangen und liebte ihn mit jeder Minute, die verstrich, noch mehr. „Dann lass uns nach Elden ziehen und denen in den Hintern treten.“

– ENDE –

Lesen Sie auch:

Jill Monroe

Royal House of Shadows: Die Traumprinzessin

Ab November 2012 im Buchhandel

Band-Nr. 65065
6,99 € (D)
ISBN: 978-3-86278-478-3

Es war einmal in einem Land, das für das menschliche Auge unsichtbar ist, eine wunderschöne Prinzessin … deren Schicksal es war, zu heiraten, um die politischen Ziele ihres Vaters voranzutreiben.

Sie war nicht die Art von Märchenprinzessin, von der Breena von Elden im warmen Sonnenzimmer ihrer Mutter gelesen hatte, als sie noch ein Kind gewesen war. In diesen Geschichten ritten die Prinzessinnen auf strahlenden Einhörnern, schliefen auf riesigen Bergen von Matratzen, unter denen nur eine kleine Erbse ihren Schlaf störte, oder sie lebten in hoch aufragenden verzauberten Schlössern mit magischen Kreaturen darin.

Allerdings konnte keine dieser Prinzessinnen im Schlaf mit sich selbst reden.

Breenas magische Gabe hatte kaum einen Wert. Als sie noch ein Kind gewesen war, hatte sie sich aus ihren Albträumen herausreden können, was sie als Siebenjährige ziemlich gut gefunden hatte, aber jetzt, als Erwachsene, nutzte ihr das nicht mehr besonders viel. Ihre Mutter konnte in die Träume von anderen sehen. Und sie konnte schreckliche Angst in die Herzen der Feinde ihres Vaters pflanzen. Sie konnte sogar sehen, was die Zukunft brachte.

Auch Königin Alvina hatte Breenas Vater vor langer Zeit geheiratet, um die politischen Ziele ihres Vaters voranzutreiben und um ihre Magie mit der Macht des Bluttrinkers zu verbinden. Ihr ältester Bruder, Nicolai, konnte die Gaben anderer in sich aufnehmen, und ihre anderen Brüder, Dayn und Micah, konnten in Gedanken mit allen Bluttrinkern ihres Reiches sprechen.

Doch auch wenn Breenas Gabe, in Träumen zu sprechen, ihr nicht viel nutzte – mit einem bestimmten Krieger konnte sie immer in Verbindung treten.

So nannte sie ihn, wenn sie wach war. Krieger. Während sie schlief, war er ihr Liebhaber. Seine dunklen Augen passten zu seinem unordentlichen Haar, in dem sie so gern ihre Finger vergrub. Seine breiten Schultern schienen sich nach ihrer Berührung, nach ihren Lippen zu sehnen. Manchmal, in ihren Träumen, nahm er sie in die Arme, zog sie an seinen großen starken Körper und trug sie zum nächstgelegenen Bett. Oder er legte sie direkt auf den harten Boden. Manchmal stemmte er sie auch gegen die Wand. Ihr Liebhaber riss ihr die Kleider vom Leib und bedeckte ihre Haut dann mit seinen weichen Lippen oder seinen rauen Handflächen.

Breena wachte danach mit klopfendem Herzen auf, und ihre Brüste pochten vor Verlangen. Ihr ganzer Körper schmerzte vor Sehnsucht. Sie zog die Knie an und versuchte tief einzuatmen und das Verlangen und die Leidenschaft aus ihren Gedanken zu verdrängen.

Wenn sie danach wieder zu Atem gekommen war und ihr Herzschlag sich beruhigt hatte, fühlte sie sich nur frustriert. Nach dem Aufwachen versuchte sie sich zu erinnern oder einen Weg zurück in den Traum zu finden. Sie war im Schlaf Hunderte Male bei ihrem Krieger gewesen, aber was kam, nachdem er ihr die Kleider zerrissen hatte und sie sich berührt hatten, verrieten die Träume ihr nicht. Auch sein Gesicht konnte sie nie erkennen. Sie wusste, wie er roch, wie er schmeckte und sich unter ihren Fingerspitzen anfühlte, aber er blieb verborgen. Geheimnisvoll. Ein Traum.

Nur eines war sicher: Wenn der Mann aus ihren Träumen entkäme, durch ihre Tür stürmte und durch ihr Zimmer schritte, hätte sie Angst. Er war kaum mehr als ein Wilder, ursprünglich und ungezähmt. Er hob sein Schwert mit der gleichen Leichtigkeit, mit der sie ihre Haarbürste benutzte.

Haare bürsten. Das war wichtig im Leben einer Prinzessin. Besonders einer, deren einzige Aufgabe darin bestand, zu heiraten. Breena seufzte und ging zwischen den engen Wänden ihres Zimmers auf und ab. Ihre Füße waren so rastlos wie ihre Gedanken.

Und sie wusste, dass diese Art von Überlegungen sie nur in Gefahr bringen konnten.

In all den Märchen, die ihre Mutter ihr vorgelesen hatte, als sie noch ein Kind gewesen war, bekam die Prinzessin immer genau dann Schwierigkeiten, wenn sie sich nach mehr sehnte. Sie führte das Schicksal in Versuchung – nein, sie forderte es heraus. Sie trat ans Fenster und sah hinab, hinaus, am Schlosstor vorbei, bis zu den Bäumen des Waldes, und sie fragte sich … was wäre, wenn? Was ist da draußen? Ist dort mehr als hier?

Genauso gut könnte sie die Türen weit aufreißen und die Katastrophe auf eine Tasse Tee einladen.

Außerdem, war sie überhaupt auf ein Abenteuer vorbereitet? Mit ihren mageren magischen Gaben wäre sie hinter den Toren genauso verloren wie der kleine Junge und das Mädchen, deren Spur aus Brotkrumen von Vögeln verspeist worden war. Könnte sie einen schrecklichen Oger mit einem fantastischen Menüplan außer Gefecht setzen, wäre das, was draußen vor den Toren auf sie wartete, vielleicht nicht so furchterregend. Aber Riesen und Oger ließen sich nicht davon beeindrucken, dass sie mehr als zwanzig Tänze aus dem ganzen Reich beherrschte. Oder dass sie einen Ball bis ins kleinste Detail organisieren konnte, von den Musikern bis zu den Kerzen, die man im großen Saal brauchte.

Sie betrachtete die Handarbeit, die sie zur Seite gelegt hatte. Über so etwas sollten Prinzessinnen sich Gedanken machen: perfekte Stiche.

Morgen wollte ihr Vater mit der Suche nach einem Ehemann für sie beginnen. Breena wusste, dass König Aelfric die Suche hinausgezögert hatte. Er wollte nicht, dass seine Tochter ihn verließ. Sein Leben mit Alvina hatte als Zweckehe begonnen, doch es war Liebe daraus gewachsen, und sie hatten eine Familie gegründet, die sich sehr nahestand. Diese Familie allerdings wurde erwachsen und veränderte sich. Ihr ältester Bruder, Nicolai, stand, sobald das Abendessen vorüber war, schnell vom Tisch auf und verschwand, wahrscheinlich ins Bett einer Frau. Als behütet aufgewachsene Prinzessin von Elden sollte Breena über solche Details nichts wissen – aber das tat sie. Mit Mitte zwanzig war Breena bereits einige Jahre älter als ihre Mutter es damals gewesen war, als diese nach Elden gekommen war, um ihren Ehevertrag zu erfüllen.

Deswegen war sie so rastlos. Ihre Familie konnte die Zeit und die Veränderungen, die sie mit sich brachte, nicht länger aufhalten. Sie würde das Zuhause ihrer Kindheit bald verlassen, heiraten und in ein anderes Königreich ziehen. Dort würde sie dann in den Armen eines Mannes liegen, dessen Gesicht sie deutlich erkennen konnte, dessen Züge kein verschwommenes Traumbild waren. Eines Mannes, der ihr zeigte, was geschah, wenn die Kleider ausgezogen waren. Die Zeit ihres Traumliebhabers war vorüber. Es wäre falsch, ihn noch in ihre Träume zu zwingen, wenn sie einem anderen gehörte.

Doch noch war sie nicht verheiratet. Ihre Finger legten sich um den Zeitmesser, den ihre Mutter ihr zum fünften Geburtstag geschenkt hatte. Sie trug ihn an einer Kette um den Hals, und der Deckel war mit einem Schwert und einem Schild verziert.

„Warum ein Schwert?“, hatte sie gefragt. Auch wenn sie eher dazu neigte, durch das Schloss zu rennen, statt elegant zu schreiten, hatte sie selbst mit fünf Jahren gewusst, dass die Waffen eines Kriegers nichts für eine Prinzessin waren.

Ihre Mutter hatte mit den Schultern gezuckt, und ihre grünen Augen hatten sich geheimnisvoll verdunkelt. „Ich weiß es nicht. Meine Magie schmiedet die Zeitmesser.“ Die Königin hatte sich hinabgebeugt und Breena auf die Wange geküsst. „Aber ich weiß, dass er dir auf deiner Reise zur Seite stehen wird. Bei deinem Schicksal. Gib dein Bestes dabei.“

Breena durchzuckte das Verlangen, ihren Krieger zu sehen. Sie hätte sich wahrscheinlich Sorgen darum machen sollen, dass sie diese Gelüste immer öfter überkamen.

Aber wenn es schon nicht ihr Schicksal war, bei ihrem Krieger zu sein, dann wollte sie den Rat ihrer Mutter beherzigen und auf ihrem Lebensweg ihr Bestes geben. Breena zog die fein gearbeiteten Schuhe aus und legte sich auf die weiche Matratze. Sie machte sich nicht die Mühe, das Kleid abzulegen oder sich die Decke bis ans Kinn zu ziehen. Sie schloss die Augen und stellte sich eine Tür vor. Als ihre Mutter versucht hatte, ihr beizubringen, wie man die Traumwelt kontrollierte, hatte sie ihr gesagt, dass sie nur den Knauf drehen und hindurchgehen musste. Die Tür würde sie überallhin bringen, wohin sie wollte.

Doch die Tür brachte sie immer nur in die Gedankenwelt ihres wilden Liebhabers, und im Augenblick wollte sie auch an keinen anderen Ort.

Er war gerade dabei, den Stahl seiner Klinge zu schärfen. Breena traf ihn oft dabei an, wie er seine Waffen pflegte. In ihren Träumen war sie nie nervös wegen seiner Äxte oder Schwerter oder Messer. Sie genoss seine Wildheit und seine Fähigkeit, zu beschützen. Anzugreifen. Sie lehnte sich gegen einen Baum und sah einfach dem Spiel der Muskeln auf seinem nackten Rücken zu, während er das Tuch um den Griff schlang.

Breena hatte selten Gelegenheit, ihn ausgiebig zu beobachten. Der Krieger in ihm war immer wachsam, und weil sie sich in einem Traum befand, waren seine Züge nie klar erkennbar. Waren an seinen Augen Falten, die zeigten, dass er gerne lachte? Waren Falten auf seiner Stirn, die ihn als ernsthaften Mann auszeichneten, der viel nachdachte? Alles, was sie sehen konnte, waren grobe Pinselstriche. Nichts, was ihr sagte, wer er wirklich war.

Ein Lächeln umspielte ihre Lippen, als sie sah, wie seine Schultern sich anspannten. Ihr Liebhaber hatte ihre Anwesenheit bemerkt. Er drehte sich um und ließ Schwert und Tuch neben sich ins Gras fallen. Ihre Brüste reckten sich ihm entgegen, als er den Blick über ihren Köper wandern ließ und sein Atem dabei kaum mehr als ein Zischen war. Breena kniff die Augen zusammen und versuchte wieder einmal durch den Traumnebel zu sehen, der seine wahren Gesichtszüge vor ihr verbarg. Nur seine Augen konnte sie erkennen. Diese eindringlichen braunen Augen.

Mit lautlosen Schritten trat er über die Blätter und Zweige, die den Boden bedeckten. Sie löste sich vom Baumstamm und ging auf ihn zu, wollte so schnell wie möglich bei ihrem Liebhaber sein, jetzt, da er wusste, dass sie angekommen war.

Sie würden sich zum letzten Mal begegnen.

So sollte es jedenfalls sein. Ihre Pflicht war es, sich auf ihr Königreich zu konzentrieren und ihrem Vater dabei zu helfen, einen Ehemann für sie auszuwählen.

Breena schlang ihrem Liebhaber die Arme um den Hals, um ihn zu ihren Lippen herabzuziehen. Der Mann ihrer Träume küsste sie nie zärtlich, wie ein Höfling es vermutlich tun würde, der dazu erzogen war, über ein Schloss zu herrschen. Nein, die Lippen dieses Mannes waren fordernd. Sein Kuss war leidenschaftlich und voll rohem Verlangen.

„Ich will dich nackt", sagte er mit belegter Stimme zu ihr.

Sie blinzelte ihn einen Augenblick lang erstaunt an. Er hatte in ihren Träumen noch nie mit ihr gesprochen. Seine Stimme gefiel Breena, ursprünglich und voller Begehren nach ihr. Er griff nach dem Stoff an ihrer Schulter, um ihn zu zerreißen, doch sie hielt seine Hand auf. Sie wollte heute nicht, dass er der Verführer war, auch wenn man sein Liebesspiel nie als geschickte Verführung bezeichnen konnte. Nein, sie wollte, dass sie bei diesem letzten Mal ebenbürtige Partner waren. Breena wollte sich für ihn ausziehen.

Mit einer einzigen Handbewegung löste sie die Bänder zwischen ihren Schultern und spürte, wie der Stoff ihres Oberteils nachgab. Durch eine sanfte Bewegung ihrer Schultern fiel das Kleid bis zur Taille hinunter. Er kniff die Augen zusammen, als ihre Brüste zum Vorschein kamen und die Spitzen sich vor seinen Augen noch weiter zusammenzogen. Er streckte die Hand nach ihr aus. Breena wusste, was er tun würde, sobald er sie in den Armen hielt, und lachte.

„Noch nicht", neckte sie ihn. Dann hob sie die Röcke und rannte auf den Baum zu. Dieses Spiel hatte sie noch nie mit ihm gespielt … Es war ihr nicht in den Sinn gekommen. Sie wusste, dass ihr Krieger die Jagd genoss. Er würde gewinnen, aber sie hatte sowieso vor, sich von ihm fangen zu lassen.

Auch wenn ihr Liebhaber sich geräuschlos bewegte, wusste Breena, dass er ihr nahe war. Sie lachte wieder, als er ihr eine Hand um die Taille legte. Er zog sie an seine feste Brust. Sein harter Körper presste sich gegen sie, und ihr Magen zog sich zusammen vor Sehnsucht und Schmerz. Der Drang, ihn zu necken und davonzurennen, verschwand augenblicklich. Breena wollte – nein, sie *brauchte* – seine Hände auf ihrem Körper und seine Lippen auf ihren Brüsten.

Etwas Hartes presste sich auf ihren Mund. In seinen dunklen Augen stand Verwirrung, und sein scharfer Umriss begann zu verschwimmen. Zu vergehen. Seine Hände schlossen sich fester um ihre Arme, aber es war zu spät.

„Bleib bei mir", verlangte er. „Was geschieht mit dir?"

Sie wehrte sich, konzentrierte all ihren Willen darauf, hinter der Tür zu bleiben, bei ihm. Aber es war zu spät.

Breena kämpfte gegen die Kraft an, die ihren Kopf festhielt.

„Still", befahl eine Stimme.

Sie schüttelte den Kopf und streckte die Hand nach ihrem Liebhaber aus. Aber sie griff nur in die Luft. Etwas, irgendeine Kraft, riss sie fort von ihm. „Hilf mir", versuchte sie zu rufen, aber durch die Hand über ihrem Mund konnte sie nicht sprechen.

Und dann war er fort.

Breena war wieder in ihrer Schlafkammer. Rolfe, ein Mitglied der Leibwache ihrer Eltern, stand über sie gebeugt. „Seid still,

Prinzessin. Die Burg wird angegriffen. Sie haben bereits König und Königin in ihrer Gewalt."

Breena setzte sich auf, und die letzten Reste ihres Traumes verflogen. Als ihr bewusst wurde, was der Wächter gerade zu ihr gesagt hatte, wurden ihre Finger eiskalt, und ihr Herz begann zu rasen. „Wir müssen ihnen helfen", flüsterte sie.

Rolfe schüttelte den Kopf. „Dafür ist es zu spät. Eure Eltern würden wollen, dass ich Euch und Eure Brüder durch den Geheimgang aus der Burg bringe."

„Aber ...", wollte sie einwenden. Tränen stiegen ihr in die Augen, und ihre Kehle zog sich zusammen. Der Geheimgang war von längst verstorbenen Vorfahren gebaut worden, als letzter Ausweg, wenn den Bewohnern der Burg nur noch die Flucht übrig blieb.

„Kommt, Prinzessin, und beeilt Euch. Zieht Eure Schuhe an. Wir müssen Micah und Dayn holen."

„Was ist mit Nicolai?"

Der Wächter schüttelte den Kopf.

Breena wurde von Angst gepackt. Endlich drang durch den Nebel ihres Traumes, in welcher Gefahr sie sich wirklich befand. Das war nicht einfach ein Angriff auf die Burg, von denen sie in der Vergangenheit schon so viele abgewehrt hatten, es war ein richtiger Ansturm. „Haben sie ihn auch in ihrer Gewalt?"

„Ich kann ihn nicht finden. Kommt, wir müssen retten, so viele wir können."

Breena begann zu zittern und atmete tief ein. Sie musste stark sein und sich der Gefahr stellen. Ihre Brüder verließen sich auf sie.

Nachdem sie ihre Füße in die Slipper am Fuß des Bettes gesteckt hatte, folgte sie Rolfe den Flur hinab, der zu den Schlafkammern von Micah und Dayn führte. Unter sich hörte sie Scheppern und Hämmern von Schwert gegen Schild. Kriegsgebrüll. Und Tod.